엔젤로스

다섯 개의 별

다섯 개의 별 엔젤로스 1
크리스탈 N세대 연애 소설

초판 1쇄 찍은 날 § 2003년 9월 4일
초판 1쇄 펴낸 날 § 2003년 9월 14일

지은이 § 크리스탈
펴낸이 § 서경석

편집장 § 문혜영
편집책임 § 이종민
마케팅 § 정필 · 강양원 · 이선구 · 김규진 · 홍현경

펴낸곳 § 도서출판 청어람
등록번호 § 제1081-1-89호
등록일자 § 1999. 5. 31
어람번호 § 제4-0022호

주소 § 경기도 부천시 원미구 심곡1동 350-1 남성B/D 3F (우) 420-011
전화 § 032-656-4452 팩스 § 032-656-4453
http://www.chungeoram.com
E-mail § eoram99@chollian.net

ⓒ 크리스탈, 2003

값 9,000원

ISBN 89-5505-820-9 (SET)
ISBN 89-5505-821-7 04810

※ 파본은 본사나 구입하신 서점에서 교환하여 드립니다.
※ 저자와 협의하여 인지를 붙이지 않습니다.

크리스탈 N세대 연애 소설

다섯 개의 열쇠

엔젤로스 1

도서출판 청어람

안녕하세요. ^^
어느새 덥기만 하던 여름이 훌쩍 지나가 버리고
낙엽들이 소풍가는 가을이 다가오네요.
시끄럽게 울어대던 매미도 지겹기만 했는데,
이젠 또 그리워지네요.

제 이름으로 된 책이 나온다는 사실이
아직도 꿈만 같습니다.
아직 어리고 한참 모자르기만 한 제게
이런 기회를 주셔서 감사하구요.

처음 써 본 거라 많이 부족합니다.
그래도 예쁘게 봐주세요~
가슴에 너무 심각하게 이 책을 담아두진 마세요.

여러분께 많은 관심과 사랑 부탁드릴게요.
마지막으로… 정말 모든 분들께 감사드리구요.
하루하루가 행복한 사람이 되시길 빌게요. ^^

―가을 문턱에 선 어느날. 크리스탈.

다섯 개의 별 —엔젤로스

page 1 끔찍해졌다. 연애 따윈… 사랑 따윈… 난 원래 그런 놈이니까.

아침부터 시끄럽게 구는 래원이 자식 때문에 7시 30분에 잠을 깼다. 지겨운 아침. 상원이 자식은 희미한 내 기억 속에서 미워할 수 없게 환하게 웃고 있다. 이런 나도 참……. 힘겹게 머리를 쓸어 올리고 화장실로 직행했다. 또 잔소리하는 래원이가 두려워서 얼른 머리를 감고 교복을 갈아입고 가방을 멨다.

"똥!! 빨리 가자."

내 하나밖에 없는 남동생 래원이 자식. 빨리빨리하라고 화장실 앞에 처억 하고 버티고 서서 앵앵댄다. 점점 짜증이 오르기 시작한다. -_-^ 앵앵대는 래원이 자식 보기가 싫어서 밥도 못 먹고 버스에 올랐다.

"어? 지원아! ^0^"

나의 쌀쌍스런 밥줄 은지. 돈이 많은 친구라 빈곤할 때(?) 언제나 뺄겨 먹으면 딱 좋은 친구다. ^-^a
"웬일로 일찍 가네? 래원이도 왔네?"
"누나는 멀쩡하게 생겨갖구 왜 우리 누나랑 친구 먹어? 불쌍해라. 쯧쯧."
빠악!!
나는 래원이의 뒤통수를 한 대 후려갈겼다.
"니가 말하는 그 똥 맛 좀 볼래냐! -_-^"
뒤통수를 때리니까 헤어스타일 망가진다고 씨부렁씨부렁~ -_-^ 뭐? 자기는 학교에서 인기가 좋아서 스타일이 망가지면 안 된다나? 얼어죽을 왕자 새끼. 오늘은 기분이 별로 좋지 못하다. 어제 처음으로 실연이란 걸 맛본 나니까. 상원이… 김상원 나의 첫사랑. 누가 첫사랑은 안 이루어진 다고 했는지… 딱 맞다. 우리 둘이 사귄 지 반년이 넘어가던 어제.

"^-^ 춥지?? 어우~ 그러게 누가 이렇게 옷을 얇게 입구 다니래?! 앙?!"
내가 옷을 얇게 입었다고 야단치던 상원이. 여느 때와 다름없이 내가 사랑하는 상원이가 분명했다.
"아, 별로 안 추워."
초가을인데도 유난히 으슬으슬하던 밤. 상원이는 자신의 재킷을 내 몸에 걸쳐 주며 내 어깨를 꽈악 부둥켜안았다.
"^O^ 히, 나의 사랑의 온기 덕에 이젠 안 춥지??"
끄덕끄덕—
"웅. ^-^ 이젠 하나도 안 춥다아~"

"지원아, 내가 너 많이 사랑하는 거 알지?"
"앗, 갑자기 무슨… 그, 그럼, 알지. *-_-*"
"사랑해, 지원아."
그날따라 수백 번이고, 수천 번이고, 사랑해란 말만 되풀이하던 상원이. 왠지 표정은 밝지 못했다. 그저 기분 탓이려니… 그러려니…….

"… 지원아, 사랑해. 사랑하니까 헤어지자."

상원이에게 제일 듣고 싶지 않았던 말. 이별을 선언하던 그 말. 사랑하니까 헤어져. 참 무서운 말. 사랑해라는 말이 무섭다는 걸 처음 느낀 날이었다. 상원인 매정하게도 미워할 수 없게, 경멸할 수도 없게 사랑하니까 헤어지잔다. 그 자리에서 차갑게 돌아서는 상원이를 바라보면서, 잡고 늘어져 보지도 못하고 바닥에 주저앉아 버렸다. 흐르는 눈물은 깡 좋은 나도 이겨낼 수 없을 만큼 위대했다. 그렇게 서럽게 울어본 건 내 생애 처음일 것이다. 그렇게… 그렇게… 뒤도 돌아보지 않고 멀어져 가는 상원이를 바라볼 수 없던 난 추하기 짝이 없었다.
나는 어제 일을 회상하며 살짝 얼굴을 찡그렸다. 은지는 그런 내 표정을 읽었는지 아무 말 없이 내 어깨를 토닥여 준다. 버스 정류장에 서서 누군가에게 쫑알대는 여자. -0- 무지하게 시끄럽군. 시끄럽게 떽떽거리는 여자 앞에서 미간을 심하게 좁히며,
"가."
란 말만 되풀이하는 남자.
"싫어! >0< 싫어싫어! 절대 안 가! 내가 왜 싫으냐구?! 왜!!"

"가."

시끄럽게 구는 여자를 개의치 않고, 같은 표정으로 같은 말만 되풀이하는 그 남자.

"싫어! 싫다니까!"

거참 끈덕지게 붙는구만. -,.- 나도 저렇게 붙잡아라도 볼 걸.

퍼억—!!

허거! ㅇㅇㅇ!! 바, 방금 나간 거 주먹 맞지? 그치? 내가 잘못 본 게 아닌 이상 저건 주먹이다!! 저런 싸~가~지!! 약간 다혈질인 내게 방금 그 황당하기 짝이 없는 상황은 네버네버네버네버!! 그냥 지나칠 일이 아니었다.

끼기긱—

나는 힘겹게 버스 창문을 열고 금방이라도 버스에서 뛰어내릴 듯 난간에 발을 걸치곤 우렁차게 소리쳤다.

"이~런 인간 말종 같은 새끼—!! 어디 때릴 곳이 없어서 가녀린 여자를 때리냐!! 어?! 이거 완전히 악질 아니야?! 어쩜어쩜! -0- 그러냐?! 너, 너 말이지!! 하늘이 두렵지도 않냐?! 저런 XXX를! 너!! 세상 그렇게 살지 마!! 여자 때리는 놈은 콩밥 좀 먹어봐야 돼!!"

순간 울컥해서 흥분해 버린 나는 창피함이란 이미 없어진 지 오래였다.

"지원아, 이제 그만 해!"

"하아! 저놈이 여자를 때리잖아!! 바람만 불어도 날아갈 것 같은 여자를 주먹으로!! >_<"

"아이씨! 야, 뚱!! 성격 좀 고쳐라! 아우씨, 쪽팔려."

그 자식은 나를 한껏 훑어보더니, 피식— 웃고는 고개를 돌려 버린다. 저, 저런 싸가지없는 놈을 봤나!

부르릉~

그대로 버스는 출발해 버렸다. 버스가 그 자리를 떠나기 전까지도 그 남자는,

"가."

라는 말을 여자에게 되풀이했다. 여자는 맞은 뺨을 어루만지며, 눈물을 질질 흘리며, 정말 지겹게 매달리고 있었다. -_-;

세현고.
드르륵—
교실 뒷문을 열었을 때 웅성웅성 모여 있는 여자애들의 무리가 보였다.
"오우~ 지원아! ＞０＜ 언넝 와라!!"
내 친구 은혜는 술이 제일 센 친구다. 그래서 가끔 파티할 때 흑기사로 많이 애용한다.
"뭔데 이리들 모여 있어?"
나와 은지는 몰려 있는 여자애들 사이를 비집고 들어섰다. 무리 속에는 파란 체크무늬 사진첩이 있었는데, 그 사진첩엔 「세명고 사진첩」이라 쓰여 있었다.
"이게 뭐야? -_-^"
"어머! 이거 세명고 꺼네? 구하기 힘든 건데!!"
"후훗, 이 언니가 힘 좀 썼지~ 아유! 강지원, 넌 이런 것도 모르냐? 세명고 베스트 킹카들을 쫙~ 뽑아오셨지! -０-v"
"ㅇ_ㅇ 베스트 킹카?"
"그래! -０- 이거 구하기 힘든 거야!"

서둘러 사진첩을 펼쳤다.

"야, 그거 제일 잘생긴 놈부터다. 첫 장이 젤로 뽀대야. +_+"

우와~ 진짜 인물 끝내준다. 어랍쇼? 이거 아까 그놈이잖아!! 그 싹수가 노랗던! 이렇게 잘생겼었나? 세명고 다니나 보지? 2학년인데 왜 우리 반 놈들이랑 이렇게 차이가 난단 말이냐?! ㅠ^ㅠ

"어? 이거 아까 그 남자애다! 그치? 막 여자 때리던."

"응, 맞아. 인간 말종 같은 놈!!"

"응? 아~ 은재규? 얘 원래 남자든 여자든 그냥 사람으로만 본대. 그래서 여자든 남자든 다 똑같이 대해서 여자도 남자 때리듯 막 때리고 장난 아니래. -0-"

어쩐지, 한싸가지 하겠드만. --^

팔락—

두 번째 장으로 넘기니,

"야, 이건 두 번째로 잘생긴 놈. 죽이지?"

신우주? 와~ 귀엽다. 눈이 참 예쁘네.

팔락—

강은혁이라… 오호! 죽인다.

"멋있지? 멋있지? >_< 난 이런 남자가 좋더라~ 카리스마가 줄줄 흘러. 귀공자 같지 않냐?"

한 장 한 장 넘길 때마다 자지러드는 우리 반 기집애들.

팔락—

네 번째. 서강우? 은근스레 귀엽게 생겼다. -0-

팔락—

꿈속에서도 보기 싫은 김상원. 어째서 여기에? 하긴 김상원도 세명고 였지. 그런데 이렇게 인기가 좋았나?

"야, 혹시 이 김상원… 너 차버린 그 김상원 아냐?!"

"어?? 아, 아니."

분명 그 상원이 이 상원이라고 말한다면 두 팔 걷어붙이고 달려갈 은혜다. ㅠ.ㅠ 그럼 분명 상원이가 위험… 아, 또 이렇게 그 자식 걱정을 하는 난 정말 한심하기 짝이 없다. 휴…….

"야야, 이 다섯 명 죽이지? 얘네들 이름 대면 모르는 사람이 없어."

김상원이 언제 인기가 이렇게나 많았지? 하긴 그렇기도 하겠지. 김상원이 나한테 세심히 뭘 말한 적이 있었나, 그렇다고 세심히 신경 써주길 했나. 그런 내 옆에서 서강우 사진을 붙들고 눈을 번뜩이는 은지. 맘에 드는 모양이로구나.

"야, 우리 오늘 세명고 가볼까?"

"절.대. 싫.어."

"어우~ 야~"

세명고엔 우리 래원이도 다닌다. ㅠㅠ 세명고에서 래원이와 마주친다면 분명 내게 마구마구 윽박지를 게 분명한걸. 세명고에 가서 베스트 킹카인지 뭔지 그 다섯을 보자며 지랄지랄하는 은혜를 제쳐 두고 수업은 시작됐다. 귀에 들어오지도 않는 수업을 꾸역꾸역 들은 후에야 수업이 끝났다.

"지원아, 우리 오랜만에 변화가 나가자! >_<"

"그럴까? 근데 은혜는 어디 갔어?"

"아, 아까 떠들다 걸려서 교무실로 불려갔어."

"그럼 그렇지. 수다쟁이 아줌마 땍땍거릴 때부터 알아봤지. 그냥 우리끼리 가자~"

나는 은지와 손을 마주 잡고 룰루~ 번화가로 향했다. 왠지 오늘따라 꺼려지는 이 번화가. -,.-a 그렇게 한참을 걷고 있는데,

"저, 저기요. ^0^"

내 등을 톡톡 두드리는 이 남자는?

"어?"

"안녕하세요! 세명고 서강우라고 합니다. ^^ 잠깐 시간 좀 내주시면 안 될까요?"

물 만난 물고기마냥 싱글벙글 웃는 은지. -0-; 입 찢어지겠다아!!

"+_+ 그럼요! 되구말구요~ 안 될 게 뭐가 있나요? 오호호~"

나는 은지를 내 등 뒤로 숨기며,

"시간은 왜요?"

"아아, 제 친구 자식이 여자를 끔찍이 싫어하거든요. 콧대가 높은 건지, 아니면 여자한테 관심이 없는 건지 원. -_-a 그래서 말인데요, 헌팅 좀 하구 싶은데요. ^-^; 안 될까요? 제발."

"-,.- 글쎄올시다~"

"제발요~ 제발~ ㅠ_ㅠ"

"글쎄라뇨!! 글쎄라뇨!! +_+ 되구말구요~"

"정말요? 우와우와! 감사합니다!!"

은지의 O.K 대답에 은지와 나는 서강우 손에 이끌려 어느 지하 카페로 들어섰다.

엔젤로스.

두두둥~

카페에 들어서자마자 카페 안에 크게 울리는 드럼 소리와 가볍게 들려오는 건반 소리, 그리고 제각기 소리를 내는 악기들과 미묘한 조화를 이루는 보컬의 목소리.

"저기 저 앞에서 노래 부르는 재규라는 녀석이 여자를 싫어하는 놈이거던요. 사실 저도 밴든데요, 애들이랑 의논해서 오늘 하루 공연은 패스했어요! 꼭 재규를 여자 좋아하는 평범한 남자로 돌려주세요. ㅠ0ㅠ 부탁드립니다!!"

내 손을 꼭 부여잡고 고개를 몇 번씩 수그리는 서강우. 우리 셋은 악악 소리를 질러대는 사람들을 비집고 카페 구석탱이에 앉았다.

"흠흠! 우리 제대로 인사해야지! 나는 세명고 2학년 서강우. ^-^"

"우린 세현고 2학년 강지원."

"^0^ 난 이은지라구해!"

"와~ 동갑이네! 친구하자. +_+"

"그래! 친구친구!!"

은지는 심장이 떨려 졸도할 지경에 이르렀다. =ㅁ= 우리는 노래가 끝날 때까지 꼼짝 않고 기다려야만 했다. 노랫소리가 애달픈 듯 내 가슴을 두드렸다.

눈을 감아도 그대의 숨결이 가슴 깊이 느껴지는 내가 너무 미워서
한참을 또 그렇게 눈물을 흘려.
바보같이 작아지는 나.

이젠 잊을 때도 됐는데 왜 자꾸 기억 속에 맴도는지.

그댈 지울 수 없는 내 모습이 싫어 나 그대까지 원망하게 됐어.

하하, 웃긴다. 상원아, 이젠 너마저 원망하게 되어버렸는걸. 연주가 끝나자 카페가 떠나갈 듯 고래고래 소리치며 열광하는 사람들(다수가 여자이긴 하지만. --;). 앞에 앉아 있던 서강우는 자리에서 일어나,

"브라보!"

하며 크게 외친다. 그 시끄러운 상황 속에서도 난 음악에 취해 눈을 감고 계속 노랫말을 흥얼거렸다. 우으, 점점 지겨워지는걸.

뚜벅뚜벅—

그때 우리 쪽으로 다가오는 발걸음을 느꼈다.

"서강우."

"오! 재규야, 잘했어! >ㅁ<"

"너 카페에 여자 끌어들이려고 오늘 연주 빠진 거야? 너 죽고 싶지, 응?"

"아니, 그게 아니라… 너 소개팅해 주려구."

쾅!!

"누가 그 딴 거 바랬어?"

"미, 미안해."

누군가 테이블을 쾅 내려치는 소리에 눈이 번쩍 떠졌다. 덕분에 내 입에서 맴돌던 노래의 가사도 까먹어 버렸다. -_-; 3초의 기억력이란.

"어라?"

아까 그놈이잖아? ㅇㅇㅇ 이 인간 말종!! 그 정류장에서 땀에 흠뻑 젖어

서 나를 노려보던 남자. 깊고, 넓고, 새까만 눈동자를 소유한 남자.

"너냐? 참견쟁이 아줌마."

저, 저 비웃음 섞인 말투는 뭐냐 이 말이다!! -0-

"-_- 인간 말종 같은 얼어죽을 놈이잖아?"

"너도 아까 걔처럼 맞고 싶지?"

인간 말종 같은 놈은 나를 한껏 째려주고 휙 돌아 대기실로 쏙 들어가 버린다. 뭐, 뭐야, 저 기분 나쁘다는 행동은? 아무리 경우가 없어도 그렇지!! 무대를 정리하고 우리 쪽으로 다가오는 또 다른 멤버들.

"서강우, 또 뭔 사고 쳤어? 뭐, 재규한테 여자를 소개시켜 준다느니 뭐라느니 하더니 재규는 또 왜 저렇게 골났어?"

우와~ 아까 그 사진첩에서 본 베스트 킹카 강은혁 아냐? 럭키럭키 데이다~ 오늘 하루 동안 벌써 셋이나 만났잖아! >_< 은혜가 알면 뒤집어질 일인걸~ 슬쩍 강은혁이 서 있는 곳을 쳐다보니 그 뒤에 내 가슴을 죽도록 시리게 한 김상원이 서 있었다. 어째서 김상원이 여기 있는 거지?!

"어, 지원아?"

"에? 둘이 알아?"

"김상원……."

벌떡 일어서 버린 나는 김상원을 원망하는 눈빛으로 가늘게 쳐다보다 마구 흐르려는 눈물을 감추지 못해 그 자리를 얼른 뛰쳐나왔다. 그리고 어디론가 마구마구 달음박질치기 시작했다.

"어! 지원아!! 어디 가!"

어느새 익숙해진 강우. -_-

"김상원… 너도 여기 멤버였어?"

"응, 이번에 새 멤버 됐어."

"지원인… 너무 슬퍼하는데. 너 때문에 죽을 듯이 아파했는데. 어째서 넌 이렇게 아무렇지 않은 거지? 너 정말 해도 너무하는구나."

뒤쫓아 나가는 은지.

"뭐야? 너 쟤네 알아?"

"응, 내가 말했잖아. 강지원."

한참을 뛰다가 턱까지 차 오른 숨 때문에 어느 빌딩 앞에 주저앉았다. 그대로 무릎에 얼굴을 묻고 울음을 터뜨렸다.

"저기?"

누군가 나를 불렀지만 나는 개의치 않고 계속 울어버렸다. 그런데 갑자기 차가운 캔 음료를 내 얼굴에 가져다 대고, 문대는 문디 자슥. -_-+

"뭐야?!"

그 문디 자슥 얼굴을 보려고 고개를 하늘로 쳐드니,

"오! 안녕!"

내 앞에서 눈을 말똥~말똥~ 뜨고 서 있는 신우주!! 오오오!! 벌써 다섯 명 다 만났잖아?! 내일 은혜한테 가서 자랑해야지. -_-v

"어디 아픈 거야?! 112 불러줄까? 오우, 아니지! >_< 113! 아니아니!! 114? 아닌가? 아! 119 불러야지!! >ㅁ<"

장난을 치다가 사태의 심각성을 눈치 챘는지, 갑자기 안쓰러운 눈빛으로 나를 쳐다보는 신우주.

"아무것도 아냐. 신경 끄고 가던 길 가."

"그래도 그런 게 아니지! 자, 이거 마셔. 내가 만든 마법의 음료야. +ㅁ+"

내 얼굴에 바짝 캔 음료를 가져다 대는 신우주. 나는 덥석 캔 음료를 받아 들었다.

"아, 고마워."

"울지 말아요! 근데 왜 우는 거야?"

와, 맑다! 이름처럼 눈이 정말 참 맑다. 끝없는 우주처럼.

"아무것도 아냐. 혹시 너도 세명고 밴드?"

"오옷!! 어떻게 알았어!! 꺄홀!! 너 신 내렸나 봐!"

"니가 얼마나 유명한데. ^-^"

나는 힘없이 빙긋 웃으며 교복을 툭툭 털고 일어났다.

"아, 음료수 고마웠어. 덕분에 좀 나아졌어. 만나서 반가웠어. 안녕~"

집으로 가는 길로 빙글 돌아서는데 갑자기 나를 와락 안아버리는 신우주. o_o

"저, 저기……"

어머어머, 웬일이니! >_< 나 꽃미남한테 안겼다~ 어때, 부럽지?! 잠깐, 이럴 때가 아니지? -_-;

"왠지 너무 슬퍼 보여서. 난 우는 여자한테 약하다구."

"항상 이런 식으로 여잘 꼬셨니? 너무 과감한 거 아니니?"

"그런 거 아냐! 너 슬픈 거 내가 알아. 정말 슬퍼 보여서 그런 거야."

아까와는 사뭇 다른 진지한 목소리. 난 아무 저항 없이 그렇게 신우주 품에 안겨 있었다(마다할 리가 없죠! 그럼요! +_+). 이렇게 안겨 있으니 몸은 조금 불편하지만, 마음은 조금씩 편해졌다.

"신우주 맞지? ㅋ 넌 웃는 게 참 이뻐."

"^-^ 고마워. 너도 울지 마. 웃는 게 훨 이뻐."

"하하, 고마워."

나는 신우주의 팔을 풀어보려 했지만 그럴수록 팔에 힘을 줘버린다.

"나 그만 갈게. 이젠 정말 괜찮아."

"이젠 슬프지 마. 울지 마. 정말 그러지 마, 응?"

"그래그래, 이젠 안 울어. 안 슬퍼. 웃을게. ^O^ 자, 봐~ 그치? 이젠 안 울지?"

"강지원 맞지? 너 상원이 여자 친구였지? 오늘 엔젤로스 왔었지? 아까 연주하면서 봤어. 그래서 이렇게 우는 거지?"

"오오, 잘 아네. 너도 신 내렸나 봐."

나를 더 세게 안는 신우주.

"힘내. 그리고 상원이 미워하지 마."

"상원이 안 미워해. 그리고 난 미워할 수도 없는걸."

나는 신우주의 팔을 풀고 품에서 벗어났다. 이번엔 순순히 놓아주는 신우주.

"고마웠어."

나는 다시 길을 걸었다. 지원이 떠난 자리에 우두커니 서서 지원을 품었던 두 손을 내려다보며 머리를 긁적이는 우주.

"나 방금 뭘 한 거야? 아, 맞다! 음료수!"

　　　　　　＊　　　＊　　　＊

엔젤로스 대기실.

끼익—

분주한 밖과는 달리 대기실은 조용하다. 피곤한 듯 눈을 감고 있는 은재규와 그 앞에 무릎 꿇고 앉아 온갖 요상한 표정을 다 짓고 있는 강우.

"재규야, 수면제 좀 사다 줘? 일주일 동안 한숨도 못 잤잖아."

은혁이의 걱정스러운 목소리.

"괜찮아, 됐어. 집에 가면 쌓인 게 다 수면제야."

점퍼를 걸치며 강우에게 말하는 재규.

"한 번만 더 허튼수작 부려봐. 그땐 말로 안 해."

"ㅠ_ㅠ 미안해, 재규야. 그런데 왜 그렇게 여자를 싫어하는 거야?"

"니가 더 잘 알면서 자꾸 이러면 곤란하잖아."

"아직도… 아직도 그렇게 기다리는 거야?"

"나 먼저 간다. 천천히 정리하고 가."

말을 마치고 대기실을 나서는 재규.

"꺅!! >_< 은재규다!! 은재규!"

"어머어머, 너무 잘생겼다—!!"

카페를 나서려는 재규를 붙잡고 앵겨붙는 여자 1, 2. 이내 미간을 좁히는 재규. 어째 여자들이 위험할 듯싶다.

"놔."

"어머! 저기요, 우리 사진 한 번만 찍어요! >_<"

"두 번 말하게 하지 마. 놔."

"그러지 말구~ 따악! 한 번만 찍어… 꺄악—!!"

퍼억!!

여자 1의 뺨을 세게 강타하는 재규.

"허헉!!"

"비켜."

점퍼를 추스르고는 카페를 나서는 재규.

"어, 얼른 일어나! 빨리 나가자."

넋이 반 나가 버린 여자 1, 2.

"어라? 재규야, 벌써 가? 음료수 사 왔는데."

"그래, 나 먼저 간다. 애들이랑 천천히 뒷정리하고 와."

"어디 아파? 왜 일찍 가? 오랜만에 한잔 캬~ 하려고 했는데."

"좀 피곤하다."

우주의 머리를 꾸욱 누르고 빙긋 웃어 보이며 카페를 나가는 재규.

재규네.

끼이—

텅 비어 있는 집. 차가운 공기만이 재규의 얼굴을 무섭게 스치고 지나간다.

풀썩!

방 안에 들어서자마자 침대에 벌렁 눕는 재규. 후, 잠이 오질 않는다. 아무래도 오늘도 잠자긴 틀린 것 같다. 불면증. 수면제 없이는 단 하루도 잠을 이루지 못한다. 난 밤을 잃었다. 이것도 다 해민경 때문인가.

page 2. 사랑한다는 거 참 힘든 일이군.

담날 아침. 일요일. 오늘 아침만큼은 너무 행복하다. 래원이 자식의 앵앵대며 기어오르는 그 목소리에게서 해방될 수 있다아! -0- 살짝 눈을 떴더니 시계는 10시. 에이씽, 너무 빨리 일어났잖아. 시간이 아까운 나머지 나는 다시 눈을 감고 잠을 청했다.
　10분 후. 씨, 왜 오늘따라 잠이 안 오는 거지?! 아까운 황금 같은 일요일.
　저벅저벅—
　그저께부터 안 감은 머리를 벅벅 긁으며, 거울을 힐끔 보니 산발된 머리를 주체할 수 없어 고무줄로 헐겁게 묶어놓은 것이 보인다. 눈은 또 왜 이리도 부은 건지, 괴물이 따로 없네. 거실로 내려가니 텅 비어 있고 냉장고에 붙어 휘날리는 쪽지 한 장.

　야, 뚱! 나 오늘 소개팅 간다. -0- 엄마랑 아빠는 부부동반으로 오늘 딥따 늦으신댄다. 밥은 니 혼자 알아서 챙겨 먹으랜다. -_- 참고로 니 밥 나랑 내 친구랑 다 긁어 먹었다. 다시 만들어 먹든지 시켜먹든지 해라.
　아아! 그리고 니 방에 숨겨놓은 비상금 내가 다 긁어모았더니, 7만 원 정도 되길래 내 주머니에 넣었다. -_- 그럼 잘 있어라, 뚱.
　　　　　　　　　　　　—뿅 가는 얼굴의 소유자 동생 래원님.

　"이, 이, 자식!!"
　열이 오를 수밖에 없었다. 내가 어떻게 모은 비상금인데… 훌쩍! 밥솥을 열어보니… 정말 밥이 없네. 아아악!! 어째서 한 톨도 남겨주지 않은 거니? ㅠ^ㅠ 나의 돈 많은 갑부 친구 은지야! >O< 초스피드로 은지의 번호를 눌렀다.
　[고객 전화기의 전원이 꺼져 있으니…….]

"커, 커헉!"

이런 절망적일 때가. 어, 어쩌지? 바, 방법이 없네. ㅠ_ㅠ 그렇지!! 은지네 집으로 GO! GO! 나는 모자만 푹 눌러쓰고, 슬리퍼 소리를 친구 삼아 은지네로 향했다. 은지네 가기 위해서는 번화가를 지나쳐야 한다. 그러나! 배고픈데 그게 다 뭔 상관이겠는가?

질질질(슬리퍼 소리. -_-;;)—

"그것밖에 못하냐?"

앗! 이것은? 은재규의 목소리와 많이 유사하다. 불길한 예감에 모자를 더 푹 눌러쓰고 슬리퍼를 빠르게 끌며 은지네로 향했다.

"어! 지원아! >ㅁ<"

그야말로 딱. 걸. 렸. 다. ㅠ0ㅜ

뚜벅뚜벅—

점점 다가오는… 아, 안 돼! 꺄악!!

"지원아!"

ㅠ0ㅜ 엉엉~ 엄마아~

"어디 가냐?"

"으, 은지네 가는데."

"^0^ 꺄욱! 우리 또 만났네!"

"응, 그렇네."

어색한 이 분위기. 고개를 살짝 들고 둘러보니 찡그린 은재규의 표정과 애처로운 상원이의 표정. 다시 모자를 푹 눌러쓰고 뒤로 돌았다.

"우리랑 같이 놀래??"

강우의 목소리다. 미, 미쳤니?

"아냐~ 아냐~ 난 은지네 가봐야 돼."
"어라? 은지 우리랑 만나기로 했는데?"
꺄악—!! 끝났다아. ㅠㅇㅜ
"강우야! >ㅅ<"
오지 않길 바랬건만 반가운 듯 달려오는 은지.
"오늘 우리 공연 있는데 같이 가자. 잘됐네~"
웃음이 이쁜 녀석. 어허허, 내 손을 이끄는 우주 녀석. 상원이를 슬쩍 쳐다보니 어두운 표정. 후… 기분 탓이겠지? 아닐 거야.

엔젤로스.
오늘도 덩그러니— 구석에 자리 잡은 은지와 나.
"강우야, 공연 잘해. >.<"
"+_+ 사랑의 힘으로!! 야얍!!"
"꺄욱—!!"
쇼를 해라. 근데 사랑의 힘? -ㅇ-?
"은지야, 근데… 사랑의 힘이라니?"
"사실~ 우리 사귀기로 했거든!!"
"헉!!"
"너무 놀라지 마! *>ㅁ<* 부끄럽잖아!"
대기실로 가는 강우를 쫄래쫄래 쫓아가는 은지. 좋겠다, 청춘들은.
혼자 앉아서 20분 정도 지났나?
꼬르륵—
아, 아무래도 배가 고프다. 은지를 찾아야 해~ 마이 밥통. 나는 슬리

펴를 질질~ 끌며 대기실의 문을 삐그덕 열었다. 두 눈을 살포시 감은 채 자고 있는 은재규. 오오~ 저렇게 보니 진짜 잘생겼구먼. 근데 왜 성질은 그렇댜? 그나저나 이것들은 어딜 갔지?

"으, 은지야아."

은재규가 깰까 봐 아주 조그마한 소리로 은지를 찾았다.

"은지야아."

벌떡!! 일어서 버린 은재규.

"ㅇㅇㅇ 꺄—!!"

"-_-^ 얼른 안 꺼져?"

"그, 그냥 자!! 누가 너 보러 왔냐?! 은지 내놔!! 은지 어딨어!!"

"야, 서강우—!!"

벌컥—

"왜 그래, 재규야!!"

"어머! 지원아? 왜에?"

"ㅠ_ㅜ 배, 배고파."

내 말 한마디에 모두 턱이 떡~ 벌어진 눈치다. 뭐 잘못했수?

"^^;; 그, 그래, 밥 먹으러 가자."

나는 은지에게 이끌려 대기실에서 나왔다. 우르르르 쏟아져 내리는 검은색 돌들. 에비! 에비! 저건 사람의 대가리다. 강지원! +_+ 정신 차려라!! 저건 사람의 머리통이지, 주먹밥이 아니다아. 아니라구! 아냐아냐. 아, 맛나겠다.

"지원아, 아침 안 먹었어? 이 시간까지?"

"우웅. 래원이 놈이랑 엄마랑 아빠 다 없어. ㅠ_ㅜ 래원이 자식이 내 비상금이랑 밥까지 다 쓸어갔어. 나쁜 놈!"

"배고프겠다. ^-^;"

나는 은지 덕분에 배가 터지도록 먹어댔다. 밥을 먹은 후 음료수를 마시며 부어오른 배를 쓱쓱 문지르는데,

"꺄악! >_<"

갑자기 여자들의 환호 소리가 들려오고―

"^o^ 쉿!! 지금부터 공연 큐!"

우주의 귀여운 목소리가 마이크를 통해 울리더니 노랫소리가 흘러나오기 시작한다.

"꺄악―!!"

"^o^ 은지야, 봐봐! 강우 저기 있어. 꺄악! 강우야!! >ㅁ<"

은지마저 덩실덩실. 하늘까지 솟아오를 듯한 분위기.

사랑하기 때문에. 사랑해. 언제나 영원히 사랑해.
미안해. 이럴 수밖에 없는 나 용서해 주길 바래. 어쩔 수가 없었어.
너에게 미쳐 버린 나를. 너와의 이별 그 순간까지도 너에게 미쳐 있었어.
사랑하니까 헤어져 줘. 너를 너무 사랑하고 있어. 사랑해서 헤어져.

사랑하니까 헤어져……. 김상원이다. 저건 분명 김상원이 지은 노래일 테지? 누구든지 알고 있는 걸까? 저기 저렇게 소리치는 사람들도 사랑한다는 말이 얼마나 무서운 말인지 알까? 무대로 눈을 돌렸다. 은재규의 눈에 맺힌 눈물. 아주 가늘게 나를 쳐다본다. 점점 강해져 가는 목소리. 사랑하니까 헤어져……. 은재규의 눈에서 드디어 눈물이 떨어졌다. 나를…

큰 눈으로 주시한다. 이상하게 은재규가 날 쳐다본다. 고개를 돌려 버렸다. 김상원, 바보 자식.

연주가 끝나고 관객의 흥분은 아직도 식을 줄 모른다.

무대에서 내려와 우리가 있는 테이블로 걸어오더니, 내 옆에 풀썩 앉아버리는 은혁. 그리고 앞에 싱글벙글하며 앉는 우주와 그 옆엔 강우와 은지, 그리고 내 왼쪽에 앉는 상원이. 대기실로 곧바로 들어가 버리는 은재규. 대기실에 맛나는 거라도 숨겨둔 건지. -.-^

"우리 대빵 멋있었지? 그치그치??"

우주가 함박웃음을 짓는다. 꺄악!! -0-

"응, 잘했어."

가슴이 꽉꽉 막힌다. 김상원은 테이블에 엎드려 헤어질 때 그 아팠던 눈빛으로 나를 쳐다본다. 어색한 나머지,

"주, 주스 마실래?"

라고 해버린 나. 난 정말 대책없는 애다. 살짝 놀란 표정으로 일어난 상원.

"응, 고마워."

아씨, 진짜 싫다. 나는 쭈뼛쭈뼛 손을 무릎 위로 살포시 내렸다. 그때 갑자기 덥석! 내 손을 잡는 강은혁. O_O? 내 손에 종이 쪼가리를 쥐어준다. 그러더니 벌떡 일어난다.

"재규한테 가봐야겠다."

그러더니 저벅저벅 걸어가 대기실로 쏙 들어가 버렸다.

"지원아~ 킥킥~"

"응??"

어느새 친해진 우주와 나이다. -_-;

"으히히."

살짝 진지함이 맴도는 미소. 갑자기 고개를 테이블로 박아버리는 상원.

"어디 아픈 거야?"

아무 말 없이 계속 고개를 숙이고 있는 상원이. 숨을 헐떡이는 것 같다. 걱정이 돼서 상원이의 머리에 살짝 손을 대었다.

"야! 김상원, 니 머리 뜨겁잖아?!"

"어, 정말! 상원아, 괜찮은 거야?"

강우가 상원을 흔들어보지만 도통 소용이 없다.

"하아… 하아."

내 품으로 쓰러진 상원이. 예전이라면 이 작은 머리통을 꼬옥 껴안아줬을 거야. 지금에 와선 아무것도 해줄 게 없잖아. 나는 은혁이가 준 쪽지를 서둘러 주머니에 쑤셔 넣었다.

"상원아, 병원에 가자, 응? 강우야, 나가서 얼른 택시 좀 잡아줘! 빨리!!"

그때 난 아마 살짝 미쳤던 것 같다.

"싫어. 병원 싫어. 집으로 가자. 하아… 하."

숨을 헐떡이면서 내게 작은 소리로 말하는 상원이.

"안 돼! 이런 몸으로 집에 가서 누워 있어봤자……."

"싫어. 병원 말구 집으로 가자, 지원아."

나는 헐떡이는 상원이를 보며 눈물이 맺히기 시작했다. 뭐니, 강지원? 너 아직도 이 빌어먹을 자식을 사랑하고 있는 거야? 나는 나보다 더 큰 상원이를 어깨에 지고 강우가 잡아놓은 택시에 올랐다.

"지원아……."

우주가 내 손을 잡았다.

"응? 왜?"

"무리하지 마."

"무리는 무슨."

"상원이… 강우한테 맡겨."

"아, 맞다. 강우."

나도 모르게 막 날뛴 것 같았다, 우주가 자제할 정도였다면. -_-; 나는 강우에게 상원이를 부탁하려 했다. 그러나 내 옷자락을 잡고 늘어지는 상원. 역시 내가 곁에 없으면 안 될 것 같아서 나 혼자 상원이를 데리고 택시에 올랐다.

부르릉~

"어쩐지 상원이 안색이 안 좋아 보이더라."

"지원이도 참. 강우 너한테 맡기면 될 것을."

"뭐, 지원이가 잘 간호해 주겠지~ 아무래도 남자보단 여자가 나을 테니까. 들어가자. ^-^"

"……."

우주는 택시가 떠난 그 길을 한동안 꿈쩍 않고 쳐다만 본다.

상원이네.

"웃샤!!"

나는 침대에 상원이를 눕혔다. 가늘게 눈을 치켜뜨고 나를 올려다보는 상원이.

"하… 지원아……."

"많이 아픈 거야? 왜 말 안 했어!! 물수건… 어우, 이 땀 좀 봐."

와락—

나를 안아버리는 김상원.

"왜 이래? 너 열 심해."

"미안해. 그런데 아직도 사랑해……."

"사랑해란 말 하지 마. 너 그거 알아? 나 너랑 헤어진 날부터 사랑해란 말을 들으면 치가 떨리고 두렵기까지 해. 나 사랑해란 말 같은 거 안 해. 안 하기로 했어."

나는 상원이의 뜨거워져 가는 팔을 뿌리치려 했지만, 상원이는 나를 더 세게 안으며 우리의 이별과 같이 사랑해란 말을 반복한다. 이제 또 다시 헤어지자고 말하려고? 우리 지금은 사귀지도 않잖아. 그때처럼 사랑해서 헤어지자는 소리 하려고?

"놔. 니 몸 많이 뜨겁다."

스르륵— 툭!

상원이는 나를 놓아주며 침대 위로 쓰러지듯 누웠다. 나는 상원이에게 이불을 덮어주고 차가운 물수건을 빨다가 상원이 머리에 올렸다. 눈을 감은 채 내 손을 잡는 상원이의 뜨거운 손.

"언제부터 이런 거야? 병원에 좀 가지."

아직도… 상원이가 안쓰럽다. 웃기게도 지금 내 눈에서 눈물이 흐르려는 걸 보면 정말이지 아직도 나 이 자식을… 하!

"지원아."

"왜? 말 많이 하지 마. 몸도 아픈데."
"정말 미안해."
"이번엔 또 무슨 말 하려구? 니가 입만 열면 무서워."
"하아… 나 너 없이 못살아."
눈물을 흘리는 상원이. 여기서 안아주면… 안 되는 거겠지.
"말이라고 하냐?"

엔젤로스.
"야, 상원이 많이 아파 보였냐? 그럼 날 불렀어야지! 병원에 보냈어?"
"아니. 집으로."
"야! 걔 혼자 사는데 어쩌라고 집으로 보냈어! 아유!!"
"아, 걱정 마! 지원이가 데리고 갔어."
"은혁아, 상원이네 어디인 줄 알아?"
갑자기 재규가 일어서 은혁에게 묻는다.
"응? 상원이네? 알지. 왜? 걱정 마. 지원이랑 둘이 갔다니까."
"강지원이랑 둘이 두기 싫어서 그래."
재규의 말에 모두들 어리둥절하고, 우주는 아까부터 말이 없다.
"웬만하면 그냥 두지."
우주가 나지막이 속삭였다.
"은혁아, 택시 잡아라."
우주의 말은 개의치 않고 점퍼를 걸치는 재규. 은혁과 은지, 강우, 우주와 함께 상원이네로 향했다.

상원이네.

띵동—

"누구세요?"

[문 열어.]

은재규의 중저음 목소리가 인터폰을 통해 들려온다.

끼이—

문이 열리자마자 얼어붙은 은재규의 눈빛이 섬뜩했다.

"너 집에 가."

"아, 그래. 고맙다."

나는 현관에서 신발을 신었다. 그때 방에서 절뚝거리며 걸어나오는 상원이.

"상원아!!"

강우와 은혁이가 상원이를 부축하고,

"하아… 재규야, 지원이… 그냥 둬."

"무슨 소리야?"

"그냥 오늘만… 내 옆에 있게 해줘. 제발."

"후우……."

"응?"

"강지원, 나랑 얘기 좀 하자."

나는 은재규를 따라 아파트 놀이터로 나갔다.

"……."

아무런 말이 없는 은재규. 불러놓고 뭔 수작인지. -,.-a

"무슨 얘기가 하고 싶은데?"

"상원이 사랑하냐?"

"하, 그럴 리가……."

"그런데 왜 자꾸 상원이 앞에서 알짱대?"

"너 상원이 좋아하냐? -_-^^"

"뭐? 야!! 나 남자야!"

토끼처럼 눈을 동그랗게 뜨고 지가 남자라고 말하는 은재규. 뭔가를 매우 설득하고 싶은 얼굴이다. 훗, 순진하시긴. ㅋㅋ 은재규답지 않은 의외의 반응이야.

"나 김상원 안 좋아해. 잊고 있는 중이야. 그런데 자꾸만 가로막잖아. 김상원이 자꾸만 옛날로 돌리려고 하잖아. 나 지금 버티기 힘들다. 너까지… 끼어들지 마."

"해민경이랑 닮았다… 넌……."

"뭐? 그게 누구야?"

"해민경."

해민경이란 말만 한 후 아파트 엘리베이터를 타고 올라가는 은재규. 뭐야, 저 자식? 그나저나 뭐라고 쓴 거지? 나는 은혁이가 준 쪽지를 펼쳤다.

"에에?"

page 3 사랑이 무어냐고 묻는다면 그리움이라 말하겠다.

허, 이것 참. 어째서 이런 부탁을 나한테 하는 거지? 나는 은혁이가 준 쪽지를 살짝 구겨 주머니에 넣었다. 엘리베이터에 올라타는데 왜 그렇게 가슴이 떨리던지.

끼이―

재규의 표정은 뾰로통해서 입이 한 댓발 나와 있었다. =ㅅ=; 나는 소파 위에 앉으며,

"뭘 노려봐!!"

하고 재규에게 버럭! 소리쳐 버렸다. 그때 난 깡이 꽤 좋았다. -_-b

"o_o"

후훗~ 은근히 놀라는군. -_- 내가 이래 봬도 무서운 사람이라구!! 그나저나 은혁아, 그런 부탁을 하다니 무슨 속셈이냐구!! 휴~ 은혁이도 참… 하참… 거참…….

"근데 상원이 어디 있어?"

집을 둘러보니 상원이가 사라졌다. -O-; 많이 아팠는데… 그러고 보니 은재규도 없잖아?

"방에. ^O^"

은지가 가리킨 방으로 들어서려는데,

덜컥!

살짝 열린 방문 사이로 주절주절 떠들어대는 사내 둘. -_-?

"싫어."

"왜!! 난 괜찮아. 어차피 내가, 내가 울린 거잖아."

"병신아, 이제 그만 해. 너 그만큼 힘들었음 된 거잖아. 강지원도 잘 알 테니까 이제 그만 하라구!!"

o_o;; 저, 저거 뭐지? 혹시 내 욕 하는 건가?

"그래, 니 말대로 나 많이 아파했으니까 이젠 웃고 싶다, 재규야. 나 지원이랑 예전처럼 웃고 싶어. 내 바람은 그거 하나로 충분해."

다시 살짝 문을 닫았다. 그리고 현관문을 열었다.

"어디 가! 지원아!"

흐르려고 하는 눈물 때문에 나를 잡는 우주를 쳐다보지도 못하고,

"미안해. 나 약속있는 걸 잊었다. 상원이한테 몸조리 잘하라고 전해줘."

그리고 그대로 아파트를 뛰쳐나왔다. 다시 예전으로 돌아가자고? 김상원, 너 너무 싫다. 제정신인 거야?! 며칠 전까지 나 너 때문에 기분 제로였어. 너무나 힘들어서… 실연당한 거 믿기지가 않아서… 너랑 마주치는 것도 죽을 듯이 심장이 콕콕 쑤셔왔다. 그런데 뭐? 이제 뭘 어쩌자구? 다시 되돌리자고? 이별이란 의미가 뭔데? 영영 안녕이란 뜻인데 이제 와 다시 돌리자구?

타박타박—

한참을 하염없이 걸었던 것 같다. 차비도 없고… 여기가 어딘지…….휴우~

"지원아!!"

"우주야, 어떻게……?"

"뛰쳐나가길래 잡으러 왔습니다. 근데 왜 여기까지 온 거야?"

"아니, 그냥 걷다보니까 이상한 데까지 와버렸네? 킥. 저기 우주야, 차비 좀 빌려줄래? ㅠㅇㅠ 지금 한푼도 없네."

"차비? 잠깐만."

우주는 어느 카페에 들어서더니 5분 후에 오토바이를 끼끼대며 끌고 온다. 럭키~

"저기… 이게 뭐야?"

"아는 형 카페인데 내 꺼야."

캬아~ 역시 이놈은 내 생명의 은인인 것이야. +_+)/

"얼른 타. ^-^"

"ㅠ_ㅜ 고, 고마워, 우주야."

폴짝! 나는 냅름 오토바이 위에 올라탔다.

"허리 꽉 잡아, 떨어지지 않게!! >ㅁ<"

"응!! 걱정 마! +ㅁ+"

한 20분쯤 지나 도착한 반가운 우리 집. 20분이나 걸리다니, 참 많이도 걸었네. 나는 오토바이에서 내렸다.

"처음 타서 그런가 봐! @_@ 우읍! 어지럽고 속이 울렁거린다. 여하튼 고마웠어."

"아니야. ^O^ 운전 기사 필요하면 나 불러. 괜찮겠어? 무리한 건 아니지?"

"괜찮아. >ㅁ< 잘 들어가~"

그렇게 우주가 떠나고, 옵스!! 9시다. 이제 나 죽겠네. 아이고, 맙소사.

띵동~

[누구쇼?]

"래원아, 엄마, 아빠??"

[안 계셔. 근데 너 누구야?]

"누, 누나야. ㅠOㅜ"

[누나가 뭐야? 우리 집엔 똥밖에 없어.]

이, 이놈. 또 그걸 시키려나 보다. ㅠOㅜ

"래, 래원아, 한 번만 봐줘라~"

[10초 시간 준다.]

"아씨, 진짜."

[10. 9. 8…….]

"아, 아, 알았어!! πOT 세계 최고의 뚱!! 뚱의 역사는 이 강지원에게서 비로소 탄생되었다!! 움하하하! 이 세계의 악을 물리치는 뚱!! 위급할 때 이 뚱을 불러주세요. >_<)/"

[크큭! 들어와.]

어느새 내 주위에 몰려든 동네 애들. 이 시간에 집에 안 들어가고 왜 여기 있냐.

"저 누나 봐봐, 왜 저렇게 산대?"

"와아~ 불쌍하다."

개, 개쪽이다.

덜컹—

"아이고~ 진짜 웃긴다. 크큭! 시킨다고 다 한다? ㅋㅋ"

"야!! 너 내 비상금 다 내놔—!! >_<"

"그거 다 썼어."

"어디에? -_-^"

"^0^ 데이트비. 커헉!!"

나는 래원이 목을 졸라대기 시작했다.

"이, 이 자식!! 어떻게 그런 말을 아무렇지도 않게 하는 게냐!! 미안한 표정은 어디다 숨겨놨냐!! 이 나쁜 자식!! 그게 어떻게 모은 건지 아냐구!!"

그나저나 나 정말 어떡해야 하지? -_-a 은혁이가 내게 준 쪽지엔,

「재규랑 사귀어라.」

라고 쓰여 있었다. ㅜ_ㅜ 땀에 젖은 종이에 삐뚤빼뚤한 글씨. 부들부들 떨린 손자국까지 남아 있었다. 방으로 올라가는데 핸드폰이 징징거린다.
"여보세요?"
[나야, 상원이. ^O^]
또 이 자식이다. 날 자꾸만 과거로 파묻히게 하는 놈.
"응, 웬일이야? 몸은 괜찮아?"
[^-^ 많이 나아졌어. 열만 약간 있어.]
가벼운 목소리. 그동안 꿈속에서만 그리던 목소리.
[내일 시간있어??]
"아니."
[그래? 내일 모레는?]
"그때도 안 되는데."
[그럼 글피는?]
"이번 주는 안 돼."
[우음, 그래? 그럼 다음주 토요일!]
"왜?"
[놀러가자구.]
"저기 상원아."
[응?]
목소리만 들어도 안다. 지금쯤 수화기를 붙들고 싱글벙글 웃고 있을

이놈. 밝게 웃고 있을 이놈. 하아, 욱씬거리는 머리. 또 날 그 과거 속으로 밀어 넣는다.

"응. 알았어."

[그럼 내가 그때 전화할게.]

나는 아무 말 없이 끊어버리고 내 방에 올라가서 대충 옷을 갈아입었다. 그러곤 밥 달라는 래원이의 말을 잘근잘근 씹어먹고서 잠을 청했다.

……!! 밤샜다. 어젯밤에 꿈속에 상원이가 나타나서 잠을 설쳤다. -_-

"뚱!! 일어나!!"

후, 저 자식이다. 엄마보다 더 악질인 새끼. 나는 오랜만에 머리를 감고 교복을 빼입었다.

"뚱! 빨랑 오라구. -0-!!"

"이 씨발 놈아, 조금만 기다려!! -_-^"

빠악!

"아악—!! 뭐야!! -0-"

"그 씨발 놈 낳은 어미다! 기집애가 동생한테 씨발 놈이 뭐야, 씨발 놈이!! 여자애가 입을 그렇게 험하게 굴릴래?!"

악을 써대는 엄마를 제치고 래원이를 끌고서 죽어라 버스 정류장으로 달렸다.

끼익—

오늘도 한 정거장 앞에서 버스를 타 나를 반갑게 맞아주는 갑부 친구님 은지.

"^0^ 지원아!!"

"ㅠ0ㅜ 은지야."

"왜 그래??"

나는 은지에게 어제 있었던 일을 다 불었다. -_-;

"김상원, 웃기는 놈이네!!"

"그러니까 내 말이……."

다음 정류장에 멈춰 선 버스. 새까만 머리통 네 개가 옹기종기 붙어 있는 사이로 은색 머리통 한 개. 불길하다. -_-;; 익숙한 머리통 다섯 개가 왠지 모르게 불길하다. 마침내 머리통 다섯이 버스로 올랐다. 아침밥을 안 먹었더니 저것들이 또 주먹밥으로 보이네.

"어우! 은지!! +ㅁ+"

씨, 씨펄!! 왜 저것들이. 그, 그러고 보니 전에 이 정류장에서 은재규를 만났지? -_-a 인간 말종 같은 새끼!! 빙그레 웃는 상원이의 얼굴 뒤로 나를 벌레 보듯, 찢어죽일 듯 째려보는 은재규. 저놈은언제 철드나?

어느새 학교 앞에 도착한 버스! 나는 서둘러 답답한 버스에서 내렸다.

"잘 가! ^0^"

"잘 가, 강우야!!"

나는 버스에 붙어서 떨어질 줄 모르는 은지를 냅따 끌어내 학교로 텨텨!! >ㅁ<

조회시간.

드르륵―

"자자, 자리에 앉아라! 오늘 전학생이 있다. 얼른 앉아!!"

"누굴까? 지럴 같은 년이면 어째?!"

은혜가 얼굴을 찡그리며 소리쳤다.

저벅저벅―

담임 옆으로 쪼로로록 달려와 찰싹 붙어 있는 전학생. -0- 완전 큐티 스타일이다. 이쁘장한 얼굴에 살짝 긴 머리! 남자 새끼들 아주 뒤로 자빠지고 난리났다. 내 짝이 된 전학생.

"안녕? ^O^ 난 이지현이야. 잘 부탁해."

내게 꾸벅 인사하는 전학생, 아니, 지현이.

"으응, 그, 그래."

쉬는 시간이 되자 내 옆에 있는 이지현에게 몰려드는 남자 쉐끼들!! 기분 드러워서 은혜와 은지가 서로 씨부렁대는 곳으로 갔다.

"왜? 또 누구 씹어??"

"야, 쟤, 니 짝지 좀 맘에 안 든다. -_-"

"응. 나도 좀 그런 것 같아."

착한 은지마저 은혜와 같이 누굴 씹다니!! -0-; 은지가 씹을 만하다면 정말 나쁜 애일지도……

이래저래 수업이 끝났다. 웬일인지 교문 앞이 바글바글하다. 터벅터벅 은지와 은혜와 나란히 손잡고 걸어가는데 뒤에서,

"지원아―!!"

하고 달려오는 아낙네는… 지현이.

"오오, 저기 밥맛없는 니 짝지 오네. -_-^"

은혜가 달갑지 않은 표정으로 내 옆구리를 쿡쿡 쑤신다.

"지현아. -_-;;"

"어디 가?"

"집에 가지, 어딜 가."

"^ㅁ^ 같이 가자!! 혼자 가기 심심하거든."

살짝 은혜와 은지를 쳐다보니, 입 모양이 안 돼라고 외치고 있다. 그렇지만 너무 불쌍하게 쳐다보는 지현이가 불쌍해서 같이 가기로 했다. 교문을 나서니,

"어?! 저기 있다. 지원아—!! >0<"

"어? 우주야, 여긴 웬일이야?"

"은지야. ㅠ0ㅜ"

"강우야. ㅠ0ㅜ"

영문을 모르는 은혜이기에 내 옆구리를 푹푹 쑤셔대며,

"뭐야? 쟤네 세명고 킹카잖아. >_<"

"소개하지. -_- 흠흠."

나는 다섯 명 곁으로 다가섰다.

"타자 1 은재규! >ㅁ< 타자 2 신우주! >_< 타자 3 서강우! >0< 타자 4 강은혁! >ㅅ< 타자 5 김상원! ^-^"

김상원에 살짝 이맛살을 찌푸리는 은혜. 터프걸 은혜가 김상원에게 손가락질을 한다.

"뭐야, 이 김상원이 그 김상원이었잖아?"

순간 은혜의 손을 잡는 재규. 모두들 어벙한 표정을 지었고 재규는 은혜를 금방이라도 때릴 기세로 말했다.

"-_- 상원이 내 친구다. 니깟 것들이 건들 만한 거 못 돼."

"와~ 다들 정말 잘생겼다!"

"못 보던 뉴 페이스네?"

"ㅋㅋ 전학을 왔다지~"

"반가워. 난 이지현이라구 해."

"안녕~"

역시 강우 녀석은 착한 녀석. 모두 다 무표정이다. 우주 녀석마저. 상원이가 내 손을 잡는다. 갑자기 은재규가 껴들어 나를 도로 쪽으로 냅다 밀쳐 낸다.

"왜 그래애, 너 자꾸!! 차에 치어 죽으라고?!"

재규한테 꽥 소리쳐 버렸다.

"상원이 건들지 마라. -_-"

"야!! 너 진짜 이상하다—!! 너 김상원 좋아해?! 너 왜 이래, 어?! 말해 봐!! 너 이상허다! 너 진짜 이상해!! 너 남자 아니지! -_-^ 그치?!"

"그만 하고 가자."

은혁이가 내 어깨를 툭 치며 내 가방 꼬랑지를 끌고 간다. 나는 질질 끌려가면서도 씨부렁씨부렁 옆에서 나를 노려보는 은재규 놈을 씹는 중이다. -_-^ 흥! 언제 쫓아왔는지 이지현은 은재규 옆에서 쫑알쫑알. 어지러울 정도다.

"야, 너 누구야?"

드디어 은재규, 폭발합니다아(어쩐지 기분이 좋다)!! ><

"^ㅇ^ 이지현이라구 해! 아까 소개했는데 못 들었구나?"

"그거 물어본 거 아니잖아. 절루 꺼져, 시끄러!"

"ㅠ_ㅜ 그, 그런 말을……."

"……."

"울렸어!! 이 자식아!! 여자를 울리냐?! +_+"

나 또 다혈질처럼 달아올라서 지현이를 울린 재규 녀석에게 소리쳤다. 엉엉 우는 지현을 아니꼽게 쳐다보는 강우, 은지 커플.

"야야, 울지 말라고."

수그리고 엉엉 우는 지현이의 옆구리를 발로 툭툭 걷어차는 은재규.

"ㅠ_ㅜ 훌쩍! 미안해."

"씨발."

욕질을 한 번 하더니 앞서 가버리는 은재규.

"야, 지현아, 울지 마. 울지 마. -_-"

난 또 동정심에 불타올라 지현이를 토닥여 주었다.

"ㅠoㅜ 그, 그렇지만… 미, 미안해!!"

"아, 씨발… 야! 울지 말라고!!"

살짝 입꼬리를 치켜올리는 은지와 은혜. 너무 노골적으로 좋아하는 거 아니니?

"야! 길거리 한복판이다! 소리 좀 지르지 마! >_<"

재규를 다그치는 날 때려죽이려는 은혜. -_-;

"아, 씨발."

서둘러 엔젤로스로 돌아서는 재규 녀석. 조금 황당한 듯 땀을 뻘뻘 흘리며 걷고 있다. 이지현은 계속 그 자리에서 펑펑 울어 젖히고, 내가 이지현에게로 가려 하자 은혁이가 내 손을 잡는다.

"놔둬."

나는 은혁이에게 다시 이끌려 엔젤로스로.

"아무도 없네?"

깜짝 놀란다. 카페에 아무도 없다니. 망한 것인가?

"오늘 연습하는 날이라 장사도 안 해. -_-"

"와~ 이거 니네 카페야?"
"우리 꺼라기보다는 뭐."
은혁이와 한참 얘기하고 있는데 은재규가 다가와서,
"야, 잡담하지 말고 준비해."
두두둥—

눈물이 흘러내려요. 그대 생각에.
아픔과 슬픔 짊어지고 살 그녀에게 미안해요. 너무 미안해요.
나… 당신을 잊고 살고 싶어요.
어디 있는지… 누가 가르쳐 주지 않을래요? 그대 날 잊고 살아갈 텐데.
나 눈물이 마르도록 그댈 그리워하는데 왜 내 곁에… 돌아오질 않나요.
가슴에 애처로운 그리움은 이 세상 끝난다 해도 사라지지 않겠죠.
보고 싶어요. 언젠가는 돌아와 줄래요. 돌아와만 준다면 나 죽어도 행복하겠죠.

간주 부분에서 반짝거리는 은재규의 눈에 꼭 내가 비치는 것 같아서 순간 심장이 멈춘 듯했다. 꼭 무슨 사연이 있는 것처럼…….
탕!!
순간 마이크를 내려놓는 은재규.
"미안하다. 나 오늘은… 못할 것 같다."
은재규는 대기실로 들어가 버리더니 이내 잠잠해졌다.
"재규 왜 저래? 서강우! 또 사고쳤어?!"
은혁의 다그침에 강우는 얼굴에 핏대를 세우며,

"아니야!! 무슨 사고!!"

"재규… 연습 안 할 놈 아니잖아."

상원이의 말에 은근슬쩍 걱정된 나는 살짝 대기실 문을 열었다. 엎어져서 흐느끼는 은재규.

"은재규, 너 울어?"

살짝 은재규의 등을 짚어보았다. 내 손을 꽉 잡고 고개를 돌리는 은재규.

"으악! 너 울어?!"

눈물이 쉴 새 없이 흐르는 은재규의 눈. 덥석 나를 안아 내 입술에 자신의 입술을 살포시 포개는 은재규! 으아악!! 내, 내, 내 첫키스. ㅠ0ㅜ

"뭐, 뭐야! 내 첫키스란 말야. 씨! ㅠ_ㅜ"

사, 상원이랑 사귈 때도 한 번도 못해본 건데. =0= 재규는 나를 빤히 쳐다보더니 나를 다시 품 안에 넣는다. 미세하게 떨려오는 은재규의 헐떡이는 작은 숨소리가 조용한 대기실에 울려 퍼지고 있었다.

"많이 힘들다."

이내 내 어깨를 꽉 부여잡더니 스르륵 놓아버리곤 탈의실로 들어가는 은재규. 뭘까? 뭐가 그리 힘들까? 어째 이런 느낌 싫지 않았다. 재규가 미남이라 그런가……? -_-a

page 4 달콤한 속삭임. 사랑의 눈물.

은재규와 키스한 뒤로 일주일 동안 우리는 한 번도 만난 적이 없었다. 뭐, 쬐끔 다행이긴 하지만. 김상원과의 약속은…….

지이이이잉—
핸드폰이 받아달라고 징징거린다.

「김상원.」

예상대로다. ㅠ_T 매우 자랑스럽게 액정에 뜨는 김상원. 망할 놈의 세 글자. =_=+
"여보세요?"
[^o^ 으응. 나야, 상원이. 오늘 약속 안 잊었지?]
"응, 그럼."
[교문 앞에 나와 있어. 학교 끝나구 바로 갈게. ^-^]
"오냐."
씨펄. 이 인간아! 우리는 헤어진 지 얼마 안 된 사이라구. 이 자식 미쳐도 단단히 미쳤어. ㅠoT
"지원아, 왜 그래? 어디 아파?"
"ㅠ_T 김상원이랑 약속한 날이잖아. 흐흑!"
"맞다! 오늘이 그날이구나!"
"그, 그려. ㅠ_T"
"어쩐지 아침부터 안색이 안 좋더니."
드르륵—
"지원아, 은지야, 은혜야, 안녕? ^0^"
"으응."
은혜와 은지의 퉁명스런 대답에도 불구하고, 지현인 싱글벙글이다.

"그래, 지현아, 안녕? ^-^"

"근데 지원아, 오늘은 세명고 애들 안 만나?"

"-_- 어? 이따가……."

꽈악─!

πOπ 은지와 은혜가 동시에 내 발을 밟았다.

"으응, 이따 학교 끝나면 집으로 바로 갈 거라구. ^^;"

"그래? 아쉽다~"

뭐가, 뭐가 아쉽다는 거냐?!

학교가 끝났다. =_+

"지원아, 얼른 가자~"

"난 약속이 있어서 이만. -_-)>"

다다다다─!!

집에 같이 가자는 지현이를 냅두고, 초스피드로 교문에 착지 성공! -0-v 아직 세명고가 끝나지 않았나 보다, 교문에 아무도 없는 걸 보니. 휴우~ 아씨, 그러나 저러나~ 오늘 하루 죙일 김상원이랑 어떻게 노나? 하여간 김상원 너, 정말 철면피다. 나 같음 너 같은 짓 못해. 어디 쥐구멍에라도 가서 숨어 살 거야.

"지원아. ^O^"

환하게 웃으며 내 앞에 나타난 이놈 김상원.

"응, 왔어?"

"^O^ 응! 좀 늦었지?"

언제 뽑은 건지, 아니면 빌려온 건지 교문 앞에 세워진 오토바이. 나는 오토바이의 출처를 캐묻지도 않고 올라탔다.

"우리 오랜만에 놀이공원 갈까? ^-^"
"마음대로."

ㅋㅑㅇㅏ! -0- 얼마 만의 놀이공원이더냐?
이 자식은 뭐가 그리 좋아서 싱글벙글인지. 놀이공원에 들어서자마자 내 손을 꼭 잡는 상원이.
"=_= 흠칫!"
"^o^ 오늘은 우리 친구 하자. 중학교 때 절친했던 친구!"
응, 맞아. 중학교 때 우린 둘도 없는 친구였지? 나도 모든 걸 포기했다.
"그래. ^-^"
놀이공원에 교복 입은 사람은 상원이와 나뿐. 매우매우 창피하긴 하지만 우린 회전목마 빼고는 다 탔다. 차츰 허기가 져서 퓨전 음식점으로~
"오늘 재밌었지? ^-^"
"응. 옛날 생각 난다."
"킥! 맞아. 우리 중학교 때 맨날 수업 빠지고 여기 와서 놀았잖아."
이 자식 피부가 조금 거칠어 보인다. 잠을 못 잔 건가? 눈빛도 어느새 많이 변해 있다. 옛날에 내가 알던 상원이의 눈은 초롱초롱한 옅은 황갈색인, 금방이라도 폭포처럼 쏟아져 내릴 것같이 정말 예쁜 눈이었는데… 지금의 내 눈이 이상한 건지, 잘못 보고 있는 건지. 짙은 고동색에 시들어 버린 눈동자. 한층 더 깊어 보이는 섬뜩한 눈망울.
"왜?"
즐겁게 웃고 있어도 눈은 서글피 울고 있다. 나는 상원이 얼굴에 손을 올렸다.

"안 본 사이 많이 거칠어졌어."

나는 거칠어도 나보다 깨끗한 그놈의 피부를 -_-; 쓰다듬으며 말했다. 금방이라도 넘쳐흐를 것 같은 눈물. 나는 상원이 앞에서 안 울려고 죽을힘을 다해 꾹 참았다. 상원이 녀석의 동공은 점점 오그라들고 있었다.

"…너 없어서 그랬지."

"그러게 누가 나 버리래? -_-^"

갑자기 내 손을 꾹 잡는 상원이. 그리고 조심스레 입을 연다.

"지원아……."

상원이 입에서 또 무슨 말이 튀어나올지 몰라서 나는 재빨리 말을 돌렸다.

"아, 맞다. 너네 밴드 애들 요즘 들어 자주 못 본다? 다들 바쁜가 봐?"

"아, 응. 재규가 좀 이상해져서."

"이상해지다니?"

"도무지 연습할 생각을 안 해. 표정도 항상 멍해 있어."

무슨 일이지, 그놈? 뭐, 평소에도 이상했지만. 차츰 불안해져 가는 이 기분은 뭘까나?

"다 먹었음, 이제 가자. ^0^*"

상원이는 내 손을 잡았다. 나는 상원이를 따라 벌떡 일어나 뒤를 따랐다.

오토바이를 세워두고 엔젤로스로 걸어가는 중. 우리는 단 한 마디 없이 걸었다. 서로의 복잡한 심정을 헤아리기라도 한 듯.

그렇게… 엔젤로스에 도착했다.

…내 가슴을 조이는 너의 숨결. 언제나 너는 내 곁에만 존재하는 것 같아. 아무것도 바라지 않아. …그냥 네 모습만이라도 보여줄래.

잊고싶어, 너무나 너를. 그동안 널 그리면서 나 너무 아팠으니까.

생사조차 모르는… 너를 어떻게 잊니.

쿵앙—!

마이크가 땅으로 내던져져 굉음을 냈다.

"못하겠어. 하아, 도무지 목소리가 안 나와. 하아… 하아."

"재규야, 무리하지 마라."

"얘들아, 우리 왔어. ^O^"

카페에 들어서자 상원이가 내 손을 꼭 쥐곤 애들을 향해 반갑게 소리쳤다.

"……"

나와 상원이를 아니꼽게 바라보더니 이내 우리 쪽으로 뚜벅뚜벅 걸어오는 은재규. 그러곤 상원이와 잡고 있던 내 손을 떼버린 다음 나를 팍 밀쳐 낸다.

"너 왜 그래!! 이 자식아, 노래를 못 부르겠는 건 니 잘못이지, 어디서 화풀이야?!"

"재규야, 왜 이래?"

짜악—!!

…뭐야? 지금 내 뺨이 살짝 뜨거워졌는데? 두툼한 무언가가 내 뺨을…….

"O_O 재규야! 너 왜 이래!"

모두 놀라 소리쳤다. 뒤이어 은재규의 흥분한 목소리가 들렸다.

"너 돌았어? 헤어진 지 얼마나 됐다고! 내가 너한테 분명히 말했지, 더 이상 상원이한테 집적대지 말라고! 알짱대지 말라고!!"

짜악—!

나도 한 대 날렸다. 내 첫키스 상대가, 아니, 그 무엇보다 아무것도 모르는 주제에 날 가르치려 드는 은재규가 미워서 나도 한 대 날렸다.

"니가 뭘 알아?! 니가, 니가 뭘 어떻게 아냐구!! 니가 내 마음을 조금이라도 알아? 내 심정을 조금이라도 이해해 봤냐구!! 이 자식아! 뭐? 알짱? 집적? 나도 말했지, 지금 버티기 힘들다고! 그러니까 너까지 끼어들지 말라고!! 힘들다고! 나 지금 너무 힘들어서 금방이라도 부서져 버릴 것 같다고! 미쳐 버릴 것… 흐윽! 같아서… 그래서… 하, 나 건들지 말아달라고."

"지원아……."

우주가 달려와 내 어깨를 감싸곤 대기실로 옮겼다.

"…지원아……."

"흑! 흑! 지가 뭘 알아? 지가 뭘 알길래 알짱대지 말라, 집적대지 말라야? 지가 뭘 아냐구!!"

와락—

날 꼭 안아주는 우주. 맞아, 내가 울 때 항상 우주가 곁에 있었지. 울지 말라고, 슬프지 말라고…….

스르륵— 뚜벅뚜벅— 쾅!

신우주가 그렇게 나가 버리고 곧 이어 상원이가 들어온다.

"미안해, 지원아. 괜히 나 땜에……."

"아니야. 아니아니, 괜찮아."

눈이 탱탱 부어버렸다. 상원인 아무 말 없이 날 안아주었다. 나 말야, 왜 이렇게 잘 안기는 걸까? 난 왜 이렇게 잘 기댈까? 한때는 강한 여자 강지원이었는데… 언제부터 이렇게 약해졌니?

"많이 힘들었구나. 미안해. 나 자꾸만, 자꾸만 널 내 옆에 잡아두고 싶었어. 너 없는 동안 많이 또, 많이 생각했는데… 나 있지, 도저히 너 없는 나는 내가 아니야. 지원아… 지원아, 한 번만 돌아와 줄래? 날 한 번만 더 바라봐 줄래?"

"난 말야, 지금 그럴 겨를이 없다. 너도 잘 알잖아. 나 너 때문에 사랑해란 말 같은 건 모르는 년이 됐어."

"……"

대기실을 나오니 한숨을 푹푹 쉬고 있는 강우의 모습과 악보를 넘기며 흥얼거리다 이내 날 쳐다보며 아무 말 못하는 은혁이, 자리에서 벌떡 일어나 놀란 눈으로 나를 쳐다보는 우주의 모습이 보였다. 모두 다 지워져 버렸으면 좋겠다.

엔젤로스를 나가니 벌써 깜깜한 밤. 와아~ 하늘 참 이쁘다. 검은 도화지네. 시계를 보니 정각 8시. 아직 귀가 시간 9시는 안 됐네. ^-^

꽈당—!

으윽. ㅠ_ㅠ 하늘을 보려고 고개를 위로 향한 채 길을 걷느라 그만 돌부리에 걸려 넘어지고 말았다. 우이씽~ 진짜 아프다. 피가 줄줄~ 주체할 수가 없네. 주변을 둘러보니 반짝거리는 약국. 나는 피가 흐르는 다리를 절뚝거리며 약국으로 향했다.

짤랑~

"저기요, 너, 넘어져서……"

새까맣고, 깊고, 넓은 눈동자로 나를 쳐다보는 은재규. 노래를 부를 때 항상 저 눈빛으로 날 쳐다봤었지. 짤랑~ 하는 소리와 함께 약국을 나가 버린 은재규.

"어머! 피가 많이 나네~ 이리 와봐요, 치료해 줄 테니까."

"ㅠㅠ 아아, 감사합니다."

"어유~ 어쩌다 이렇게 넘어졌어요? 아파도 조금만 참아요. ^-^"

"네."

"후~ 그나저나 큰일이네. 어려서 자꾸 저러면 안 되는데."

"무슨……? o_o"

"아, 방금 나간 멋지게 생긴 남학생 있죠? 아직 고2밖에 안 됐다는데 일주일에 한 번씩 이 시간에 와서 수면제를 한 통씩 사가요. 한 통에 60알이 들었는데 일주일 동안 그걸 다 먹고 오는 걸 보면 중독인 것 같아서 걱정이 되네요. 벌써 1년째 거든요."

1년째? 일주일에 한 번씩 수면제 한 통?

"수면제를 왜 사간대요?"

"불면증이라나? 잠을 잘 못 잔다고 하더라구요. 자, 다 됐다!"

무릎을 내려다보니 새하얀 붕대가 리본으로 묶여 있었다. 호호호~ 약사 선생님, 귀엽기도 하셔라. -,.-

"아앗! 감사합니다. (_) 얼마예요?"

"아니에요, 됐어요. 학생은 이쁘니까 그냥 가도 좋아요!"

"ㅠ0ㅜ 감사합니다!"

"대신 어디 가서 여기서 해줬단 소리 말아요! 그러면 못생긴 호박들도 너도나도 치료해 달라고 달려들지도 모르니까요! >_< 난 호박들 보면서

친절하게 치료해 줄 만큼 비위 좋은 사람이 아니거든요."

"네에!"

앞으로 이 약국을 자주 애용해야겠어. +ㅁ+ 그나저나 은재규… 그런 얼짱 새끼한테도 고질병은 있었군. 역시 이상한 놈. 알면 알수록 도무지 속을 알 수가 없어.

다음날 아침.

"뚱!!"

"이 자식! 죽기 전에 그 입 다물어라! -_-+"

"ㅇ_ㅇ;"

오호라~ 래원이 자식, 의외로 이런 방법이 통하는군. 단순한 자식. ㅋㅋ 나는 서둘러 깨끗이 씻고 교복으로 체인지! 오늘은 아침밥을 자유롭게 먹을 수 있었다아. 행복해~! 나는 버스 정류장 가는 길에 내 뒤를 쭈뼛쭈뼛 쫓아오는 래원이가 재밌어서 터져 나오려는 웃음을 꾸역꾸역 삼켰다.

세현고.

"굿모닝!"

"지원아!"

"어이들, 다들 있었구만?"

계속계속 공부 시간까지 재잘대는 지현이. 오랜만에 공부하려는 날 안 도와주는… 이럴 때 참 곤란하다. -0-;

학교가 끝났다. 은지와 나는 곧바로 엔젤로스로 뛰었다. 그놈의 엔젤로스는 뭐가 좋다구 그렇게 자꾸만 멈춰 서는 건지. 누구도 알 수 없는 미스테리.

"은지야! 지원아! ^O^"

"강우야, 은재규는?"

"아, 몸이 좀 아픈가 봐. 그래서 학교도 안 나왔어."

나는 강우의 어깨를 꽉 부여잡고 앞뒤로 흔들어댔다.

"어디야! 재규네 집이 어디야!"

어느새 재규가 되어버린. -_-a

"여기서 걸어가면 금방 나와. @_@ 근데 왜?"

나는 강우가 가르쳐 준 대로 은재규네 집에 도착했다. 와~ o_o 성격은 드러운데 집은 엄청나게 크네!

띵동~ 띵동~ 띵동띵동띵동!

아무리 벨을 누르고, 불러도 보고, 두들겨 봐도 안에선 아무런 기척이 없다. 이 자식이 설마… 죽었나?

끼이—

어, 얼라리요? o_o 무, 문이 안 잠겨 있네? 이, 이거 무단 침입 아닌가? 하지만 어느새 내 발은 재규네 현관까지 들어와 있었다.

"아무도 안 계세요?"

둘러보다가 거실에 쓰러져 있는 괴이한 물체 발견. +_+ 은재규다! 서, 설마 진짜루 주, 죽었나?!

"재규야! 은재규!!"

"뭐야? 시끄럽게."

내 예상대로 널브러져 있는 악보들과 수면제. 혹시 이 녀석, 이 넓은 집에 혼자 사나?

"여긴 뭐 하러 왔어?"

나는 얼른 쏟아져 있는 수면제를 주워 담았다.

"야!? 뭐 하냐고!"

"나 귀 안 막혔어. 어유~ 귀청 떨어져! 야, 어여 인나! 너 아무것도 안 먹었지? 그럴 줄 알았다. 너 그거 모르지? 지금 네 몰골 엄청나게 추하다. ㅋㅋ 밥 해줄 테니까 빨랑 인나!"

나는 서둘러 주방으로 향했다.

"꺼져."

"이 자식아, 혹시 여기서 너 혼자 사냐? 나 좀 받아줘라. 아침마다 동생 자식 때문에 집에서 잠을 못 자, 잠을!"

"꺼지라고."

"싫어, 이 자식아. 너 그리고 이딴 수면제 먹지 마."

나는 수면제를 휴지통에 꽉 처박았다.

"뭐 하는 거야! 씨발! 얼른 안 꺼져?!"

휴지통엔 빈 수면제 통이 가득 차 있었다.

"수면제 먹지 마. 너 계속 이러면 몸 망가진대. 그러니까 내가 너 재워줄게. 내가 너 재워줄 테니까 몸에 나쁜 수면제 먹지 마."

"무슨 상관이야? 얼른 꺼져."

"싫어."

"씨발… 좋은 말 할 때 꺼져."

"어쭈? 너 그러다 한 대 치……."

빠악—!

내가 기대 있는 벽을 주먹으로 내려친 재규.

"……."

"좋은 말 할 때 꺼지랬지."

"이 자식아, 너 몸 망가진다고! 작작 좀 먹어. 휴지통에 있는 수면제 꺼내 먹을까 봐 내가 다 비울 거야. 그리고 많이 힘들다며? 내가 도와줄게. 냉장고에 먹을 거 넣어놓을게. 챙겨 먹어라. 그리고 수면제 먹지 마. 근데 니 손 무지 아프겠다."

'아, 짜증나. 강지원 정말… 귀찮게 구는군. 저런 여자애들 정말 싫다. 숨이 턱턱 막혀서 내 자신조차 주체할 수 없어 동요해 버리게 된다.' 주방으로 걸어가 냉장고 문을 여는 재규. 냉장고에 가득 차 있는 음식들.

쾅!

"휴~ 무섭네, 그 자식. -_-"

솔직히 무서워서 오줌 쌀 뻔했다. 나는 휴지통에서 꺼내온 비닐 봉투를 꽁꽁 묶어 쓰레기 속으로 던져 버렸다. -_- 냉장고도 텅텅 비어 있던데 정말 혼자 사나? 부럽다. ㅠㅠ 으윽! 이것들 다 수면제 통이잖아. 징그럽게도 많이 처먹었네. 엥? 이게 뭐야? 공책? 재규네 집 앞에 버려져 있는 일기장 같은 노트. 살짝 열어보니 속엔, 「은재규」라고 쓰여 있었다. 뭐, 뭘까나? 나는 슬쩍 그 공책을 훔쳐 왔다. 빌어먹을! 이젠 내가 쓰레기까지 훔치다니! 나는 공책을 펴 들었다.

민경아, 어딨어? 해민경, 너 지금 어딨냐구. 살아는 있어? 너 기다리는 내 생각은 눈곱만큼도 못해? 나 지금 미칠 것 같다. 너 때문에 잠도 못 자. 그거 알기나 해? 나 수면제 없으면 잠도 못 자. 그것처럼 나 너 없으면 살기 힘들어져. 제발 돌아와라, 응? 아무것도 재촉 안 하고 강요도 안 할게. 돌아만 와. 그럼 다 해결때.

이건 뭘까? 앞으로 더 넘기니 모두다 해민경… 민경아… 민경아…….
맞아, 전에도 한 번…

"해민경이랑 닮았다… 넌."
"그게 누구야?"
"…해민경……."

이란 말을 했었지? 해민경? 해민경이란 사람이 재규 불면증의 원인인 건가? 어쩐지 가슴 한구석이 찌릿거린다. 흠음, 이상하다?

page 5 '사랑해' 세상에서 가장 무서운 말.

담날 아침.

짹짹짹—

아침부터 새는 죽어라 운다. 창문을 열고 휘이~ 내쫓아도 다시 돌아와 짹짹거리는데 여념이 없다. 그래서 오늘 아침도 바른 생활을 시작했다. 그런데 퉁탕대며 올라올 래원이 자식이 기척이 없다. -_- 어제 욕한 게 그렇게 쇼크였나? 흠음, 시간도 적당히 7시 30분을 가리키고 하니, 슬슬 일어나 옷을 갈아입고 씻은 뒤에 거실로 내려갔다. 소파에 앉아 씩씩거리는 엄마 앞에 래원이가 무릎을 꿇고 손이 발이 되도록 싹싹 비는 모습이 보였다.

"엄마, 밥은? ㅇ_ㅇ"

"-_-+"

"엄마, 밥."

"알아서 먹어! 다 큰 기집애가 그것도 못 챙겨 먹어?!"

"아, 알았어요."

"ㅠ_ㅠ 엄마, 죄송해요. 진짜로 안 그럴게요, 네? 다시는…….."

"시끄러! 사내 자식이 줏대가 없어서! 몰라! 너 알아서 해!"

엄마는 요란한 소리를 내면서 방으로 들어가 버렸다.

"-_- 너 또 무슨 사고 쳤지?"

"뚱, 넌 밥이나 처먹어. 상관 마."

쿵쾅쿵쾅!

금방이라도 울 표정으로 방으로 올라가는 래원이. 소름 끼친다. 아침마다 들려오는 저 무시무시한 강래원 발자국 소리. 근데 밥통에 밥도 없는걸? 할 수 없이 빈속으로 집을 나섰다.

"지원 누나!"

"아, 넌 전에 본 래원이 놈 친구네?"

"저… 래원이 어때요?"

"이상해. 엄마랑 싸웠는지 아침부터 손이 발이 되도록 빌던데?"

"ㅇ_ㅇ 진짜요? 아, 어떡하지?"

"왜 그러는데?"

"ㅠ_- 래원이가요, 자퇴서 썼어요."

"이, 이 자식이 미쳤어!"

"그러게요. 정말 미쳤어요."

나는 래원이의 친구를 데리고 버스 정류장으로 향했다.

"왜 갑자기 자퇴서야? 그 자식 어디서 돌 맞은 거 아냐?!"

"-_π 래원이가 말하지 말랬는데… 우리 학교 선배들이요 래원이를 때렸거든요. 그, 그래서……."

"또라이 자식. 좀 맞았다고 자퇴한다고?"

"그게… 중2 때부터 장난 아니게 당했어요."

"-0-"

벌써 3년. 뭐야, 강래원? 혼자선 강한 척, 태연한 척 다 하고… 웃긴 자식. 학교에서 알아주는 인물이라며? 싸움 잘한다며?

"그게 누구야? 래원이 맘 아프게 한 놈들!"

"π_- 우리 학교 3학년 선배들이요."

"근데 너네 학교가 어디지?"

자, 잠깐. 그렇다, 래원이네 학교가……. -0-a

"세명고요."

허걱! 뭐야, 밴드 애들이랑 같은 학교였다니! 최악이네. -_-

"중2 때부터 돈 뜯구, 마구잡이로 때리고, 잘못한다면서… 그리구요, 친구들 중엔 맞다가 죽을 뻔한 애도 있어요."

미친 자식들. 내가 밟아줘야 쓰겄어. -_-# 나는 래원이의 친구 녀석을 데리고 우리 학교로 갔다.

"지원아, 오늘은 안 늦었네?"

"은지야, 나랑 세명고 가자."

"지원아! 나도 갈래. ^-^"

"지현아, 우리 좋은 일로 가는 거 아냐."

"응, 알았어!"

나는 그렇게 해서 이지현과 은지와 래원이의 친구 놈을 끌고 세명고로 향했다. 한 손엔 야구부에서 빌려온 야구 방망이를 들었다. 이 야구 방망이는 이제 곧 빨갛게 물들어 버릴 것이다. 개자식들, 주거써!!

세명고에 도착한 우리들. 그때까지도 내 눈에 아른거린 건, 래원이가 중2때부터 힘들게 당했을 거란 상상. 침을 한번 삼킨 후 교문을 지나 운동장을 가로질러 걸어가서 이윽고 3학년 복도.

"이름이 뭐야?"

"ㅠ_ㅠ 은재영이요."

뚜벅뚜벅—

내 뒤를 쫄쫄 따라오는 지현과 은지. 래원이 친구 놈은 다칠지도 모르니 교실로 올려보냈다. 이게 잘하는 짓인지… 솔직히 지금 무지무지 무섭다. ㅜ_ㅜ 그냥 말로 하자, 대화로. 설마 여자를 때리겠어? 아니지… 은재규 같은 사람이라면 죽이고도 남을 터. -0-;

드르륵—

"은재영 여기 있어요?"

"오! 여자다! >_< 우리 학교 애 아닌데!!"

"여자? 어디어디! 오오! 괜찮네~"

"오, 꽤 봐줄만 한데?"

"우리 학교엔 무슨 일이야? 이 오빠가 놀아줄까?!"

"비켜줄래?"

"어우, 앙탈까지 부리네! >0< 이뻐죽겠다~ 여긴 왜 온 거야?"

"은재영 여기 있어요?"

"재영이? 아, 몰라. >ㅁ< 오빠랑 놀자니까?!"

남자 1, 2, 3이 음흉한 표정(?)을 지으며 내게 점점 다가선다!

"비켜어!! 은재영 부르라고!"

"야, 이 기집애 봐봐. 아주 뵈는 게 없네?! 은재영이 누군 줄이나 알아?!"

드륵—

"뭐가 이렇게 시끄러워?"

"재영아, 이 쬐깐한 기집애가… 재영아!!"

퍼억—!!

나는 주먹으로 재영이라 불리우는 사람의 얼굴을 날렸다. 놀란 눈으로 나를 쳐다보는 학생들. 남자 1, 2, 3도 놀라 경악을 금치 못했다.

"아가씨가 손이 맵네."

은재영이란 사람은 맞은 얼굴을 부비며 날 쳐다보았다.

"니가 우리 동생 때렸어… 요?"

겁이 나기 시작하던 터에 존댓말과 반말을 섞어 썼다. ㅠ_ㅜ 비굴하다, 강지원. 하지만 할 수 없다. 이 사람은 남자이고… 약간 잘생겼다.

"지원아."

은지와 지현이가 날 말리려 든다. 제발 말려줘. ㅠ_ㅠ

"니 동생이 누군데?"

"강래원. 난 그놈 누나 강지원이다."

"강래원? ^-^ 아, 그거 내가 시킨 거 아닌데?"

"당연히 당신이 시킨 게 아니라 당신이 한 거지!"

"그게 아니라니깐! >O<// 난 강래원이 누군지도 모른단 말야!"

-ㅁ- 헉! 어째 번지수를 잘못 찾은 듯.

"저기, 재영아."

어떤 남자 1, 2가 은재영에게 다가오더니 뭐라고 속닥인다. 그리고 약 3분 후.

"내가 하지 말랬지?! 왜 애들을 괴롭히구 난리냐! >O< 쪽팔리지두 않아?!"

"ㅠ_ㅠ 도, 돈이 필요해서."

"-_-^ 뭐야? 너네야, 내 동생 때린 게?!"

나는 야구 방망이를 들어 올렸다. 솔직히 쬐끔, 감당하기 힘들 만큼 무거웠다.

"ㅇㅇㅇ! 어억!"

터억―!

내 방망이를 잡는 재영이라는 사람.

"뭐 하는 거예요!"

"내 친구들 때리려는데 막아줘야지."

"-_- 우리 래원이 자퇴서 다시 복구시켜 놔요! 그리고 내 동생 또 건들면 그땐 경찰서로 직행이야!"

"그럼그럼. ^O^"

"이씨, 래원아."

누나가 이겼다! 손을 털고 뒤로 돌아서니 아무도 없었다. 은지도… 지현이마저도…….

"저기 근데 이름이 뭐라구?"

"언젠가 또다시 만나면 그때 가르쳐 줄게요. 왜냐하면 함부로 가르쳐 줬다가…

"강지원?"

"오오! 은재규!"

"재규야!!"

"ㅇㅇㅇ!"

은재규에게 아는 척을 하는 은재영.

"니가 우리 학교엔 웬일이냐? 그것도 이 시간에? --^"

"으응, 저 사람이……."

나는 재영이라는 사람을 가리켰다.

"은재영? 내 형인데, 왜?"

ㅇㅇㅇ 뜨아!

"근데 왜 너 혼자 여기 있어? 애들 다 위에 있던데."

뭐야? 나는 은재규를 끌고 은재규네 반으로 달려갔다.

"-_- 이은지!! 이지현!!"

"지원아. ^o^"

나를 반기는 우주와 상원이.

"어머, 재규야, 어디 갔다 오니?"

살짝 재규의 팔에 자신의 팔을 껴 넣는 지현. 언제부터 저런 사이가 된 거지?

"놔."

"아잉~ 부끄러워하긴~ 재규도 참!"

"놔, 놓으라고!"

크큭! 웃긴 놈. -_- 그렇게 여자가 싫은가? 그런데 그 해민경이라는 여잔 뭐야? 에이, 저거 순 풍폼만 잡는 거잖아? -_-+ …어쩐지 매우 분.하.다.

"은재규……"

"ㅇ_ㅇ"

나는 그놈의 입술에 살짝 내 입술을 부딪쳤다.

"……!!"

모두들 넋 나간 표정으로 우리 둘을 쳐다봤다.

"너무 분해 가지고… 내가 너한테 당한 것만 생각하면."

"뭐, 뭘 당해!?"

쓰윽— 손으로 입술을 훑는 재규 녀석.

"이거면 이제 빚 갚는 거냐?"

어, 어라? 이, 이게 아닌데.

뚜벅뚜벅! 드르륵— 탕!

"ㅇㅇㅇ!"

"나 어쩌면……"

뭘까? 나, 나, 왜 이렇게 부끄러울까? 심장 소리가 밖에 들릴 것만 같아. 뭐야? 뭐냐고. πот

                *   *   *

세명고 옥상.

재규는 난간에 서서 새파란 하늘을 쳐다본다.

"건방진 년."

벌러덩 뒤로 눕는 재규.

"ㅎㅏ아… 해민경, 너 어딨어."

*　　　*　　　*

엔젤로스.

"지원이랑 재규랑 키, 키스 두, 두 번이나… 나, 나도 못해본 걸……."

은재규와 나는 뾰로통 모드. 상원이 아까부터 저 소리만 수백 번 되뇌인다. ──;

"지원아!"

"응?"

갑자기 나를 냅다 끌고 나가는 우주. -_-; 오늘따라 이 녀석 힘이 꽤 들어간 것 같다.

"왜 그래, 갑자기?"

새빨갛게 귀까지 상기되어 있는 우주 녀석. 귀엽긴, 쿡!

"있지, 나랑 사귀자! >_<"

"머엉?"

잠깐, 지금 이 꽃미남이 나를 대시한 건가? ooo

"나랑 사겨사겨사겨사겨!"

"저, 저기……."

어느새 우리가 있는 곳을 발견하곤 다가와 내 어깨에 팔을 두르는 은혁. o_o

"-_- 우주야, 미안하지만 얘 내 꺼로 낙찰되셨습니다!"

어쩨 즐거운 듯 말하면서도 끝까지 무표정이다. 잠깐, 근데 이게 무슨 소리야?

"무, 무슨 소리야! 은혁이 너 어제 소개팅했잖아!"

"그렇지만 진짜로 좋아하는 게 여기 있는걸?"

"싫어! 내 꺼야!"

"미안하다니까!! 증말 유치하게 군다!"

"여, 여봐, 너네 무슨 소리 하는 거야!?"

page 6 사랑이란 게 뭔 줄 아니? 그걸 안다면 넌 천재일 테지.

"-_- 야, 은혁아."

"응? 왜??"

"-_- 나 니 꺼 한단 적 없잖아!"

"지금부터 내 꺼 하면 돼. -_-"

"니가 전엔 나랑 재규랑 사귀라며?"

"으응, 근데 주기 아까워. 그냥 내 꺼 하고 싶은 마음이 마구 솟구치는걸."

하더니 빙글 돌아 나를 끌고 다시 엔젤로스로 빠르게 내려가는 은혁이.

">ㅁ< 내 꺼야! 지원이 놔!!"

"미안하다고 했잖아! 왜 이렇게 유치하게 굴어?!"

이 자식들이 사람을 갖고 노나? 아님 무슨 깜짝 쇼라도 하는 거냐?

"놔, 이 자식들아! 내가 왜 니네 꺼야?! 이 망할 놈들. 쳇!"

나는 양손을 다 뿌리치고 엔젤로스로 내려왔다.

"지원아! 어디 있었니?"

"-_-a 으응, 이상한 놈들이랑 아주 약간 쇼 좀 하고 왔어."

"있지있지, 재규가 대기실에서 안 나온다? ㅠ_-"

"야… 너 재규 좋아하냐?"

모두들 다소 긴장한 표정으로 지현이를 쳐다보았다. 지현이는 그런 표정에 개의치 않는다는 듯 방긋 웃으며,

"응! ^o^"

그랬었군, 그랬어. -_-

"그러냐? 잠깐만."

나는 지현이를 붙잡고 대기실 문을 열심히 발로 차기 시작했다.

"이 자식아! 은재규우! 문 열어라!!"

"ㅠ_ㅜ 그래 봤자 꺼지라고밖에 안 해."

"이 자슥아!"

벌컥—!

"시끄러운 거 알지? -_-^"

"거봐, 문 열잖아. 어여 들어가."

나는 다시 애들이 있는 테이블로 돌아왔다.

"밖에서 뭐 하고 왔길래 씩씩대?"

"은지의 물음에 나는 미간을 좁혔다.

"우주가 뭐래?"

상원이가 조심스레 내게 물었다.

"(-_-)(-_-) 아냐아냐."

짤랑~

밖으로 나가 버리는 상원이. 이 자식들 오늘 왜들 저래? 여전히 밝은 은지와 강우. 그리고 대기실 앞에서 횡설수설하는 -_-;; 이지현과 짜증 내며 꺼져란 말만 계속 되풀이하는 재규 녀석. 에유~ 저것들 다 짝짝이 네. 훌쩍—

엔젤로스 밖.

"신우주."

"아, 상원아."

"너 지원이한테 뭐라고 했어?"

"아냐."

"아니긴 뭐가 아닌데? 제발 지원이 좋아하지 말아달라고 내가 부탁했잖아."

점점 커져 가는 눈동자, 그리고 주변 사람들을 모두 경악하게 하는 낯선 눈빛. 상원이가 주먹을 날렸다. 그 탓에 넘어진 우주의 멱살을 잡고 놓을 줄 모르는 상원이. 주먹으로 우주의 얄팍한 얼굴을 자꾸만 내려친다.

"하. 상원아, 나 충분히 알아들어. 근데 있지, 나 지원이를 보는 순간 여기가 멈춰 버렸는걸?"

우주가 상원이의 왼쪽 가슴을 쿡쿡 찌른다.

"이런 식으로 또 얼렁뚱땅 넘어가려고 했어? 전에도 내가 아무 말 않고 넘어갔음 된 거 아냐? 또 뺏고 싶어졌나 보지?"

"헉! 야!! 너네 뭐 하는 거야?!"

모두 허겁지겁 달려나왔다. 새까맣게 짙어지는 재규의 눈.

"김상원. 신우주."

그리고 재규를 보자마자 우주 얼굴을 내려치려던 손을 슬슬 풀어가는 상원이.

"나 내 꺼 넘보는 거 싫어. 또 뺏겨 버릴까 봐 그래. 재규야, 우주가 지난번처럼 내 소중한 것 또 뺏어갈까 봐… 그런 거 싫어."

"상원아……."

"야야, 너네 왜들 그래?"

짜악!

"헉! 야, 재규야! 너 왜 그래!"

내 얼굴과 은재규의 손이 맞부딪치자 아이들은 놀라 경악했다.

"뭐야! 왜 때려?! 너 돌았어?? 나한테 화풀이야?! 넌 만만한 게 나야? 나야?! 나라서 그래?!"

또 맞았다. 은재규한테 아무 짓도 안 했는데. 이번엔 정말. 나는 은재규를 경멸하는 눈초리로 바라보며 눈물을 흘렸다.

"내가, 내가 이래서… 상원이 앞에서 우리 애들한테 집적대지 말랬잖아! 알짱대지 말랬……."

퍼억—!

다행히 아까 세명고에 들렀다가 야구 방망이를 쓰지 않았다. 나는 야구 방망이를 은재규의 얼굴을 향해 휘둘렀다.

"나 너한테 가만히 맞고 있을 만큼 하찮은 여자 아니거든? 나 너 같은 놈한테 맞을 이유 없거든? 너한테 빚진 것도 없어! 제발 내 앞에 나타나지 말아줄래? 니가 지금 무진장 역겹거든."

쿠웅—!

나는 힘없이 야구 방망이를 놓아버렸고 금방이라도 쓰러질 듯 집으로 향하는 골목으로 돌아섰다.

"민경이가 돌아오면 그땐 정식으로 사과할게."

야구 방망이에 맞아 넘어진 은재규는 이상한 말을 남기고, 엔젤로스로 내려가 버렸다.

"재규야!"

쿵쾅쿵쾅!

헐레벌떡 은재규의 뒤를 쫓아 뛰어들어 가는 은혁이, 그리고 한숨을 푹푹 쉬는 강우와 은지, 그리고 보이지도 않는 이지현. 분명 재규를 따라 갔겠지.

"너희도 내려가 봐."

나는 뒤돌아서 우주와 상원이, 그리고 강우와 은지를 엔젤로스로 내려가는 계단으로 밀어버렸다. 웃기는 자식, 도대체 왜 해민경… 해민경… 정말이지 왜 때리고 지랄이야? 하… 미칠 것 같은데 가슴은 왜 이렇게 쿵쾅거릴까?

풀썩—

나는 그 자리에 그대로 쓰러져 버렸다.

"어?!"

희미한 시야에서 나를 바라보며 놀라는 어떤 남자의 모습. 그대로 정신을 잃었다.

병원.

"보호자 분 되세요?"

"예? 예. 근데 왜요?"

"여기에 진료 카드 작성해야 하는데요, 환자 분 성명하고 보호자 분 성명이 어떻게 되나요?"

"아아, 환자는 강지원이구요, 보호자는 은재영입니다."

병실.

"^o^ 럭키럭키~"

"으음, 헛! o_o 여기가 어디야?!"

"와아, 지금 일어났네."

"꺄악! 왜 당신이 여기 있어요?."

"너무 섭섭한걸? 난 그쪽이 쓰러져서 병원에 왔을 뿐인걸."

"아아, 그래요? 감사합니다. (_ _)"

"^o^ 이름!"

"-_-??"

"다시 만나면 나한테 이름 가르쳐 준다면서. ^0^*"

앗, 다신 안 만날 줄 알았건만 어째서?! 근데 이 사람 믿어도 되니? 음, 은재규 형이라니까 믿어보자!

"강……."

"강지원. 맞지맞지?!"

"ㅇㅇㅇ 헐! 어떻게 알아요?!"

"^o^ 비밀."

이게 사람을 가지고 노나? -_-^

어느덧 시계는 7시를 향해가고… ㅠ_ㅠ 헛! 가야 돼!

"어딜 가려구?!"

"집에 가야죠. 아아, 오늘 참 고마웠습니다. 나중에 만나면 밥이라도. 그럼 수고."

"나는! 은재영! 세명고 3학년!! 나는 카레가 좋은데."

"그렇습죠."

나도 덩달아 손을 머리 위로 올려 흔들었다. 근데 은재규 형이라면서 은재규랑은 반대네?

귀가 시간 1시간 전에 집으로 도착.

"어우, 딸."

"엄마, 나 오늘… 꺄악!! 괴물이다! >_<"

"오올! 똥 왔냐?"

"꺄악!! 요괴가 새끼 낳았다! 새끼 요괴다! >_<"

정말 우리 엄마와 래원이의 부은 눈은 말로 표현할 수 없을 만치 매우 흉측했다. 꿈에 나타날까 무서워 죽는 줄 알았다. ㅠOT

달그락— 달그락—

나는 엄마에게 요괴라고 했다가 세차게 뒤통수를 후려맞고, ㅠ_T; 설거지 中.

"ㅠOT 내가 뭐?! 그냥 장난 한번 쳐봤는데."

"=_= 이 요괴 어미가 힘이 들어서 못하겠어 그런다! 왜?! 떫냐?"

아주 저럴 땐 래원이랑 붕어빵이야, 진짜! 래원이 자식 성격은 다 엄마 닮았어!! 그러니까 사고를 많이 치지. 흥! 그날 밤. 나는 엄마와 래원이의 꿈을 꾸며 담날 아침까지 잠을 설쳤다아. T_T

다음날. 학교에 도착하니 기분 좋아 보이는 지현이가 나에게 인사를 건넸다.

드르— 륵—

"안녕! 지원아!"

"오늘 기분 되게 좋아 보인다."

"글쎄."

*　　　*　　　*

어제…

"재규야~ 내일 시간있지? 그치? 내일 연습도 쉰다며~ 응응? 내일 시간 내서 나랑 데이트하자~ 응응? 하자아~"

"싫어! 내가 왜 너랑 데이트를 하냐?"

"한 번만~ 응응?? 제바알~"

"웬만하면 그냥 하지. 좀 시끄럽네. -_-^"

지현의 닭살스러운 목소리에 모두 재규에게 데이트를 권하고.

"아, 씨발. 싫어!"

"후, 후, 후후어어엉!"

"아우야! 시끄럽다! 데이트 좀 해줘라!!"

결국 모두 지 성질 못 이겨 재규에게 소리친다. -,.-

"아씨, 진짜! 일어나!"

"+_+ 해줄 거지?"

"알았어!!"

*　　　*　　　*

수업이 끝나자 지현이는 재규와의 은지는 강우와의 데이트를 위해 안녕이란 말 한마디만 남긴 채 교실을 나갔다. 애고, 쓸쓸하게 집에나 가야겠다. 시험도 며칠 안 남았으니.

터덜— 터덜—

"강지원!"

ㅇ_ㅇ 저 자식이 저런 표정도 짓네?

"은혁이 니가 여기 웬일이냐?"

"우리 놀러가자."

"에에? 내일 모레면 우리 둘 다 시험이다. 적어도 문제 하나씩은 풀어야 하지 않을까?"

"내가 가르쳐 줄 테니까 얼른 타."

"애걔걔, 니가? 차라리 지나가는 똥개한테 수업을 받겠다. 쳇!"

"-_- 안 탈 거야?!"

"알았어! 알았어!! ㅇ_ㅇ 탈게, 타!"

"꽉 잡아."

나는 은혁이의 야리야리한 허리를 꽉 붙들었다.

" ㅇ_ㅇ 어? 지원아!!"

"^0^ 하이! 우주야!"

갑자기 더 세게 달리는 은혁이.

"왜 갑자기 속력을 높여! 우주한테 인사하다 넘어질 뻔했잖아!"

"빨리 가야 돼."

쿡! 얼굴을 보니 새빨갛게 상기되어 있다. 오호라~ 내가 우주랑 인사하니까 질투하는구나? ㅋㅋ 하긴, 이 녀석도 날 좋아한댔지? 꿈만 같네. 아니, 꿈인가? 꿈이라면 깨지 않기를! +_+ 나는 은혁이의 허리를 더 꽉 조였다. 은혁이의 얼굴을 보니 100배는 더 새빨개지고 있었고, 등에 귀를 대보니 심장 소리가 다 들렸다.

새싹 고아원.
"다 왔어, 내려."
은혁이와 도착한 곳은 어느 산골 마을?
"고아원? 여긴 왜?"
"따라 들어와."
내 손을 꼭 쥐고 고아원으로 들어가는 은혁.
"오빠아!!"
"어이구, 다들 잘 지냈어? ^-^"
와우! 저렇게 웃기도 하네! 은혜가 저걸 봤으면 코피 터졌을 거야.
은혁이의 주변에 모여있던 아이들은 공부할 시간이 되어 우르르 안으로 몰려 들어 갔다 물론 공부가 끝나는 시간까지 절대로 아무 데도 가지 않겠다는 은혁의 약속을 받은 후에…….
"ㅇㅇㅇ 너 쟤네 어떻게 알아?"
"가끔 여기 오거든. 좋아하는 사람 생기면 꼭 데려오고 싶었어."
나는 쪼그려 앉아 있는 은혁이의 머리를 마구 비벼댔다.
"뭐 해!"
"짜식, 귀엽긴. 크큭!"
정전기로 인해 폭탄머리이 은혁. 새빨갛게 달아오른 폭탄. 으아, 터지겠어!!

"쿡!"

"우, 우, 웃지 마아! *-_-*"

"아하하, 이 귀여운 것."

"우, 웃지 말라니까?!"

page 7 모든 걸 깨달은 뒤엔, 난 없단 말예요.

한참 애들과 인사를 나눈 뒤 잔디밭에 은혁이와 나란히 앉았다.

"야, 은혁아, 너 나 진짜 좋아하냐?"

"전에 말했잖아. 한 번 말한 거 다시 말 안 해. 귀찮아."

"하지 마. 그래, 그런 말하지 마. 어차피 나 너한테 사랑한다는 말, 좋아한다는 말 같은 거 못하는 애이니까. 지현이처럼 애교 같은 건 부릴 줄도 모르거든."

나를 동그랗게 뜬 눈으로 멀뚱멀뚱 쳐다보는 은혁이.

"김상원 그 자식이 나 이렇게 만들었어. 원망하려면 니 친구를 원망해라."

나는 옷을 툭툭 털고 일어났다. 눈물이 왈칵 흐른다. 씨발, 바보처럼 시도 때도 없이, 눈물이 나. 요즘 들어 나, 더 나약해졌다고 느낀다. 조금 더 강해져 보자라는 마음이 온데간데없는 난 이미 빈 껍데기일 뿐이다. 내 손을 잡는 은혁이.

"왜, 임마."

"나도 표현 같은 거 잘 못해. 너도 알잖아. 그러니까 우리 서로 구속 같은 건 하지 말고… 사귈까?"

*   *   *

엔젤로스.
"아우, 따분해~ ㅠ_T 은지야, 우리 데이트하러 가자."
테이블에 교과서를 펴놓고 얼굴을 파묻어가며 열심히 공부하는 은지.
"+_+ 안 돼. 오늘 여기까지 와준 것도 고맙다고 생각해."
"은지야아. ㅠ0ㅜ"

대기실.
"^0^ 재규야~ 아직도 준비 안 됐어?"
"기다리라고."
"천천히 해~"
지현이가 콧노래를 흥얼걸고 잇는데 그때 대기실 문을 열고 들어오는 상원이.
"너 뭐야?"
조금 지친 듯한 얼굴로 머리를 쓸어 올리는 상원이는 지현이를 보곤 인상을 찌푸렸다.
"지원이 친구 이지현이라구 해! 너두 여기 밴드야? O_O"
"강지원?"
"응. 지원이랑 아는 사이야?"
갑자기 이지현의 어깨를 부여잡는 상원이.

"오늘 학교 왔어?"

"지원이? 응. 아까 왔다 갔는데? 그 드럼 치는 애랑 아까 어디 가는 것 같던데?"

"뭐라고?"

"으응, 아까 오토바이 타구 어디로 갔어!"

"……."

어느샌가 댁실에서 나오 우리의 얘기를 듣고 있던 재규가 그대로 대기실을 나가려 하자 지현이 재규의 팔을 잡았다.

"^0^ 놀이 동산 가자! 남자 친구 생기면 꼭 가고 싶었어!"

"누가 니 남자 친구래?"

재규는 지현의 팔을 뿌리친 채 밖으로 나갔다.

"데이트 잘 갔다 와."

"+_+ 강우야, 너도 그러지 말고 공부나 해. 내일 모레 시험이야."

"ㅠ0ㅜ 후잉, 은지야~"

달카닥—

도무지 믿을 수 없다는 듯한 표정을 한 채 대기실에서 나오는 상원이.

"상원아, 나랑 놀아주라~ 나 무지무지~ 심심해!"

"나 오늘 좀 피곤하다. 오늘은 연습 없으니까 나 집에 먼저 갈게. 미안."

"응? 응, 그래. 아참! 그리고 우주 보면 게임 CD 얼른 가지고 오라고 해줘!"

"응."

짤랑~

"강우야, 은혁이는!"

"어이, 우주 왔냐? 은혁이? 오늘 여기 안 왔는데? 맞아, 게임 CD!"
"어, 이거? 자~ 그거 재밌더라."
"그렇지? 그렇지?! 그걸로 하루 다 보냈어."
"아우, 할 것도 없는데 공부나 해야지."
"야, 임마! 너까지 나 버리면 안 되는 거야!"
"어? 은지 공부하네? 이 문제 좀 풀기 어렵던데. 우와, 맞았네?"
"으응, 나 이것만 열심히 복습했거든. +_+"
"킥! 정말? 그럼 나도 좀 가르쳐 주라."
"ㅠ_- 피이~ 정말 나 버리면 안 되는데."

대기실로 들어온 강우. 혼자 멍하니 앉아 있으려니 은근히 좀 쑤신다.
"우으, 심심해~"
지이잉— 지이잉—
때마침, 테이블 위에 올려져 있는 재규의 핸드폰이 울렸다.
"어라? 재규 핸드폰 두고 갔네? 평소엔 자기 물건 꼭꼭 챙기던 녀석이. 음음, 여보세요? 은재규 핸드폰입니다!"
[치지지지— 강… 우… 야? 치지직— 치지지지직—]
"헉! 누구세요?"
[치직— 치직— 나야! …경! 치지지지직—]
"뭐라구요?! 안 들려요!! 도대체 누구십니까?!"
[뚜— 뚜— 뚜— 뚜—]
"누구지? 전화번호도 안 뜨네?"

              *   *   *

새싹 고아원.

"자자, 맛있게 먹어!"

"아유, 학생! 수고가 많아요. ^-^"

"아니에요. 남아도는 게 힘인걸요."

"지원 학생이랑 은혁 학생, 정말 고마워요."

"여기 오길 잘했지?"

"응, 은혁이 너 이런 데두 알구… 은재규만큼 실험 대상이야."

배식이 끝나고,

"안녕히 가세요!!"

아이들의 우렁찬 인사 소리에 우리는 오토바이에 올랐다.

"그래, 안녕!"

부릉— 부르릉—

"아, 졸려워~"

"오토바이에서 자면 안 돼!"

"알아, 임마. 그렇지만 졸려워."

꾸벅꾸벅 밀려오는 졸음을 참아가며 도착한 엔젤로스. 이제 여긴 우리 집이나 마찬가지가 되어버렸다.

짤랑~

나와 은혁이의 마주 잡은 손을 보고 놀라는 은지와 우주.

"왜, 왜들 그래?"

갑자기 달려오더니 내 손과 은혁이의 손을 떼어버리는 우주(며칠 전 누구와 같은 행동).

"왜, 왜 그래, 우주야?"

"-_-^ 흥! 강은혁, 미워미워미워! 넌 이제 친구도 아니야!!"

한심하단 듯이 피식 웃어 보이는 은혁.

"이를 어쩌나? 그렇지만 이미 우리 사귀기로 했는걸? 풋!"

위풍당당하게 어깨를 쫙 펴며 말하는 은혁이. 글썽글썽. 우주, 도대체 이런 잘난 놈들 사이에서 나 같은 년이 어디가 좋아서 이러시는 건지. 웃기는 놈들일세, 거참.

30분째 토닥거리며 싸우는 은혁과 우주. 이젠 지겨울 때도 됐건만.

"+_+ 지원아, 너 공부는 했니?"

"은지야, 니 눈에서 빛이 나와. 공부? 공부?? 아아, 은혁이가 가르쳐준대."

"……"

내 말을 잘근 씹고 공부를 계속하는 은지.

"은혁아!"

탕탕탕!

나는 테이블을 두드리며 은혁이를 불렀다.

"은혁아! 나 공부 가르쳐 줘."

"ㅋㅋ 우리 내기 한번 할까?"

"무슨 내기?"

"100등 안에 더 많이 드는 사람 소원 들어주기!"

"쿡! 나 이래 봬도 100등 안에 들어본 적 있는 사람이라구. -_-v"

"^0^ 그러니까 하자!"

"나도 해!! 강은혁! 남자 대 남자로 승부하자!"

우주는 은혁이를 가리키며 소리친다. 남자 대 남자면 주먹질 아닌가? 그때 대기실에서 머리를 긁적이며 강우가 나왔다.

"=_= 하암~ 나도 해."

"+_+ 나도!"

이렇게 해서 은지와 나, 강우, 우주, 은혁이 모두 내기에 도전했다.

"다들 자신있냐? 뭘 믿구 이렇게들 까부시나? ㅋㅋ 진짜 재밌겠다. 하자하자!"

시계는 7시를 향한다. 이제 슬슬~ 집에 가야 하는데. 독서실에 있다고 하면 되지 뭐. 나는 그렇게 9시까지 은혁이에게 과외를 받았다. 눈에 쌍라이트를 켜고 공부를 해대는 녀석들을 뒤로하고 귀가. -_-v

띵동~

"누구야?"

o_o 엄마 있나 보네. 윽!

"따, 딸내미야."

끼익—

"너 이 시간까지 어디 있다 이제 왔어?!"

"아, 젠장. 드럽게 시끄럽네."

거실에 앉아 귀를 후벼 파며 교과서를 훑고 있는 저놈은… 내 동생이다! 명백히 나와 피를 나눈 동생!

"엄마, 저거 어디서 주워 왔어?"

"병원 가서 고쳐 왔다."

"^-^; 잘했어. 그런데 드러운 성격은 그대로야."

살짝 내 방으로 올라가려 몸을 트는데, 내 가방 꼬랑지를 살짝 움켜쥐

는 우리 어머니. πOT

"이 시간까지 어딜 갔다 왔냐니깐?"

"공부하다 왔어요."

우리 엄마가 믿어줄 리가 없어.

"-_-^ 혹시 너도 오늘 병원 갔다 왔니?"

"어떻게! 어떻게! 딸이 공부하고 왔다는데! 그게 딸한테 할 소립니까??"

"너 말야, 솔직히 생각해 봐라. 평소에도 시험 당일 아침에 공부해서 99등 맞아오는 애가 공부를 했다니 그게 말이 되니? 응?"

우리 엄마 말이 딱 맞다. -_-

"엄마, 근데 아니야. 나 99등에서 96등으로 올랐잖아. -_-v"

"아유~ 옆집 복순이네 엄마는 복순이가 맨~날 15등 해온다고 난리더만, 누구네 집 가스나는 99등에서 96등으로 올랐다고 자랑하니. 그것두 초등학교 5학년 땐가?"

나는 서둘러 가방에서 교과서를 꺼내 엄마 앞에 당당히 펼쳤다.

"자, 이것 봐봐! 오늘 쓴 거 맞잖아!! 여기 하도 손목으로 문대서 젖은 것 좀 봐!! 보여?! 보여?!"

"딸내미, 너 어디 병원에 갔다 왔니? 래원이도 그리로 보낼 걸, 아깝네~"

"-_-^ 아이고, 공부했더니 목마르고 배고프다."

나는 은근슬쩍 엄마를 힐끔 쳐다보며 야식을 요청했다.

"래원아! 얼른 가게 가서 먹을 것 좀 사 와!"

래원이는 적어도 시험치는 날 이틀 전에는 공부한다. 그래서 50등. 내가 보기에 래원이는 지능이 매우 뛰어나지만 성격은 무지 괴팍하며, 공부

안 해도 되는 그런 날강도 같은 놈이다. 그 덕에 래원이 자식이 공부할 때마다 그 야밤에, 그 추운 새벽에, 자는 날 깨워 가게를 보내던 우리 엄마다. 하핫! 공부하면 좋은 게 있구나. 이래서 다들 달갑지 않은 공부를 하는 거군. 흠흠, 그랬어(이 녀석의 잘못된 생각은 어디까지인지, 필자도 매우 궁금하다).

"엄마! 나 공부하는 거 안 보여?! 나도 공부하잖아!"

"아, 자식아! 너희 누나가 시험치기 이틀 전에 공부를 했어! 하루도 아니고!"

"오올~ 축하할 일이네."

아무 말 없이 고이고이 파란색 배춧잎을 달랑달랑 들고 대문을 나서는 래원이 자식. 그런데 어쩐지 아주 약간 기분이 좋지가 않네. 무슨 이유인지는 모르지만.

잠시 후 땀을 뻘뻘 흘리며 한 손에 봉지를 덜렁덜렁 들고 헉헉거리는 래원이.

"=_= 누가 너 쫓아오냐?"

"귀신 나올까 봐."

나는 래원이가 사 온 것들을 주섬주섬 집어 먹으며 래원이를 좀 가르치라고 하는 엄마를 한심한 눈빛으로 쳐다보다가 래원이에게 물었다.

"래원아, 이 누나가 너 공부 좀 도와줄까?"

"가서 자. -_-^"

입이 떡 벌어진 엄마를 뒤로한 채, 오랜만에 공부하신 이 힘겨운 몸뚱이를 이끌고 방으로 올라갔다. 침대에 벌러덩~ 아우, 푹신푹신해! 아까 전의 은혁이를 떠올리니 나는 금세 얼굴이 붉어짐을 느꼈다.

"나도 표현 같은 거 잘 못해. 너도 알잖아. 그러니까 우리 서로 구속 같은 건 하지 말고… 사귈까?"

"사랑해란 말 못해도 내가 사랑하는 거 알지?"

"알아, 눈만 봐도 다 알아. 지원아, 사랑해. 이런 말 우리 둘 다 자주 못할 거야, 아마. 그치?"

은혁은 이런 말들을 하며 날 안아주었었는데… 나 역시 그런 은혁이의 허리를 더 세게 안았었구. 내 두 손에 아직까지 은혁이의 감촉이 남아 있다. 두 손을 빤히 쳐다보고 있으려니…

"후훗. >///< 꺄하하하하!!"

page 8 [재규 中2 시절] Good Bye의 뜻을 알기엔 너무 이르지 않나요?

매앰~ 매앰~

유난히 무더운 여름날. 항상 이맘때쯤 시끄럽게 울어대는 매미들 때문에 꿈만 같은 일요일 아침을 홀라당 까먹어 버린다.

"휴우."

아침 9시. 공연 시간까지는 3시간이나 남았다. 방문을 열고 거실로 나갔다. 또 이 녀석은 새벽에 들어왔나 보다. 분명 내게 잔소리 들을 게 뻔하니까 거실에서 잔 거겠지. 입고 나갔던 옷을 그대로 입은 채, 소파 위에 쪼그리고 누워 잠들어 있는 이 녀석은 내 하나뿐이자 웬수 같은 형 은재영. 항상 어딜 가든 성격이 활달하다는 말을 지겹도록 듣는 녀석이다. 뭐가 좋다고 자면서까지 실실 웃는다. 나는 그런 재영이 녀석을 두고 주방으로 향했다. 냉장고 문을 열었다. -_- 엄마가 며칠째 들어오지 않았다. 그래서 그런지 냉장고엔 예상대로 아무것도 없다. 우리 엄마, 아빠 내가 초등학교 6학년 때 이혼했다. 그 당시 난 어렸기에 모든 것을 자세히 알지 못했지만 지금 생각해 보면 별거 아닌 이유로 이혼 서류에 도장을 찍어버린 엄마에게 섭섭함을 느낀다. 어쩌다 가끔 집에 들어오는 날이면 술에 쩔어 잠들어 있는 재영이 자식과 나를 흔들어 깨워서는 펑펑 울어대기 일쑤였다. 이럴 거면 이혼 같은 건 왜 했는지. 한 달에 한 번 볼까 말까 하던 엄마 얼굴을 요즘 들어 더 보기 힘들어졌다.

"하아……."

커튼을 치니 햇빛이 따스하게 집안을 비춘다. 창문을 여니 내 볼을 쓰다듬는 시원한 바람. 아, 시원하다.

따르르릉~ 따르르릉~

"누구야."

[재규야. ^0^ 나야, 나, 강우! 오늘 12시에 공연 있는 거 안 잊었지?]

"당연하지, 임마. 잊을 리가 있냐?"

[오늘 카페로 좀 일찍 나와서 음 좀 맞춰보자. 얼른 나와, 알았지? 민경이도 온댔으니까!]

나와 은혁이와 강우 녀석은 죽마고우다. 그중 여전사라 불리는 해민경도 마찬가지다. 한참 바쁘게 준비하는데 재영이 놈이 일어난다.

"=_= 으음… 재규야, 어디 가?"

"오늘 12시에 공연 있어."

"진짜? 왜 말 안 했어?!"

"자길래."

"^-^* 히히."

또 실실~ 쪼갠다. 맨날 웃어대니 그렇게 여자들이 집적대지. 나는 악보를 챙겨 가방을 둘러메고 카페로 향했다.

엔젤로스.

짤랑~

키보드는 해민경이 맡고 있다. 일랙 기타는 강우, 드럼은 은혁이, 그리고 베이스는 강우 동생 진우가 맡고 있다.

"여어, 재규! 일찍 왔네. ^^"

난 다른 여자들과는 달리 사귄답시고 구속하지 않고, 털털하고, 내숭 없는 민경이를 좋아한다.

"어? 근데 강우 녀석은?"

"아아, 방금 옷 입으러 탈의실 갔어."

뭐가 저렇게 기분 좋은지, 아까부터 계속 키보드를 만지작만지작거리는 해민경. 나는 테이블에 엎드려 혼자 노는 민경이에게 잠깐 정신을 팔았다.

"꺅! 여기서 틀렸잖아. 왜 자꾸 여기서 틀리지? ㅠ_ㅠ"

"풋!!"

"얌마, 은재규! 너 왜 웃어?!"

"-_- 니가 하도 잘 놀길래."

"노는 게 아니라 맹연습 중이시다, 맹연습!"
여자 같지 않은 민경이는 남자 녀석들과 더 잘 어울렸다.
정오가 되자 사람들이 몰려들었고 공연이 시작되었다. 처음엔 민경이가 아는 사람의 카페에서 라이브 공연을 하다가 이렇게 카페를 인수해 버렸다.

두둥~ 당당하게 세상에 맞서는 너는 와일드 걸.
언제나 사소한 일은 그냥 웃어넘기는 너.
세상에 두려울 것 없는 깡 좋은 여자인걸.
누구보다 더 자신있어하는 너인걸. 세상 모든 여자들 모두 너 같은지.
언제나 옆에 있어도 질리지 않을 너인걸.

나는 항상 밝은 성격을 가지고 있는 민경이를 위해 밝은 노래만 선사했다. 내 노래 중에는 다른 사람들처럼 이별을 선언하는 노래 따위, 슬픔을 부르는 노래 따위 단 한 곡도 없었다. 단지 천사가 타락해 버리기 전까지는 말이다.

유한중학교.
"해민경! 너 어디 가ㅡ!!"
"호출!"
"빨리 갔다 올게. 나 혼자 두고 밥 먹지 마!"
수업이 끝나도 돌아오지 않았어, 넌.
"대체 어디 있는 거야?"

널 찾으러 교실을 나섰지. 학교를 다 뒤지며 돌아다녀도 안 보이길래 혹시 옥상에서 자나 해서 올라갔지.

끼익—

"흑……."

"민경아!"

내가 소리치자 눈물을 쓱쓱 닦아내는 니 모습이 왠지 나도 모르게 너무 미안했어. 내가 지켜주지 못해 우는 것 같아서…….

"왜 그래!"

"킥! 웬 호들갑이야? 실연당한 여자가 우는 거 가지구. 오늘만큼은 울어도 모른 척해주라~ 실연당한 사람이 우는 건 당연한 거니까."

"실연이라니?"

"일단 좀 앉아. ㅋㅋ 이 자식, 이 누님이 걱정되어서 여지껏 돌아다녔냐?"

털썩—

민경이 옆에 주저앉자 민경이가 내 머리를 비비며 말했다.

"그래, 그럼 이제 말해 봐. 실연이라니?"

"너 은재영 선배라고 알아? 3학년에 있잖아."

은재영? 우리 형인데… 아참, 민경인 모르지?

"어, 그런데?"

"나 사실 그 선배 1학년 때부터 좋아했다? 그런데 오늘 나도 모르게 고백해 버렸는데… 한 방에 뼈엉! 차였지 뭐."

나는 순간 주먹을 꼭 쥐었다. 너무 미워서… 은재영이 미운 게 아니라 내 맘 모르는 니가 미워서…….

"나 너 좋아."

정말 용기를 내서 한 말인데 민경인 씨익 웃곤 내 머리를 부비며 말했다.

"이 자식~ 그래! 나도 니가 좋아. 웃차, 가자! 이 누나가 맛난 거 사주마."

아무렇지도 않은 듯 눈을 쓱쓱 비비더니 내 손목을 잡고 일어서던 너.

"그래."

놀라지도 않는구나. 좋아한단 말 한마디가 아무렇지도 않게 느껴질 만큼… 그 정도로 난 그냥 친구에 불과한 건가? 내 한계는 여기까지란 건가?

며칠 후, 엔젤로스.

"우아! 따분하다. 심심해. 은혁아, 놀자아~"

"얌마, 여자애가 어디서 입을 쩍쩍 벌리면서 하품을 해?! 그럴 시간에 단어 하나 더 외워."

"너무해! 정말 심심한걸. =.ㅠ"

어떻게 하면 니 남자 리스트에 오를 수 있을까?

"재규야."

"어, 왜?"

"재영이 선배 잘 있지?"

"무슨 소리야? 그걸 왜 나한테 물어?"

"재영 선배 니네 형이잖아. ^-^"

"……!"

"사실 나 다 알고 있었어. 바보 자식~ ㅋㅋ 1학년 때 니네 집에 잠깐 악보 빌리러 간 적 있었지? 그때 처음 재영 오빠를 봤는데 천사 같더라. 정말 그런 천사 없을 거라고 한눈에 필이 확! 꽂혔지."

난 이렇게밖에 해줄 게 없다. 니 사랑 얘길… 비참히 찢어질 듯 아픈 내 맘을 참아가며 들어주는 수밖에…….

"어, 그래? 응, 잘 지낸다."

"다행이다. 가기 전에 얼굴 딱 한 번만 봤으면 소원이 없겠다~"

"간다니? 어딜?"

"아니. 오늘 하루가 다 가기 전에 한 번 보고 싶다구~ 내가 어딜 가냐?"

"그래? 그럼 우리 집에 갈래? 은재영 이 시간에 만화 보러 올 시간이니까."

"됐어, 보면 마음만 아프지."

고개를 양쪽으로 설레설레 흔들며 우울하게 미소 짓는 민경이. 내 마음만 아프게… 왜 그렇게 슬퍼하는 거야? 그만큼 은재영 그 자식이 좋았던 거야?

"임마들아! 누님이 오늘 피곤해서 집에 먼저 간다."

"벌써 가게?"

"어엉, 좀 피곤해서."

"민경아, 가지 마아! 나랑 놀아줘야지~"

"오올~ 강우! 근데 어쩌냐? 누님이 몹시 피곤하다. 나중에 놀아줄게. 이만 간다!"

그날도 아무렇지도 않게 그냥 카페를 나선 너였는데 그 뒤로 널 볼 수 없어졌어.

담날 아침.

"야! 재규야! 미, 미, 민경이가 없어졌대!!"

"무, 무슨 소리야?!"

드르륵— 쾅!

"사실 민경이네 엄마, 아빠가 이혼하시면서 서로 민경이를 안 키우겠다고 한 모양이야. 그래서 민경이도 마음 고생 심하게 했나 봐. 그 부모들 지금 민경이를 찾지도 않고, 뭐라고 했는 줄 알아? 어디 가서 잘살겠지. 혼자 독립하는 법도 배워야지. 지 인생인데… 이러고는 각자 갈 길로 가 버렸대."

바보. 정말 바보. 강한 척하면서 힘든 건 지 혼자 다 하는 그런 바보. 벌써 4년. 널 못 본 지 4년. 널 사랑한 지 벌써 4년. 어딨어, 해민경? 돌아와, 민경아. 제발 돌아오라구! 여기서 내가 널 이렇게 기다리니까. 니 키보드… 너랑 절친하던 우주가 채우고 있어. 니가 내 마음에서 잊혀지기 전에 제발 좀 돌아와, 돌아오라구. 내가 니 옆에 있어줄 테니까 걱정 말고 돌아와.

천사는 결코 행복하지 않다. 천사는 아파도 행복해야 하고 슬퍼도 행복해야 하고, 그래야만 하는 단순한 인형. 천사의 노래는 타락하고 또 타락해서 파멸을 부를 뿐 그녀를 부르지 못했다. 새하얀 모든 것이 새까맣게 뒤덮이기 전에 그녀가 돌아와야 한다. 돌아와, 민경아. 니가 있을 자리는 나 은재규뿐이니까.

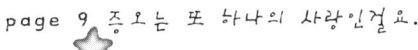

page 9 증오는 또 하나의 사랑인걸요.

세명고.

"몰라! 몰라몰라!"

아침부터 교실에서 쩌렁쩌렁하게 울리는 우주 목소리. 심히 열이 뻗쳐 있는 듯하다.

"그러니까 내가 미안하다고 했잖아. 그리고 지원이가 너 좋아했으면 나랑 사권다고 했겠냐? 어? 어? 그러냐? 그래?!"

언제나 조용하던 은혁이. 오늘 임자 만났다.

"그래, 이 자식아! 너 잘났다, 잘났어!"

엎드려 있던 재규가 인상을 찌푸리며 은혁과 우주를 바라본다.

"뭐라는 거야, 강은혁?"

"뭐라 그러긴! 지금 강은혁 이 자식이 지원이랑 사권다잖아!"

"자랑이야?"

"ㅇ_ㅇ"

"강은혁, 그러니까 그게 자랑이냐고!"

"언제까지 그래야 돼? 난 언제까지 니 수발 들어가면서 해민경 올 때까지 기다려야 돼? 그래야 돼? 그러면 나만 불공평하잖아."

"ㅇ_ㅇ 저기……."

"지쳤어, 재규야. 나 이제 더 이상 못해먹겠어."

뚜벅뚜벅! 드륵— 쾅!

복도 저 반대 편 멀리서 어기적어기적 느린 걸음으로 걸어오는 상원이가 보인다.

툭—

"눈 똑바로 뜨고 다녀."

"상원… 아."

상원이가 고개를 떨구고 은혁이에게 뭐라고 계속 말한다. 이내 고개를 들고 눈물이 고인 눈으로 환하게 웃는 상원이.

"……."

담배 한 개비를 입에 물고 힘든 표정을 짓는 은혁이는 복도 끝으로 향한다.

"후우~"

세현고.

"아아, 행복했어~"

"아씨, 몇 번을 저래."

아침부터 행복하다며 저렇게 하늘을 날아다니는 지현이. 좋기두 하겠다.

"내일이 시험이란다. 공부들해. +_+"

은지는 또 아침부터 눈에 불을 켜고 책에 얼굴을 부빈다. 휴우…….

"야야, 지원아, 애들이 제정신이 아니야."

"-0- 에휴, 그러게나 말일세."

"지원아~ 은혜야~ 어제 어땠는 줄 알아? 나 재규랑 영화 보러 갔었다? 너무너무 좋았어! 레스토랑 가서 저녁 먹구 번화가 돌아다니다가 재규 친구들도 만나고. 꺅!"

"그래? 좋았겠다. -_-^"

"^0^ 그럼그럼~"

수업 시간 내내 계속 내 옆구리를 푹푹 쑤셔대며 은재규와 데이트한 얘기를 계~속 주절주절 늘어놓는 지현이. -_-

학교가 끝났다.

"야, 우리 오늘 놀러갈래?"

"안 돼. 공부해야 돼. 은혜 너두 공부해. 그럼 우리 간다~"

"○○○ 저, 정말 공부하려구?"

입이 떡 벌어진 은혜를 두고 은지와 나는 나란히 교문을 향해 가는 중.

"은지야, 너 공부 잘되냐? 아주 눈이 번뜩번뜩해!"

"+_+ 응응. 아~주 좋아! 아주 잘돼."

"야, 너 그러다 강우가 바람피우면 어쩔 거야!"

"무슨 바람? +_+"

"니가 안 놀아주니까. 안 그래도 강우는 3초 앉아 있기도 힘든 애잖아. 그런데 이렇게 애인이 열심히 공부하고 안 놀아줘서 바람피우면 어떡해?"

투욱—

순간 교과서를 바닥으로 떨어뜨린 은지.

"-_-;; 서, 설마 강우가 그럴 리가 없어."

이내 교과서를 주워 눈에서 라이트를 깜빡이는 은지. -_-a

엔젤로스.

딸랑~

"어이~ 여보시게나, 우리 왔어~"

카페에는 아무도 없었다.

"주절주절… 주절주절……."

독종이다, 이은지. =_=; 나는 대기실 문을 열었다.

"어머나, 세상에나! 이게 뭐 하는 거야?!"

대기실이 난장판이 되어 있었다. 널브러진 대기실 가운데에서 땀을 뻘뻘~ 흘리며 이것저것을 마구 뒤져 대는 은재규.

"야야, 너 뭐 해?"

은재규는 정신없이 무언가를 찾다가 나를 가늘게 쳐다보더니 고개를 휙 돌려 버린다.

"-0- 뭐야? 너 삐쳤냐?"

"내 친구들 뺏어가지 마."

이내 손을 멈추고 무거운 목소리로 나에게 말한다.

"무, 무슨……."

"내 친구들 아프게 하지 말라고. 이럴 줄 알았잖아. 그래서 내가 애들한테 집적대지 말라고 한 거잖아."

"무슨 말이야?! 똑바로 말해!"

"강은혁이랑 같이 다니지 마."

이내 눈을 쓱쓱 비비더니 탈의실로 들어가 버린다. 무슨? 아무리 기다려도 돌아오지 않는 애들.

"야, 은지야아~ 강우 진짜 바람났나 보다!"

"그럴 리 없잖아……."

"꺄아! 야, 너 왜 울어?!"

책 위로 눈물을 떨궈내는 은지.

"야야, 장난인 거 알잖아. 왜 그래?"

"강우랑 데이트하던 날. 그날 길거리에서 어떤 여자앨 만났다? 진짜로 이쁘고 싹싹한 여자애였는데, 강우가 그 여자앨 보자마자 딱딱하게 굳어 버렸길래 왜 그러나 했더니, 강우가 좋아하던 여자래. 그런데 아무래도 강우, 그 여자애 못 잊은 것 같아. 오늘도 전화 꺼놓구 그래."

"진짜??"

끄덕끄덕―

"서강우 이놈 쉐키를! 그냥 잡아다가 콱!"

"강우 탓하지 마. 내가 시험 공부 때문에 너무 강우를 버려뒀잖아. ^_^"

"아이고오! 하느님 맙소사!"

"지원아, 나 오늘은 그냥 집에 갈래."

그랬구나. 그래서 바람피운다, 뭐다 하니까 그렇게 놀란 거였구나. 젠장, 괜한 말을 꺼냈군.

딸랑~

"오오~! 은혁이랑 우주 발견! 왜 이제 와?"

"지원아!"

"그래그래, 안녕, 우주야? 은혁아, 공부시켜 줘야지."

"오늘 안 할래."

"에엑? 나 내일 시험이란 말야."

"내가 알 바 아니잖아!!"

끼익― 쾅!

"ㅇㅇㅇ 지, 지원아?"

나는 은혁이의 어깨에 올렸던 무안한 손을 꾹 쥐었다. 그리고 대기실을 한참 바라보다 카페를 나왔다.

"^-^ 어? 지원아!"

"아, 상원아, 안녕?"

"왜 그래?"

"^-^아무것도. 시험 잘 봐~"

나는 가방을 추스른 뒤, 상원이를 빨리 지나쳐 버렸다. 자꾸만 날 보면 실실~ 웃어대는 자식. 김상원, 후~ 지독한 놈. 도대체 무슨 꿍꿍이인지 헤어진 지 며칠도 안 돼서 사랑하느니, 어쩌느니……. 은혁이와 상원이는 왜 항상 내 머리를 복잡하게 만드는 걸까?

* * *

짤랑~
"애들아."
"^_^;"

지현이가 카페에 들어서자 곤란해하는 표정을 짓고 있는 우주와 무대에서 음정을 맞춰가며 노래를 적는 상원이.

"우주야~ 재규는? 재규는?"

대기실을 가리키는 우주.

끼익—

"재규야, 나 왔어~"

눈물을 뚝뚝 흘리며 지현이가 서 있는 쪽으로 고개를 돌리는 재규. 그리고 벽에 기대앉아 어깨를 들썩이며 눈물을 흘리는 은혁이.

"ㅇ_ㅇ 재규야! 왜 그래?!"

재규는 한참 아무 말 없이 눈물을 떨구다가 손으로 눈물을 훔친다.

"하하. 왜, 왜 니가 강지원으로 보이냐? 하, 강지원이 거기 서 있었음 또, 해민경으로 보였을 테고. 근데 왜 하필 강지원으로 보이냐?"

지현은 두 손을 꼬옥 움켜쥐고 있다가 이내 재규의 옆에 딱 붙어서 재규의 얼굴에 손을 가져가는 지현.

"재규야, 왜 울어?"

"건들지 마. 오늘은 조용히 돌아가. 너랑 장난칠 시간 없어."

매섭게 지현의 손을 뿌리치곤 곧장 탈의실로 휙 들어가 버린다. 그리고 여전히 난장판인 대기실 바닥에 앉아 흐느끼고 있는 은혁이. 그런 은혁이 옆에 지현이 다가가 앉았다.

"은혁아, 울지 마."

손수건을 건네는 지현이.

툭툭 털고 일어나 담배 한 개비를 입에 물고 대기실을 나갔다.

"모두 다 강지원, 강지원! 도대체 강지원이 뭐야?"

page 10 때론 해줄 수 있는 게 없어서 안타까운걸요.

나는 지끈거리는 머리를 움켜잡았다.

"허억. 허억."

누군가 내 숨을 조르는 느낌에 안간힘을 써서 일어났다. 아무래도 가위를 눌린 듯하다. 시계는 아직 6시를 향해 달리고 있었다.

"후……"

다시 자려는데 잠이 안 온다. 수천 번 눈을 감았다 떠도 잠이 안 온다. 책상에 앉아서 교과서를 폈다.

툭—

일기장? 아, 이거 은재규 꺼네. 나는 일기장을 스윽 쓰다듬으며 가방에 챙겨 넣었다. 그리곤 교과서를 읽어내려 가기 시작했다.

「아우~ 졸려.」
「빨랑 이거나 풀어.」

은혁이랑 공부하면서 교과서에 썼던 낙서. 한없이 나한테 잘해주기만 하던 은혁이인데… 이따 만나면 다시 물어봐야지. 어쩌면 벌써 나 같은 거 질렸는지.

"다녀올게요."
"딸, 아들, 열심히 해!"
반짝거리는 엄마의 두 눈이 부담 그 자체다.
"중얼… 중얼… 중얼……."
래원이 자식은 길을 걸으면서도 영어 단어를 중얼중얼거린다. 아씽, 짜증나. 아까도 계속 공부했는데 헷갈리게, 증말.

세현고.
"후우, 안녕~"
"+_+ 어, 그래. 지원이 왔네? 주절주절."
인사하자마자 또 뭘 그렇게 외워대는지. 은지는 오늘도 쌍라이트가 번쩍인다. 어제보다 더 심한 것 같아. 그때 지현이가 뒷문을 열고 매우 화난 듯한 표정으로 걸어온다. -_-?
"하이~ 지현아."

"재수없어."

"ㅇ0ㅇ"

은지와 은혜, 나는 모두 놀라 경악해 버렸다. 자, 잘못 들은 건가?

"꺄하하하! 정말 웃겼겠다! 진순이 넌 머리 묶는 게 더 이쁘다니까?! 진짜?! 아하하!"

저쪽에서 밝게 웃으며 반장과 얘기하는 지현이. -_-a 혹시 날 몰라 본 게 아닌가?

"뭐야, 쟤?! 아우, 저 여우 년을 내가!!"

팔을 걷는 은혜를 말리느라 공부할 시간도 없이 시험은 시작됐다.

1교시… 2교시… 3교시… 4교시.

땡땡땡땡!

"아우, 4과목은 끝났다!"

"+_+ 주절주절."

아악!! 진짜 지겹다! -_-; 은지 언제까지 저럴 건지. 강우의 마음이 조금 이해되려는 나는 나쁜 친구다. 정말 나라도 바람을. --;

"지원아, 오늘 엔젤로스 갈 거니?"

지현이? ㅇ0ㅇ 이건 좀 황당하다고 봐야겠지? -_-;

"안 ㄱㅏ."

"흐음, 그래? 그럼 나 혼자 가야겠다. ^o^ 안녕!"

어이가 없으심이야. 나는 또 책에 얼굴을 묻어버린 은지를 질질~ 끌고 엔젤로스로 향했다.

엔젤로스.

"어머, 지원아! 오늘 안 온다면서?"

재규 옆에 찰싹 붙어 내게 소리치는 이지현. -_-a

"그렇게 됐어."

"지원아, 오늘 시험 잘 봤어? ^0^"

"ㅠ_ㅜ 우주 넌 얼굴이 밝다. 난 휴우~ 망쳤어."

그때 조심스레 은지에게 말을 거는 강우.

"은지야?"

"중얼중얼. +_+"

강우가 은지에게 손을 뻗자 타악! 하고 쳐내버린 은지.

"건들지 마! 싫어. 서강우, 너 싫어. 이 여자, 저 여자 친절한 건 좋은데 왠지 힘들어. 나 그런 너 감당하는 것두 힘들구 지쳤어."

갑자기 밖으로 뛰쳐나가는 은지를 강우가 뒤쫓아 나갔다.

"사랑을 누가 행복하다고 했던가? ㅠ_ㅜ 아아~"

끼익—

"어머! 재규야~ 은혁아!"

대기실에서 나오는 재규와 은혁이. 이지현은 또 쪼로로 달려가서 재규 옆에 찰싹 앵긴다. -_-;;

"시험 잘 봤어?"

"응."

난 조심스럽게 은혁이에게 말을 건넸다.

"저기 은혁아."

"뭐?"

"어젠 왜 그랬어?"

고개 들어 나를 바라보며 무슨 소린지 모르겠다는 은혁이의 표정.

"내가 뭘?"

순간 은혁이의 차가운 눈에 눈물이 흐르려는 것 같았다.

"사랑 싸움 같은 건 나가서 해."

나는 살짝 눈물이 맺힌 눈으로 은재규를 쳐다보았다. 순간 놀라는 표정이 역력한 은재규.

"그래, 미안."

"울 것까진 없잖아? 우리 어차피 구속하고 사귀는 거 안 하기로 했잖아. 안 그래?"

짤랑~ 쾅!

가슴이 쓰리다. 그래, 구속. 그렇구나. 이런 것도 구속에 속하는구나. 난 몰랐어. 은혁아, 진작 얘기해 줬다면 나 조금 노력했을지도 몰라.

"야! 강지원!"

"아, 어?"

"가자, 데려다 줄게."

"재규야! 어디 가?!"

재규 뒤를 쫓아 나오는 지현이. 그때 손을 내미는 재규.

"뛰어!"

나는 껑충껑충 뛰는 은재규에게 손을 붙잡힌 채 거의 끌려가듯 내달렸다.

재규네.

"너네 집 어딘지 모르는데. 그래서 일루 왔어. 헉헉!"

"허억! 허억! 야, 나 물 좀. 헥헥."

"잠깐 들어갈래?"

"그, 그래."

나는 일기장을 몰래두고 놓고 오기 위해 은재규의 집으로 들어갔다.

뽕뽕뽕—!

"여어~ 재규 왔냐?! 앗싸! 그렇지, 좋아좋아!"

"-_- 야, 은재영."

"오오! 지원이!"

"안녕하세요?"

한참 TV 앞에서 게임기를 잡고 버틴 모양이다. 나는 은재규를 쫓아 2층으로 올라갔다.

"여기서 기다려."

남자가 사는 방은 이렇구나. o_o 나는 여기저기를 물색했다.

드륵—

은재규의 서랍에 있는 사진 한 장. 한 번도 볼 수 없었던 은재규의 얼굴. 아주 환하게 웃고 있다. 그리고 그 옆에 재규의 팔짱을 끼고 서 있는 여자… 해민경이겠지? 얼굴이 무척 어려 보이네. 옛날에 찍은 건가? 키가 훤칠하고 왠지 터프함이 느껴지는 이 여자… 환하게 웃고 있는 얼굴에 시원스레 올라가 있는 입꼬리.

끼익—

"자, 마셔."

"아, 응. 고마워."

풀썩—

침대로 뛰어든 재규 녀석. -_-a

"너 요즘 잠은 제대로 자냐?"

"니가 수면제 먹지 말라며. 잠을 못 자서 요즘 노래도 못하잖아. 매상도 안 오르구."

이 자식, 내 말을 듣고 있었다는 건가?! 오올, 기특한 것! 누워서 눈을 감는 재규 녀석. -,.-;

"내가 재워줄 테니까 자라. 으히."

"=_= 웃기지 마. 말이 되는 소리를 해라."

나는 재규 녀석의 눈꺼풀을 손가락으로 내렸다.

"일단 자보기나 해. 내가 이래 봬도 어렸을 때 동네에서 애 잘 보기로 소문났었어~"

눈을 감은 재규.

"내가 너 잘 때까지 계속 있어줄 테니까."

"-_- 분명히 5분 후에 일어난다."

10분 후.

"쿡! 이 자식, 잠들어놓구선……. ^-^ 잘 자라."

나는 재규의 책상 위에 일기장을 놓고 방을 나왔다.

뿅뿅뿅뿅―

"어? 벌써 가? 재규는?"

"아, 위에서 자네요. 지가 알아서 일어날 때까지 깨우지 마세요. ^-^"

"엑? 그 녀석이 자? 그것두 이 시간에? 12시가 넘어도 잠 못 자는데?"

"^-^ 그러게요. 많이 피곤했나 봐요."

나는 고개를 까딱 숙이고 재규네 집을 나왔다. 그대 내 등 뒤로 흘러나오는 재영의 목소리.

"역시 뭔가 다르네. ^-^"

page 11 사랑을 모르던 그때도 그랬죠.

천사의 자장가가 들렸다. 계속 내 귓전에서 뱅뱅 돌며 오랜만에 맛보는 단잠. 나를 부둥켜안고 예쁜 목소리로 자장가를 불러주는 천사. 혹 민경이가 돌아온 건가?

"재규야아! 일어나라~!"

"……."

"임마야, 학교 가야지."

"……."

"그래, 좀 자라. 몇 년 만에 자는 단잠이냐."

재영은 재규의 머리를 쓱쓱 쓰다듬더니 이불을 덮어주고 나간다.

           *   *   *

세명고, 재영이네 반.

드륵—

"재영이 형! -0-"

우르르 몰려 들어오는 은혁과 강우.

"니네가 웬일이냐? 왜?"

"허억! 허억! 재규가, 재규가 학교에 안 왔어요!"

"-_-; 재규? 지금 집에서 자는데? 왜! 뭔 일 났어?!"

"○○○ 재, 재규가 자요?"

"응, 어제 지원이가 집에 잠깐 왔었거던. 그런데 지원이가 잔다고 깨우지 말래서 올라가 보니까 아무리 흔들어도 안 일어나더라. 놔뒀더니 오늘도 안 일어나. -_-"

"죽은 거 아니에요?!"

따악—!!

은혁의 차가운 손이 강우의 뒤통수를 세게 후린다.

"아! 그럴 수도 있지!"

"이 자식은 꼭 지같이 재수없는 소리만 해요. -_-^"

은혁은 강우의 목에 팔을 두르며 재영에게 깍듯하게 인사하고는 강우의 목덜미를 끌고 자신의 반으로 향했다.

재규네 반.

"……"

"강은혁! 강은혁!!"

"……"

"-_-^ 야! 강은혁!!"

"ㅇ_ㅇ? 어? 어, 왜?"

"너 무슨 생각 하길래 불러도 대답이 없냐?"

"어? 그냥 좀."

"자자, 자리에 앉아! 다들 시험 시작이다!! 서강우! 이제 그만 책 보고!"

1교시… 2교시… 3교시… 4교시.

"끝났다아!"

세명고와 세현고에서 들려오는 목소리들은 한결같이 똑같았다.

세현고.
"아씨! 야! 19번 문제 정답 3번이란다!"
기지개를 쭉 켜면서 울분을 토해내는 은혜.
"아씨, 코카콜라 했더니 딱 3번이 나왔거던? 그런데 연필을 굴리니까 1번이 나오더라고. ㅠ_ㅜ 아씨."
"+_+ 중얼중얼."
"-_-; 은지야, 이제 그만 좀 하지? 벌써 시험 8과목이나 봤잖아. 2과목밖에 안 남았으니까 좀 못 봐도 되잖아."
"지원아, 나 이런 거라도 안 하면 슬퍼서 못 견디겠는걸."
드륵— 쾅!
나는 서둘러 가방을 메고 은지를 따라나섰다.
"지원아! 같이 가!"
나는 인상을 확 찡그렸다. 도무지 속 모를 년이 저기 하나 더 있기 때문. -_-^
"지원아~ 오늘 시험 잘 봤니? 나는 3개나 틀린 거 있지!"
3개? -_-+
"응응, 그렇구나."
"웃지 마, 짜증나."
하더니,
"은지야! ^○^"
하면서 달려가는 이지현. 저거 뭐지. 또 내가 잘못 들은 건가?

"지원아, 빨리 안 오구 뭐 해? ^O^ 그렇게 늦어서 어디 하루 만에 집이라도 가겠니! >_< 꺄르르!"

나는 이지현을 계속 노려보며 엔젤로스로 갔다. 무지 거슬려!

엔젤로스.
딸랑~
"지원아."
"아~ 강지원, 정말 재수없어. 어머, 재규야. ^-^"
"ㅇ0ㅇ 우주, 너, 너도 방금 들었지?"
"ㅇ_ㅇ 응."
"-_-+"
"지금 재규 없어."
"응? 없다니?"
"집에서 자."
"-_- 치, 이 자식 5분 만에 일어난다더니 여지껏 자? 죽었어."
"맞다! 지원아, 니가 재규 재운 거라며?"
"재웠다기보다는 약간 자장가를 불러주었더니 5분 후에 일어난다고 박박 우기더니 오늘까지 자네. -_-;"

나는 은혁이 옆 자리에 풀썩 앉았다. 따가운 우주 녀석의 눈총을 받았지만 그래도 꿋꿋하게 은혁이 옆 자리에 앉기로 맘먹었다.

"^O^ 은혁아, 시험 잘 봤냐? 100등 안에 들 수 있을 것 같아?"

날 속없는 년이라고 생각하겠지? -_- 끈끈~히 버텨야지. 예전에 은혁이로 돌려놔야지.

"지원아! 오늘 시험 잘 봤어?"

내 앞자리에 앉는 상원이.

"응, 그럭저럭. 너는?"

"나도 뭐 거의 바닥으로 내려갈 것 같아. ㅠ_ㅠ"

"아아, 그래?"

"비켜."

"ㅇ_ㅇ 어디 가게?"

"알아서 뭐 하게?"

아아, 자존심이여! 팍팍 구겨진다. ㅜ_ㅜ 나는 살짝 일어났다. 가방에 책을 넣고 휙 돌아서 대기실로 들어가 버리는 은혁이.

"은혁이가 요즘 예민해져서."

"응? 아니, 괜찮아. ^^"

"우주야, 나랑 얘기 좀 하자."

우주에게 말을 거는 이지현. 재규가 없으니까 우주?

"싫어. 내가 왜 너랑 얘길 해! 입 버린단 말야! >.<"

"후, 후, 후앙!! ㅠ_ㅠ"

"우주야, 얘기 한번 하자는데 속 좁게 굴지 말아~"

"아씨, 알았어. 따라 나와."

쫄랑쫄랑 우주를 뒤따라 나가는 지현이.

내 마음은 이렇게 쓰리고 아픈데… 김상원 얼굴만 봐도 울분이 넘쳐흐르는데… 상원이 이 자식은 뭐가 그렇게 신이 난다고 아까부터 싱글벙글~ 그나저나 하, 은혁이게에게도 나 버림받는 건가?

엔젤로스 밖.

"우주야, 나랑 손잡자!"

"손? 너 나 좋아해? 재규 좋아한다며!"

"그런 손 말구우!>.<"

"무슨 손?"

"강지원! 은재규에게서 떨어뜨리기. 어때, 멋지지?"

"-_- 너 바보니? 내 라이벌은 재규가 아니라 은혁이거던? 할 말이 그 거면 비켜줄래? 비열한 것."

우주가 카페로 내려가려 하자,

"은재규가! 강지원 좋아한다 그럼 어쩔래?"

"-_- 그럴 리가 없잖아. 바~보."

"그럴 일이 있는지, 없는지는 두고 봐야지."

"됐어, 너같이 드러운 애 하고는 거래 안 해."

우주는 주머니에 손을 쑤셔 넣고 카페로 내려간다. 주먹을 꽉 쥐는 이지현.

딸랑~

"이지현이 뭐래?"

"아아, 재규네가 어디냐고 해서 안 가르쳐 줬어."

"그래? 나 이제 집에 간다. 은지야, 집에 가자."

"응? 아, 나 강우 오는 것 좀 보고."

저렇게 공부만 하는 것 같아도 속으론 강우 생각하는데 강우 이 자식을 그냥 확 패대기쳐 버릴까 부다. -_-^

짤랑~

"꺄하하! >ㅁ< 너~무 웃긴다. 정말 그랬어? 어우~ 강우야, 그건 너무 심했다!"

강우 팔짱을 끼고 들어오는 여자.

툭—

교과서를 떨어뜨린 은지. 강우는 아무 놀라는 기색 없이 은지의 책을 주웠다.

"^-^ 책 떨어뜨렸잖아. 조심해."

그렇게 말하고 그 쫑알대는 여자를 데리고 대기실로 쏙 들어가 버렸다.

"가자, 지원아."

"ㅇㅇㅇ 야!! 서강우!"

끼익—

"응? 지원아, 왜? ^-^"

오늘따라 저 자식 이상해 보인다. -_-; 실없이 웃는 모습도 평소와는 다르다.

"너 뭐야? 그 옆에서 쫑알거리는 년은 뭐야?"

나는 좀 짜증스러운 표정과 목소리로 강우에게 물었다.

"뉴 걸 프렌드라고 하면 아나? ^^"

나는 강우 앞에 가서 주먹을 들었다.

"지원아! 그러지 마!"

"ㅇ_ㅇ 은지야?"

"하지 마, 그러지 마. 우리 헤어졌어. 그러니깐 상관할 필요 없어."

은지는 힘없이 카페 문을 열고 나가 버렸다. 표정이 굳어버린 강우 녀석을 보면서,

"서강우, 넌 은지 사랑하려면 아주 한~참 멀었구나."

나는 재빨리 은지를 쫓아나갔다.

"지원아! 나중에 전화해!"

우주의 고함을 뒤로한 채 마구 내달렸다.

"은지야! 은지야! 이은지!"

은지를 계속 불렀지만 은지는 아무런 대꾸 없이 버스에 오르고 집으로 가버렸다.

"하아! 하아!"

털썩—

나는 버스 정류장에 주저앉았다. 한껏 땀으로 젖어버린 머리를 쓸어올리며 한숨을 내쉬었다.

"강지원."

"O_O 웬일이냐?"

"카페 가는 중. 넌 여기서 뭐 해?"

오늘따라 윤이 나는 재규 녀석의 얼굴.

"오늘따라 니 얼굴이 빛나 보인다. +_+ 와아~"

이상하다는 듯이 자신의 얼굴을 매만지며,

"-_- 4년 만에 자는 잠이라서 그런가?"

"O O O 에엑? 4, 4, 4년? 에이, 야, 그건 심했다."

내 머리를 막 부비더니 몸을 돌려,

"고맙다."

라는 짧은 인사와 함께 내가 왔던 길로 되돌아가는 재규의 뒷모습.

피식—

"하."

나는 지친 몸을 끌고 집으로 향했다. 집 앞에 다다르자 쪼그려앉아 무릎에 얼굴을 묻고 있는 어떤 여자 아이.

"ㅇ_ㅇ 이지현?"

눈물을 떨구며 나를 올려다보는 지현이.

"야! 왜 울어?! 누가 때렸어?!"

벌떡 일어서더니 내 뺨을 날리는 지현이. 나는 소리 지르지 않고 지현이를 똑바로 쳐다보았다. 쉴 새 없이 흐르는 지현이의 눈물.

"내 사랑 뺏어가지 마. 이미 넌 많이 가졌잖아! 하나만 주면 안 돼?! 하나만 나 주면 안 되냐구!!"

번쩍 들어 올리는 지현이의 손을 나는 멋지게 잡았다. -_-v

"이게 지금 뭐 하는 짓이야? 이유라도 좀 알자."

손을 뿌리치더니 흔들리는 눈동자로 나를 보며 말한다.

"됐어. 너보다 내가 더 많이 좋아해. 너보다 내가 더 많이 사랑해!"

이상한 말만 남기고 동네를 빠르게 빠져나가는 년(이젠 친구라고 말하기도 지쳤음). --; 나는 얼얼한 내 뺨을 어루만지며 집으로 들어갈 수밖에 없었다.

*　　　　*　　　　*

엔젤로스.

짤랑~

"야, 왜 너네 둘뿐이야?"

"재규 왔구나. 다 대기실에 있어."

재규는 서둘러 대기실 문을 열었다. 대기실 책상에서 책에 얼굴을 묻고 계속 공부하는 은혁과 강우 옆에 찰싹 붙어 쫑알거리는 여자와 허공을 주시하면서 멍하니 앉아 있는 강우.

"난장판이 따로 없어."

재규는 무대로 올라가더니,

"아아, 마이크 테스트. 야! 우주야! 행주 좀 빨아와라!"

"응!"

우주는 서둘러 주방에서 행주를 빨아 재규에게 패스. 재규는 열심히 건반도 닦고, 드럼도 닦고, 기타도 닦았다.

"야! 다 모여! 요즘 우리 카페가 너무 빈곤하다!"

상원과 우주는 벌써 자리를 잡았고, 어슬렁어슬렁 대기실에서 나오는 강우와 은혁이. 그리고 눈을 반짝이며 테이블에 앉는 쫑알 여자.

"야, 너 뭐야?"

재규의 익숙한 저 대사. -_-

"^o^ 아, 응. 강우 여자 친구야!"

강우를 계속 노려보는 재규. 강우는 아무 말 없이 고개를 푹 숙이고 있다.

"야, 강우 여자 친구는 이은지밖에 없으니까 너 얼른 꺼져. 내 손으로 쫓아버리기 전에. 이 미남 손에 끌려 나가고 싶으면 계속 앉아 있든지."

매우 놀란 듯 쫑알 여자는 재빨리 카페를 빠져나갔다. 그리고 모두 약속이나 한 듯 재규가 곡명을 말하지도 않았는데도 같은 노래를 연주하는 그들. 천사의 악마.

page 12 [우주번외] 이미 난 그렇게… 그렇게…….

그날 저녁. 모두 재규네 집에 모였다.

"야~ 우주야, 밥 먹어라."

재규가 주방에서 앞치마를 두르고 분주히 움직인다. 아무런 대꾸도 안 하고 소파에 누워 리모콘을 뻑뻑거리는 우주.

"야, 밥 먹으라고!!"

재규가 소파로 가서 우주의 팔을 잡는다. 우주가 그런 재규의 손을 뿌리친다.

타악!

"-_- 야, 너 삐쳤냐?"

"너 혼자 실컷 먹어. 사랑도 니가 다 해먹고, 멋있는 거 다 해먹어. 니가 다 해먹으라고."

끼익― 쾅!

"신우주!"

"쟤 왜 저래? 무슨 일 있었어?"

"아니. 아까도 잘 연주해 놓구?"

"저 새끼까지 왜 그래?"

다음날 아침.

빨랠래랭~ 빨랠래랭~

"누구야?"

[하아! 하아! 재규야, 나 은혁이. 혹시 우주 봤어? 어제 집에 안 들어왔어(은혁과 우주는 동거 中).]

"아씨, 왜 그 새끼까지 골 쓰게 만들어!"

[찾는 중인데 어딨는… 야! 신우주! 뚜— 뚜— 뚜—]

"뭐야, 진짜. -_-"

좁은 골목길에 소주병이 나뒹굴고, 우주 눈에서 쉴 새 없이 흐르는 눈물. 눈을 감고 벽에 기대앉아 있는 우주.

"야! 너 여기서 밤샜어? 제정신이야?!"

우주를 일으켜 세우는 은혁.

"ㅋㅋ 은혁아, 재규가 지원이를 좋아하면 어쩔래?"

"무슨 소리야?"

"재규가 지원이를 좋아하면 어쩔 거야?"

"그런 거 생각해 본 적 없어. 가자, 얼른."

"나는 포기 못할 것 같은데? 히—"

스르륵—

"우주야!!"

싱긋 웃더니 그대로 쓰러져 버리는 우주.

"우주야! >_< 이거 니가 만든 거야? 우와우와! 배고파."

"우주야! ^o^ 신우주! >_< 진짜루? O_O 꺄아! 너무 좋아! ^o^ 히히!"

지원아, 난 너 포기하라면 못할 것 같은데…….

"뭐?"

점퍼 하나를 걸치고 주머니에 전화기를 쑤셔 넣고 빠르게 나가는 재규.

뿅뿅뿅!

"어? 재규야! 어디 가!"

"우주야… 살아만 있어."

병실.

산소 호흡기를 씌우는 간호원들.

"우주야, 눈 좀 떠봐. 제발. 우, 우주야… 우주야……."

눈물을 흘리며 우주의 손을 잡고 기도하는 은혁이.

"하아. 하아."

덜컹!

"재규야."

"야! 신우주! 이 병신아! 눈떠! 눈뜨라고!!"

"그러지 마세요! 환자가 의식이 돌아올 때까지 나가 계세요!"

결국 간호원에게 쫓겨난 둘. -_-;

"의식이 돌아왔어요!!"

"우주야!"

침대에 앉아서 이슬같이 맺힌 눈물. 은혁과 재규를 돌아보며 싱긋 웃는 우주.

"^-^ 히히. 나 걱정돼서 온 거야?"

"왜 그래?"

"왜 그러냐니?"

"어제 왜 그렇게 나갔냐고."

"^ㅇ^ 그냥그냥, 엄마가 보고 싶어서 그랬지~"

"바른대로 말해. 왜 그랬어?"

"우리 중1 때 처음 만난 거, 그날 기억해?"

"그럼."

중1. 모든 게 꽁꽁 얼어버린, 추웠던 그 해의 겨울날. 나는 처음으로 보호받고 싶은, 빛이 나던 두 녀석을 만났다.

"나가! 이 빌어먹을 새끼! 니네 어미 죽은 걸 난들 어째! 얼른 꺼져!"

미친 우리 아빠 새끼. ㅋㅋ 그날은 우리 엄마의 기일. 난 학대받고 자랐다. 태어날 때부터 14년간 한순간도 맞지 않은 날이 없다. 우리 엄마는 첩. 그리고 나는 첩의 아들. 우리 엄마는 맞는 나를 보며 심장병을 앓다가 돌아가셨다. 그날은 기일이었다. 그날도 여느 때와 같이 아무것도 입지 못한 채 밖으로 쫓겨나야만 했던 나. 처음으로 보호받고 싶은 두 녀석을 만났다.

"뭐야? 너 그지냐?"

"꺼져, 상관 말고."

"-0- 은혁아! 이리 와봐라. 여기 거지 있다, 거지!"

"ㅇ_ㅇ 어? 이 추위에 옷을 안 입고 있네?"

"그지라니까! 다 벗구 돌아댕긴다!"

"꺼져!!"

은혁이는 입고 있던 점퍼를 벗어 내 어깨에 걸쳐 줬지.

"이거 입고 있어. 추워. 무슨 일인지는 모르지만 나중에 만나면 돌려 줘. ^-^★"

"잘 있어라, 그지야~"

유유히 걸어가던 두 녀석. 호호 불면 나오는 입김을 순식간에 얼려 버릴 듯한 재규. 새까만 머리칼에 새까만 공기로 주위를 압사시켜 버릴 것만 같았던 은혁이. 저 둘 사이에 있으면 나 보호받을 수 있을까?

"가, 같이 가!!"

"^-^ 우리 친구지?"

"당연하지."

"그래, 우리 친구야. 그치? 응, 맞아. 그래."

재규가 사랑하던 여자 민경이. 은혁이와 나도 좋아하던 그 여자. 결국 우리 셋 중 그 누구에게도 사랑을 주지 않았지만 난 그때 돌아섰다. 내 친구의 사랑이기에. 지금도… 지금까지도 난 병신같이 몰래… 그냥 몰래 돌아서야 내가 아끼는 친구들을 내 곁에 둘 수 있다. 하하, 세상은 참 웃기게도, 불공평한 게 너무 많아. 너무… 많아. 우리 엄마는 심장병이었다. 그런데… 그런데 그 심장병은 웃기게도… 유전이란다.

page 13. START 부터 THE END 까지.

"이제 학교 가봐. 난 괜찮으니까, 그러니까 어서! 히히."

"신우주, 너 그러다가 혼자 픽 하면 어쩔 거야?"
"괜찮아. 재규도 참… 별걱정 다 한다. >_< 너네 올 때까지 이르케 건강히 있을게."
"믿어도 돼?"
"그럼요! 은혁 엄마! >0<"
재규가 우주의 머리를 부비대더니 병실 문고리를 잡았다.
"간다. 우리 올 때까지 픽 쓰러지지 마!"
"^_^"

세현고.
"-_- 후우……."
"강지원! 아침부터 웬 한숨이냐?! 땅 꺼지겠다!"
"니가 내 맘을 아냐고. TOT"
"지원이 너 은혁이 땜에?? o_o"
"그렇지, 뭐."
"당연히 너 같은 거에 질리는 거 아냐? ㅋㅋ 영원할 줄 알았나 보지?"
이지현의 지긋지긋한 저 두 얼굴. 이젠 황당하다가도 지겨울 정도다.
"이게! 너 죽는다. 너 왜 자꾸 강지원 태클거는 건데?!"
"태클은 무슨~ 나는 너희한테 한 얘기 아닌데?"
"어버버버, 야! 야 저년이 뭐라는 거냐?"
"놔둬."
-_-;; 이 상황을 어쩌면 좋으료? 저 알다가도 모를 년 하나랑 은혁이까지… 골 쓸 때가 너무 많아.

마지막 시험이 끝나고. ㅠOㅠ 그렇게 지옥 같았던 시험은 막을 내렸다아.

"은지야, 오늘은 엔젤로스 갈 거지? O_O"

"… 이젠 갈 필요 없잖아."

"야아! 그런 게 어딨어! 가서 단판을 져야지이! >_<"

"됐어. 그냥 집에 갈래. 지원아, 이제 그만 하고 싶어."

뒤돌아서는 은지.

"너 강우 좋아하잖아. 강우 좋아하면서 왜?"

"강우가 나 싫다잖아."

아무 말 할 수 없었다. 슬픈 눈망울로 돌아서는 은지에게 계속 엔젤로스에 가자고 할 수도 없고… 그렇지만 은지, 강우를 많이 사랑하는 것 같았어.

* * *

세명고.

"야, 강우야! 오늘 미팅 갈래?"

"아, 난 됐어."

"야야! 오늘 미현고에서 알아주는 퀸들만 나와! 가자가자!"

"아, 싫어."

"ㅜ_ㅜ 니가 우리를 받쳐 줘야지~"

"얼굴 마담은 은혁이랑 재규도 있잖아."

"ㅜ_ㅜ 무섭잖아."

"하아."

그때 그들 곁으로 은혁이가 다가오고 강우 주변의 남자 1, 2는 슬금슬금 뒷걸음질친다.

"야, 강우야, 우주 병원에 있어."

"병원?"

"이건 뭐야?"

"아하하! 우린 강우의 친구로서 으음, 강우와 같이 미팅을……."

"지랄한다. 니네 면상 엄청 멋있어. 그거 가지구 미팅 나가면 짱이겠다. 볼 만하겠다. ㅋㅋ"

힘없이 가방을 메고 교실을 나서는 강우.

"-_-^ 야, 은혁아, 서강우 저거 이은지 때문에 저러지?"

"아마도?"

[뚜르르르르~ 뚜르르르~ 여보세요?]

"나, 나다, 재, 재규. 지금 우리 학교로 좀 와라. 이은지 데리고. 우주 병원에 이, 입원했다! 어, 얼른 와라!!"

[O_O 병원? 응, 알았어.]

딸칵—

"왜 그렇게 소릴 질러??"

"-_-; 누, 누가!"

"됐어, 얼른 가자."

"그, 그래!"

재규의 목소리는 한 톤 높아져 있었다.

* * *

은지네.
쾅쾅쾅!
"은지야아~ 가자! ㅜoㅜ 우주가 아프다잖니! 잠깐 가서 우주만 보자, 응??"
"안 간대두."
도무지 안 되겠길래 은지를 무작정 끌고 세명고로 향했다. =_=

"여어~ 왔냐?"
나를 보자마자 고개를 돌려 시선을 피하려는 듯한 은혁이.
나는 그런 은혁이의 손을 덥석 잡았다.
"왜?"
"^o^ 시험 마친 거 축하해."
"으응."
상원이가 재규 뒤에 서 있다.
"ㅋㅋㅋㅋ"
웃음을 흘리는 상원이, 무슨 좋은 일이라도 있는 건지. 그리고 이 바보스러운 커플 강우랑 은지는 아무 말 없이, 아무 미동 없이 서로를 쳐다보기만 한다.
"……."
"-0- 야, 너네 화해해! 강우야, 은지가 공부하느라 그랬어. 그것 좀 이해해 주면 안 되냐?!"
"이해했어. 헤어지자고 한 거 얘거든?"
"뭐?"

또 얼어버리는 이 분위기. 어지럽고 복잡한 우리 일곱의 관계. 어떡하면 풀어낼 수 있을까?

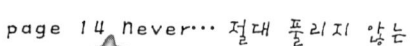
page 14. never… 절대 풀리지 않는.

"너 같으면… 너 같으면 견딜 수 있을 것 같아? 내가 너 아닌 다른 남자들한테 웃으면서 부둥켜안고 그런다면, 넌 참을 수 있니?"

은지는 성격이 온순해서 사람들한테 싫은 소리, 나쁜 소리 못하는 그런 순댕이. 여지껏 살아오면서 누구에게 소리쳐 본 적 없는 은지. 자기 마음조차도 조심스러워 드러내지 못하는 그런 은지. 그런 은지가…….

"내가 그랬어? 내가 니가 모르는 다른 여자랑 부둥켜안고 그랬어?"

"응, 그랬잖아. 연지라는 애한테 그랬잖아. 너랑 나랑 집에 가는 날, 그날 그랬잖아. 부둥켜안고 내가 모르는 말 하면서 웃고. 나 그런 거 싫어. 넌 걔한테 나한테보다 더 다정하게 웃어줬어. 나 말고 다른 곳 보는 것 같아서 싫어."

"……."

"아무래도 안 되겠어. 지원아, 나 먼저 갈게. 우주한텐 병문안 못 가서 미안하다고 전해줘."

"은……."

"은지야! 이은지!!"

내가 은지를 부르려는 순간, 재빠르게 소리치는 강우. 빠르게 걸어가는 은지와 넙죽넙죽 뛰어가는 강우. -0-

"어쩜 좋니."

우주 병실.
끼익—
"^o^ 히히. 안녕, 지원아?"
"우주, 어디 아파??"
"우우웅! 어제 술을 너무 많이 마셔서 위가 터져 버렸어. =0="
"위가 터져? o_o"
"^o^ 히히, 지원인 걱정 안 해두 돼!"
"^_^ 응."

오늘따라 좁아 보이는 어깨와 금세 얼굴이 반이 되어버린 우주. 하얀 얼굴에 빨간 입술이 이쁘게 웃음 짓는데도 어째서 난 검은 그림자가 느껴지는 걸까?

똑똑!
"-0- 네에~"
"주사 맞을 시간이에요. 엉덩이 걷으세요."
"어떻게 지원이 앞에서 엉덩이를 내밀어요?! 으아아악—!!"

우주는 주사를 매우 무서워하는 듯해 보였다. 아니, 매우 증오했다. 주사 안 맞으려고 1시간 이상을 버텼으니. 너무나 밝고 이쁘게 웃는 우주의 눈에 눈물이 맺히는 듯하다. 아무래도 나 시력에 이상이 생긴 듯.

어둑어둑해지는 저녁.
"이제 나 가볼게."
"ㅜ_- 벌써?"

"미안, 대신 내일 다시 올게. 내일은 맛있는 거 사가지고 올게."

"증말이지? 지원이 너 약속했다! 잘 가."

끼익—

"야, 강은혁. 데려다 줘."

은혁이를 떠미는 재규의 목소리.

"내가 왜?"

"애인이라며."

"……."

상원이의 표정은 금세 가라앉았다.

"후우… 그래, 금방 갔다 올게."

고요한 저녁 골목길. 부스럭— 부스럭—

"무슨 소리지? o_o?"

니야옹—!!

"꺅!!"

"새끼 고양이네. 엄마가 없나? 다리를 심하게 다쳤어."

갑자기 검은 비닐 봉투에서 튀어나온 새끼 고양이를 품에 살포시 품는 은혁이.

"이리 와서 이것 좀 봐."

은혁이가 웃으며 내게 손짓했다.

"+_+ 어! 너 웃었어! 웃었다! 나한테 웃었어어!"

"-_- 어, 언제?"

"방그음! ><)/"

"이거나 봐!"

품에 품어진 작은 도둑고양이.

니야옹— 니야옹—

"이거 내가 키울까? 이름은 뭘로 짓지?"

"글쎄에."

고양이를 데리고 우리 집으로 향하는 길. 은혁이는 고양이가 제법 마음에 들었나 보다. ㅋㅋ 어쩌면 귀여운 고양이 때문에 은혁이가 다시 쉽게 미소를 지어준 건 무슨 이유가……

"나비 귀엽지? 나비. 나비야~"

고양이를 안아 올리며 아이처럼 싱글벙글 웃는 은혁이. 아마 은혁이는 검은색이 아니라 베이지 같은 푸근함이 아닐까?

어느새 집 앞까지 와버린 우리.

"들어가."

"응, 잘 가!"

"이젠 이것도 마지막이네. 남자 친구로서 할 일은 다 한 것 같아. 사실 나 이지현이 좋아서 너한테 접근한 거야. 근데 이지현이 질투심도 안 느끼네. ㅋㅋ 이제 연극은 그만 해야지. 나 간다. 그동안 고마웠다."

순식간에 식어버린 은혁이. 너무 기가 막혀 눈물이 그렁그렁 맺히고, 목이 콱 막혀 은혁이라는 말만 목에서 맴돈다. 뭐? 접근? 질투? 이지현? 어째서? 왜 하필 나야? 왜 그게 나야? 나는 그대로 주저앉았다. 다리에 힘도 없고. 하하하. 차라리 누가 내게 이 모든 게 연극이라고 말해 줄래요?

*　　　　*　　　　*

"나, 나쁜 놈이지? 그치, 나비야? 이 오빠 나쁜 놈이지? 여자나 울리는 맞아죽을 놈이지?"

그날 밤 비가 내렸다. 주룩주룩… 그치지도 않고 밤새도록 내렸다.

이젠 다 된 건가요. 내가 그대가 원하는 쓰임새로 올바랐나요.
그래도 행복했었죠. 아주 잠깐이었지만 그대가 웃어주던 날들이 이젠 그대에게 아무런 참견도 못하는 자격. 이젠 끝인데, 이제는 내게 없는 사람이죠.
―따스하게 웃어주던 그대는 크리스탈.

page 15 Again… 또다시.

담날 아침.
쾅쾅쾅!
"뚜웅~ 일나! 아침이야! >_<"
"……."
꽁꽁 붙들고 있던 내 이불을 화~악 젖히는 래원 새끼.
"ㅇ_ㅇ! 뚱! 너 열나! 엄마아~ 뚱 이마에서 열난다! 빨리 와봐!"
황급히 달려온 우리 엄마 씨, 내 이마를 짚어보더니,
"ㅇㅇㅇ 내 이럴 줄 알았지. 어제 비 쫄딱 맞구 들어왔지, 이 칠칠맞은 년아! 으휴! 너 학교 가기 싫어서 그런 거지!"
귀에 못이 박히도록 엄마의 잔소리를 들은 후에 일어났다. 엄마와 래원, 아빠는 모두 외출. 얼마 만에 느껴보는 평화니? 아, 맞다맞다! 우주!

혼자일 텐데. 나도 심심해서 못 있겠어. 나는 점퍼를 입고 과자들을 품 안으로 넣었다. 히히. ^O^

"오오! 버스다!"

아직 등교시간이라 학생들이 많다아. =0= 친구들이랑 만나면 분명 꾀병이라고 죽일 듯이 달려들 텐데. 다행히 내가 탄 버스에는 사람이 없었다.

부르릉~

한 정거장에 멈춘 버스.

"O_O"

"너 교복은 어따 팔아넘겼냐??"

익숙한 목소리가 내 귀를 건드렸다. 절대 만나고 싶지 않은 네 명이 버스에 오르고 있지 않는가?

"지원이 너 학교 안 갔어? O_O"

"아하, 상원아, 안녕? ^-^a 으응, 아파서. 우, 우주 병원 가는 길인데가, 같이 갈래?"

"학교 가야지. 너 꾀병이냐??"

"아니라니까―!! 아, 어질~ 은혁아, 나비는 어떻게 됐어??"

"나비? 아, 이 가방 속에 들은 정말정말 싫은 고양이 새끼?"

재규가 들어 올린 것은 종이 가방에 들어 있는 나비! 깨끗해 보인다. 우아~ 은혁이가 씻겼나 봐. 휙 낚아채는 은혁이.

"오늘 우주 병원에 데리구 가면 안 될까? 이따 찾으러 오면······."

으, 은혁이가 날 째, 째려본다.

부스럭!

"O_O"

내 앞으로 던져진 나비.

니야옹!!

"꼼짝 말고 병원에 있어. -_-^"

"으응!"

"윽! 나비 새끼가 뭐가 그리 좋다고! 도둑괭이 새끼. -_-^"

덜커덩!

"야, 나 간다. 우주 괴롭히면 죽어!"

재규의 공포스런 목소리가 버스 안을 메아리쳤다. 세명고 앞에 선 버스. 우르르~ 내리는 네 명의 녀석들. 그런데 강우는? 어디에 홀린 듯 아무 곳도 응시하지 않고 터벅터벅 걸어간다.

니야옹~니야옹~

나비 목에 이쁘장하게 걸린 목걸이와 삐뚤빼뚤하게 써 있는 글씨.

이름:나비. 훔쳐가면 죽어!

키킥! 이거 은혁이가 쓴 거다. ^O^ 글씨 하난 정말 기가 막히게 못 쓴다. 나 이렇게도 은혁이를 좋아하는 거 같은데… 후…….

끼익—

버스에 오르는 남자 하나. 새까만 정장에 훤칠한 키, 그리고 검은 선글라스를 끼고 찰랑대는 머리를 가진 남자. 입이 떡 벌어지게 잘생긴 남자다! 머, 멋있다아. >_< 갑자기 내 옆에 서더니 선글라스를 벗는 게 아닌가!

"혹시 요코??"

목소리도 죽인다. 근데 요코라뇨?

"요코! 너 요코지?!"
갑자기 나를 와락 안는다. 호, 혹시… 벼, 변태?

page 16 Romance… 슬프고도 아름다운 그것.

"ㅜ_ㅜ 누, 누구세요??"
"나 몰라? 요코, 나 치아키잖아."
"당신이 누군지 몰라요!!"
때마침 병원 앞에 선 버스.
"요코! 요코!"
"이씨, 요코가 누군데!!"
나는 버스에서 헐레벌떡 뛰어내렸다.
"허억! 허억! ㅜ_ㅜ"
한 손에 덜렁덜렁 들려 있는 나비.
니야옹!
"나비야~ 너두 무서웠지?"
나는 마음을 가라앉히고 우주 병실로 향했다. 아직도 품에 있는 과자들. 아까 버스에서 뛰어내리면서 뺑이요를 떨어뜨렸다. 내가 젤루 좋아하는 건데… 이씽! 그 변태만 아니었으면……. ㅠㅁㅠ
끼익—
"어?! 지원아!"
"안녀엉, 우주야~ 몸은 어때?"

"^0^ 괜찮아, 걱정하지 마. 으하하하! 천하무적 신우주!"

"^-^ 히히. 자자, 이거 과자야. 그리고 앤 나비. 은혁이랑 집에 가면서 주운 거야. 귀엽지??"

"와아~ 귀엽다. 헤헷! 근데 오늘 학교 안 갔어?"

"으응, 좀 아파서. 집에 있으려니 심심하구 니 생각도 나서 바람 쐴 겸 나왔지. 근데 입원할 정도야? 어디가 그렇게 아픈데??"

"아니아니, 아무것도. 그냥 퇴원을 안 시켜줘. 내가 너무 좋나 봐. ㅋㅋ 까아!"

"정말 어디 심각하게 아픈 건 아냐??"

"으응. ^0^"

우주의 얼굴이 하루 사이에 더 해쓱해졌다. 혹 밥이라도 거르는 건 아닌지.

"엉아! 우리 물총놀이할 건데 엉아두 같이 나가자. >_<"

귀여운 꼬마들이 물총을 하나씩 들고 병실로 들어왔다.

"^-^ 민우야~ 엉아 지금 못 놀아. 엉아 부인 왔어! 이쁘지? ㅋㅋ"

"-_-; 우, 우주야."

"우, 우우앙—!!"

뒤에 있던 귀엽게 생긴 여자 아이가 갑자기 엉엉 울어버린다.

"우주 엉아도 차~암! 세지가 엉아 좋아한단 말야!"

"세지야, 울지 말구~ 나중에 이따이따만큼 크면 그때 오빠랑 딴따따 다~ 하자, 알았지?? 그만 뚝!"

"훌쩍! 응."

"히히, 우리 세지 이쁘지요~ 나가서들 놀아요. 엉아 지금은 못 놀아.

그러니까 나중에 놀자~"

"야! 신민우! 너 얼른 안 와?! 누가 돌아다니래?! 너 꾀병 맞지이? 그치!"

"헉! 누, 누나. ㅠ_ㅠ 우주 엉아, 우리 누나가 나 잡으러 왔다! 나 간다이!! 안녀엉!!"

한참 시끄럽게 굴다가 우르르 달려나가는 아이들.

"와아~ 꼬마들도 너 좋아하는데? ㅋㅋ"

우주는 나비를 안아 올리며 침대에 걸터앉았다.

니야옹~

어째 나비의 울음소리가 이뻐진다.

"그럼 뭘 해. 내가 좋아하는 사람은 다른 데만 보는데."

"으응? O_O"

나비를 쓰다듬으며 아주 작게 소곤대는 우주. 뭐, 뭐래?

"뭐? 나비가 다른 델 쳐다봐? O_O"

"페! 바보오! 지원이 바보오! 바보바보!"

니야옹~ 니야옹~ 니야~옹!

세트로 꽉 묶어다 확 패대기쳐 버려?

우주와 한가로운 한때를 보내고 나니 벌써 오후를 향해 달려가는 시계.

"아아~ 나 이만 가야 돼. 엄마, 아빠 오면 나 죽어. TOT 분명 꾀병 부렸다고 패대기칠지도 몰라. 나비는 은혁이 올 때까지 니가 맡아줘."

"^_^"

우주의 쓸쓸한 미소를 뒤로하고 일어서는데 내 손을 잡는 우주.

"으응?? ㅇ_ㅇ 왜 그래, 우주야?"
"나가자. 내가 데려다 줄게!"
얼떨결에 우주의 손을 잡고 집으로 오는 길.
"우주야, 너 안 추워??"
"으응! 끄떡없어요!"
"퇴원하면 놀러가자. 그러니까 얼른 퇴원해! 공연도 해야 되잖아. 히히."
우주가 내 손을 꼭 쥔다.
"^_^*"
날 벽으로 밀어붙이는 우주! 갑자기 진지함이 도는 우주의 눈빛.
니야옹!
안고 있던 나비를 떨어뜨리자 점점 다가오는 우주. 나는 눈을 질끈 감았다.
"하아……."
우주가 내 어깨에 자신의 머리를 기대었다.
"하아… 지원아, 너 벌써 잊었어? 나 너 좋아한다고 했잖아. 왜 그래? 왜 넌 다른 데만 보는 건데? 나 봐주면 안 되나? 지원아, 우리 엄마 닮은 예쁜 지원아. 하하! 나는 왜 이렇게 바보 같은 사랑만 할까? 나 죽어도, 나 없어도 우리 지원이 웃을 수 있지?"
"우, 우주야, 열난다. 아파?"
다시 고개를 드는 우주. 흔들리는 눈동자로 나를 빤히 쳐다본다.
"말 돌리지 마. 나 너 사랑해, 지원아. 나 신우주가 너 강지원을 사랑한다고. 주체할 수 없을 만큼 널 너무 사랑해서 이래. 내가 이래. 병신같이 이래."

오렌지 맛이 나면서 따뜻하고 말캉말캉한 게 내 입을 살짝 스쳐 지나갔다. 우주의 입술. 난 우주를 기억하지 못했어. 우주가… 우주를…….

"가자, 나비야."

느야옹!!

주머니에 손을 찌르고 걸어가는 우주. 우주의 작아지는 뒷모습에 난 나도 모르게 눈물을 지었다.

page 17 Present… 현재 그리고…….

우주 병실.

끼익—

우주가 힘없이 문고리를 잡아 열자 모두 병실에 와 있었다.

"-_- 아씨, 그 몸으로 어디 갔다 왔어? 그러다 또 혼자서 고꾸라지려고??"

재규가 미간을 잔뜩 찡그리며 우주에게 말했다. 눈물 한 줄기… 두 줄기… 미소 지으며 쉴 새 없이 눈물을 떨궈내는 우주.

"o_o 야! 너 왜 그래?"

멍해 있던 강우도, 다른 생각을 하던 상원이도, 비장한 표정을 짓고 있던 은혁이도, 모두가 놀라 우주를 바라보았다.

"^-^ 헤헤. 눈이 고장났나 봐. 계속 물 나와. 웃, 짜다."

"왜 그래?"

은혁이가 우주에게 다가서자, 우주는 한 발 물러나며,

"^0^ 나 오늘 너무너무 슬프다. 헤헤. 나 슬퍼. 키킥. 너무… 하하. 너무너무… 슬퍼. ㅋㅋ"

재규가 아무 말 없이 우주를 안아준다.

"끄읍. 흐하… 읍! 우……."

애써 터져 나오려는 울음을 참으려 입을 꾸욱 다무는 우주. 다섯이 부둥켜안는다.

하늘아, 우리 우주 데려가지 마세요. 우주 녀석 없으면 우리 다섯, 무슨 낙으로 웃어요. 제발 우주 우리 곁에 그냥 두세요. 우주가 웃으면서 다시 새하얀 건반 누를 수 있게, 제발 우리 우주 여기에 두세요. 우주가 있을 자리는 이곳인데 어딜 데려가려 하시나요? 하늘아, 제발… 제발 하늘아, 우리 우주 데려가지 마세요.

—By 엔젤로스.

다음날 아침.

짹짹짹!

여느 때처럼 참새 소리가 아침을 알리고, 오늘도 어김없이 반가운 래원이 녀석.

끼익—

"나 일어났어. 아침밥 패스! 잔소리도 다 패스!"

"o_O 웬일이야? 아직 8시 안 됐어!"

"질문도 패스!"

머리를 절레절레 흔들며 1층으로 내려가는 래원이.
"엄마, 똥 미쳤어어!!"
-_-^ 저 자식은 말을 해도 꼭… -,.-

                      *   *   *

세명고, 옥상.
"ㅎㅏㅇㅏ."
"여기서 뭐 해?"
"어? 왔네. 오랜만에 입 벌리네. 너 요즘 통 안 웃는다?"
"미팅하느라 바빠서."
은혁이가 강우의 어깨를 주먹으로 슬쩍 밀어낸다.
"병신아, 너 이은지 좋다며? 죽을 만큼 좋다며? 아주 좋아 죽겠다며? 잡아, 얼른."
"나 싫다는데 내가 어째."
"병신아, 사랑엔 자존심 같은 거 없다면서? 지금 너 이런 모습이 더 추해."
"응, 그래. 그런 넌 요즘 왜 그러냐? 지원이 자꾸 피하고. 너야말로 재규보다 여자 싫어하잖아. 그런데 어떻게 용케 지원이랑 사귀었냐? ㅋㅋㅋㅋ 난 너한테 장하다고 칭찬해 주고 싶다. 왜 그래, 너? 지원이 상처받게."
"약속 땜에. 빌어먹을!"
은혁이가 난간을 손으로 내려친다.
"무슨 약속? 혹시 상원이랑 그때 그?"

"내가 뱉었으니까 내가 주워담아야지."
머리를 쓸어 넘기는 강우.
"후우… 왜 다들 그렇게 살아?"
은혁이가 강우에게 어깨동무를 한다.
"당신은 어떻고?"

지원과 상원의 헤어짐.
"야야, 괜찮아. 여자가 한둘이냐? 너 이렇게 울린 년, 내가 잡아다 울려 버린다, 꼭! 너 울게 했던 것보다 더 팍팍 싱처 줄 거다. 그니까 이제 그만 술 처먹고 인간답게 살아, 이 자식아! 언제까지 이렇게 기죽어 있을 거야?!"
그때 아무렇지 않게 툭 내뱉은 말. 그 말이 화근이었다. ㅋㅋㅋ
"^-^"
피식 웃어넘기던 상원이. 그냥 그렇게 넘길 줄 알았던 상원인. 결국… 기억해 냈다. 그날 일을… 그날 내가 한 말들을……. 강지원이 내 두 눈앞에 나타났을 때, 그때 상원이가 기어코 말렸지.
"쟤야, 너 이렇게 만든 여자?"
"아냐, 됐어. 내가 헤어지자고 했잖아. 아냐아냐, 됐어."
됐다며… 상원아, 니가 됐다며… 그래서 나 지원이 사랑해도 되는 줄 알았어. ㅋㅋㅋㅋ
"은혁아, 그거 기억나지? 니가 그랬잖아. ^-^ 나 울린 년, 강지원 죽여 준다고. 나만큼, 아니, 나보다 더 아프게 해줄 거라고. 강지원 꼭 울려 버린다고 니가 나한테 그랬잖아. 그거 아직 기억하는 거지? 해줄래, 은혁아? 내가 허락할 테니까 해줄래?"

ㅋㅋㅋㅋ 내 임무다 그게. 상원이한테 해줄 게 이것밖에 없고, 내가 해야 할 일이고, 그만큼이 내 몫이다. 상원인 그랬다. 상원이는 나만큼 강지원을 사랑한다. 아니, 나보다 더 사랑할지도 모른다. 강지원은 내가 가질 수 없는, 만지면 깨져 버릴 그런 유리구슬 같은 존재다. 난 이럴 수밖에 없다. 사랑하는 사람을 보내고 나서 슬퍼하고 아파하는 것밖에 알지 못해서… 이렇게 사랑하고 사는 방식밖에 알지 못해서… 역시 나는 사랑 같은 건 하지 못하는 놈. 사랑 같은 거 할 수 없는 그런 녀석이다.

page 18 Shyness… 수줍음, 사랑했던 그날들.

어젯밤 그렇게 돌아선 우주의 뒷모습이 자꾸 눈에 밟힌다. 차가운 공기가 내 얼굴을 매섭게 치고 지나갔기에.
"쿨럭쿨럭!"
"아우씨, 저리 가. 니 드러운 바이러스가 나에게로 온다아! >_<)// 워이— 워이— 할아버지 기침쟁이! 절루 가버려!"
"은혜야아. T_T"
쫄쫄쫄~ 쫓아가는 나를 기어코 밀어내는 은혜. 우주가 그렇게 돌아선 뒤, 계속 그 자리에 서서 꼼짝 안 하다가 감기에 걸려 버렸다. TT
다다다—!!
빠른 스피드로 도망가는 은혜.

"ㅜ_ㅜ 은지야~ 내가… 쿨럭! 그리도 싫어? 쿨럭쿨럭!"

"아냐아냐."

나는 은지에게 앵겨 부비부비. 그때 은지의 표정은 정말 딱! 이랬다.

"^-^;; …ㅜ_ㅜ"

5분 후, 뒷문을 벌컥 열고 들어오는 은혜.

"꺅! 야야야! 모여봐! 이거 세명고 1학년 킹카 사진첩이다! 우후후!"

"봐야 뭐 뻔한걸. 다 거기서 거기 아니여. 쿨럭쿨럭! 하여간 저런 건 잘 주워와요. --^"

은지와 나는 은혜에게 다가갔다. 아니아니, 여자애들 무더기 속으로 파묻혔다.

"쿨럭쿨럭!"

스스스슥—

기침하는 날 보고 슬금슬금 뒷걸음질치는 우리 이쁜 친구님들.

"ㅇㅇㅇ 래, 래원아!!"

"ㅇ_ㅇ 래원이가 어딨어!"

"여, 여기에 래, 래, 래원이가… 내가 이럴 줄 알았어! 래원이가 큰 인물 될 줄 알았다구! 어렸을 때부터 내가 그랬지? 한인물 한다고!"

"세명고 진짜 잘생긴 애들 없나 봐."

"너야 맨날 봐서 못 느끼는 거지. 우리 래원이가 얼마나 잘생겼는데. +_+ 우리 래원이! 오늘부터 래원이 포착이다!"

"-_- 야, 왜 하필 연하야? 너 연하 싫다며!"

"그, 그냥! 연하든, 연상이든!"

은혜의 꺼림칙한 저 표정. 곤란할 때마다 짓는 표정.

시간은 과거로 흘러흘러~ 은혜, 지원, 은지는 초등학교 6학년, 래원이는 5학년이던 시절. 래원이는 타고난 인물이어서 어렸을 때부터 빛을 발하여 인기가 매우 많았다. 래원이를 좋아하는 수많은 여자들 중 은혜도 껴 있었다는 건 아무도 모른다.

띵동~

"누구세요?"

"누나다, 문 열어라!"

"-///-"

은혜가 지원이와 지원이네 집에 놀러갔을 때만 해도,

덜커덩!

"ㅇ_ㅇ 오! 은혜 누나도 왔네. 안녕~"

"아, 안녕. *^-^*(발그레발그레)"

지원이가 은혜의 손을 끌어 올린다.

"2층으로 올라가자! 래원아, 마실 것 좀 따라오렴."

"알았어."

한때 래원은 지원의 꼬붕이었다. 점점 커져 가는 래원이는 복수심에 불타기 시작했다. 그리하여 지금의 지원이 뚱!이 탄생된 것이었다.

"^-^ 자, 은혜 누나, 이거 마셔."

"으응. *-_-* 고마워~"

"넌 나가서 숙제나 해라."

"알았어!"

"으유~ 요즘 여자 때문에 공부를 안 해요, 증말! 쪼끄만 게!"

"왜, 왜? 래원이 애인 있어?"

"애인? 지랄한다. 완전히 부인이래!"

쿠쾅쾅!

미친다. -_-; 미쳐요. -0- 미친답니다. >0< 머리에 벼락을 맞은 듯 꿈쩍도 않는 은혜.

"어쭈? 이 새끼가?!"

토다닥— 토다닥—

컴퓨터 앞에서 욕을 하며 눈을 똥그랗게 뜨고 모니터를 뚫어져라 쳐다 보는 지원이.

"보자 보자 하니까 이게!!"

"왜 그래?"

아직도 어안이 벙벙한 은혜.

"-0- 이 새끼가 시비를 거네??"

지원은 버디 채팅 中.

상원♡지원)아~ 심심해. -_-

엔젤로스)집에서 밥이나 해, 심심하면.

상원♡지원)태클 걸지 마세요. -_-^

엔젤로스)그럼 어떤 건데??

상원♡지원)묶어서 내다버립니다. -0-+

엔젤로스)크크 버려봐.

상원♡지원)아우, 씨발. -0-

엔젤로스)-_- 여자 입에서 욕이 나오면 쓰나?

상원♡지원)쓴다, 씨! 왜!

엔젤로스)상원이란 놈 엄청 불쌍하구만. ㅡㅡ

상원♡지원)너보단 더 행복해. -0-!

엔젤로스)ㅋㅋ 나중에 우리 언젠가 만나거나 스치면 내가 너 바로 패대기칠 거다. ㅇㅋ?

상원♡지원)푸하하! -0-)// 하나도 안 무섭다!

엔젤로스)ㅋㅋㅋ 나중에 우연이라도 만나면 너 죽는다. ㅡㅡㅗ

삐빅―!

"ㅇㅇㅇ 삐끔삐끔. 씨, 씨, 씨발! 시비 걸고 도망가냐! 엔젤로스 개새끼!"

"ㅠㅇㅠ 이런 비극이 나한테 오면 안 되느니!!"

그날 저녁까지 은혜는 래원이의 여자 친구 소식에 절규해야만 했고, 지원은 채팅 상대에 대한 흥분을 가라앉히지 못했다. 은혜는 엄마, 아빠가 중1 때 이혼하셨다. 엄마와 같이 살고 있기는 하지만 엄마는 회사 일에 바빠 얼굴 마주치기도 힘들고 집은 항상 차갑기만 했다. 은혜는 애써 밝으려 노력했으며 지금 고2가 되어서도 노력 중이다.

"넌 니가 알아서 살아! 언제까지 우유부단한 네 아빠 보고 싶어할 거니? 이젠 너 혼자서 살아라. 엄만 엄마대로 살 거야. 이 집은 니 이름으로 돌려놨어. 이거 하나 가지고 한번 살아봐. 두 번 다시 찾아오지 마. 너랑 나랑은 별개야."

은혜 엄마는 어쩌면 강해지려고 은혜와 떨어져 살고 있는 건지도 모른다. 그 커다란 집에 은혜 혼자 살기는 매우 힘들다. 그런 은혜에게 힘을 준 건 래원이의 미소뿐.

page 19 Tender… 부드럽게 내 마음으로.

"=_= 이, 이상해, 민은혜. 너 뭔가 속이는 중이지이!"
"아, 아니라니까! 아씨, 저리 가, 괴물아!"
샤샤샥!
은혜는 필사적으로 나를 밀어내고 빠른 스피드로 교실을 빠져나갔다.
"저것이! 분명 먹을 걸 사가지고 날 속이고 있는 게야!! 콜록콜록!"
학교가 끝났다.
타박— 타박—
"^o^ 정말정말? 그럼 이제 강우랑 쫑난 거네에! 꺄악! 은지야, 강우랑 깨진 기분 어때? 강우가 다른 여자 데려왔다면서? 우와우와! 어떡하니이! 기분이 어때? 응응? 죽인다! 스릴 짱이다! 아~ 깨지면 이런 거구나. 그럼 이제 진짜루~ 은지랑 강우가 쫑났네."
눈치코치 드럽게 없는 년. 분위기 파악 못하고 계속 은지 옆에 맴돌면서 주절거리는 이지현. 아우!
툭—
"그만 해. 지현아, 넌 눈치 좀 있어봐라. 그럼 어디가 덧나냐??"
"눈치? 나는 그냥 사실을 말한 것뿐야~"
그래그래, 내가 너한테 뭘 바라니?
"그런데, 그런데 강우가 데려온 여자……."

짜악—!!

순진하기만 하던 은지가, 평소에 다른 사람한테 나쁜 말 못하고 누구 욕도 못하던 그, 그런 은지가아!! 지현의 뺨을 휘갈겨 버렸다. 지나가던 같은 반 친구들도 놀라고 나 또한 놀랐다아. 다들 저런 은지는 첨 보니까. -0-;

"드럽게 눈치도 없다, 너. 눈치도 드럽게 없다고! 그래, 나 서강우랑 좋 났어. 근데? 그게 뭐 어쩌라구? 난들 어쩌라고!"

"야, 이은지?"

저건 또 뭐냐고오. ㅠOㅠ 우리 불쌍한 은지. 눈물을 글썽이더니 이내 빠르게 강우를 스쳐 지나간다. 강우는 뒤돌아서 은지를 뒤쫓아간다. 뻘쭘히~ 눈을 껌뻑이며 나와 강우를 쫓아온 은혁이는 그곳에 서 있을 수밖에.

"뭐, 뭐야, 저거? 허! 기가 막혀!"

이지현이 넋 나간 표정으로 소리치자 은혁이가 이지현을 바라본다. 나는 은혁이의 눈치를 살폈다. 눈이 마주치자 노골적으로 무시해 버리는 은혁이. 그건 너무 심했다아. ㅠ_ㅠ 넘어져 있는 지현이에게 손을 내미는 은혁이.

"뭐야?!"

"일어나. 내가 너 좋아해."

"ㅇ_ㅇ"

"ㅋㅋㅋ 너 진짜 웃긴다. 뭐라고? 너 강지원 좋아하는 거 아니냐? 풋! 너네 사랑싸움했냐?? ㅋㅋㅋ 웃겨, 증말."

지현의 팔목을 잡아 일으키는 은혁. 그리고 그 자리에서 키, 키… 이,

입술 박치기를 해버린 은혁이. 쪼꼼, 아니, 아주 많이 여기 이 심장 밑 쪽이 콕콕콕! 쑤셔왔다. 은혁아, 이건 너무 심한 거 아니니?

짜악!

"너 변태야?!"

은혁이는 그런 지현이의 어깨를 자신의 팔로 감싸 안고 저항하는 지현이를 꾸욱 잡아서 강우와 은지가 간 길로 되돌아갔다.

꿈뻑꿈뻑— ㅇ,.ㅇ

순식간에 일이 두 개나 겹쳐 지나가는 바람에 하하, 지금 이게 꿈이 아닌가 싶다.

주륵주륵—

눈물을 흘리며 나는 우주 병원에 가는 버스에 올랐다.

"우엉엉. ㅠ_ㅠ 우엉. 흑흑. 우엉."

사람들이 죄다 미친 사람 쳐다보듯 나를 위아래로 훑었지만 아무 상관 없다. 지금 내겐 우주의 미소가 필요해. 우주의 미소를 보면 한껏 기분이 나아지는데. ㅠ^ㅠ

"후엉. 히, 히잉. ㅠ_ㅠ"

나는 눈물콧물이 범벅된 얼굴을 수도 없이 문지르며 우주 병실로 향했다.

끼익—

"ㅠ_ㅠ 우주야아~"

"지원아!! 왜 이래!"

"우주야."

나는 꺼이꺼이 울분을 토해내며 우주에게 있었던 일들을 모두 풀어헤쳤다. ㅠ_ㅠ 아무 말 없이 나를 안아주는 우주. 하아, 포근하다. 오렌지 냄새?? 무슨 향이라고 말할 수 없는 향이 느껴진다. 어째 얘도 남잔데 가슴이 두근거리거나 하질 않지?? 갑자기 내 손을 자신의 가슴 위로 가져가는 우주.

"여기 아무것도 없지? ^-^ 이제 일주일 후면 여기에 이따만큼 큰 상처가 남을지도 모르는데. 히히. 지원아, 그럼 그때도 이렇게 울 거야?"

"ㅠ_-?? 그게 무슨 말이야? 상처?"

고개를 설레설레 흔들며,

"아무것도 아니야. 자자, 그만 울어. 뚝!"

"우엉엉. 우주야아~ 으흑으흑. T_T"

"후우……."

page 20. naive… 소박한, 천진난만한.

지현과 은혁.

"미친놈, 너 뭔 꿍꿍이 있냐?"

"내가 넌 줄 알아?"

은혁은 골목 모퉁이를 돌자마자 지현에게서 떨어진다.

"나 간다. 조심해서 가라. 밤에 뒤통수 조심하고. -_-^"

은혁이답지 않은 말을 훌훌 해버리고 골목을 돌아 택시를 타고 가버린다.

"ㅋㅋㅋ 미친놈."

*   *   *

우주 병실.

"우엉엉. 우주야아~ ㅠ_ㅠ 그렇게 막 무시해도 되는 거니? 그런 거니? 어쩜어쩜 그렇게 무시해도 휙 무시하는 거니. 서러워어!"

나는 우주의 환자복을 다 적셔가며 우는 중. -,.- 지금 날 괴물이라고 해도, 요괴라고 놀려도 할 말 없다. 내가 봐도 그렇던. 후훗, 내 머리를 연실 쓰다듬으면서 위로해 주는 우주. ㅠ_ㅠ 역시 우주가 짱이야. 여자였으면 꽉 껴안아 주고, 뽀뽀해 줄 텐데… 아쉽다.

끼익—

"우주야, 내가 슈퍼젤리 사 왔다. 뭐야, 너두 있었냐?"

"어, 재규야! 꺄악! 슈퍼젤리다!"

"치, 난 뭐 여기 오면 안 되냐?"

"우, 우주야, 오늘… 우아아악! 디, 디지몬에 나오는 징그러운 몬스터야!!"

내 모습을 보며 소스라치게 놀라 소리치는 재규.

"훗, 디지몬을 즐겨보는구나. 푸하하! -0-)// 엔젤로스 리드보컬이… 것두 고2에 세명고 킹카가 디지몬을 즐겨봅니다이아! 앗싸~ 대박나겠어!"

"니가 디지몬을 아냐? 얼마나 재밌는지 아냐고!"

"그럼요~ 너무 재밌어서 당신도 즐겨보시는 프로인데."

"-_-^ 그래서 말할 거냐?"

"허허! 알리기엔 창피한가 보시죠! 우하하핫! 당연히~ 눈이 있어서 보고! 귀가 있어서 들었는걸요오~ 이놈의 눈때기, 귀때기를 떼어가 보시죠!"

"-_- 아씨."

지이이이잉— 지이이이잉—

주머니에서 받아달라고 징징거리는 내 핸드폰.

"여보세요?"

[뚱! 아씨, 놔! 놔보라고!! 야! 승팔아, 이것 좀 놔! 야야! 어, 뚱! 나 래원님인데 5시에 디지몬 하니까(사실과 전혀 무관함. -_-) 꼭! 녹화해 놔라! 아씨, 좀 놔! 녹화 꼭 해놔!! 이따 가서 볼 거니까, 알았지?]

뚝!!

"-_-"

허허. 래원이와 재규 놈이 이래 같을 수가… 허허허.

"슈퍼젤리! 슈퍼젤리를 먹으면 힘이 솟구치지요! 개구리 모양! 다람쥐 모양! 토끼 모양! 슈퍼슈퍼슈퍼젤~리!"

슈퍼젤리를 톡톡 까서 입에 털어 넣는 우주.

지이이이잉—

핸드폰이 울리고 다시 액정에 뜨는 래원이 번호.

"왜 또 했어?!"

[아, 맞다. 그리고 슈퍼젤리도 사다놔. 알았지? 돈은 엄마한테 받아라. 끊는다!]

아무래도… 아무래도 아냐아냐! 우주랑 래원이는 다르단 말야. ㅠ_ㅠ 절대적으로 우주는 래원이처럼 유치하지 않을 거다. 그럴 것이다.

"지원아, 누군데 그렇게 넋이 나갔어?"

"아, 동생."
"아! 그 노란색으로 염색했던 애?! 래원인가 걔? 맞지맞지? 맨날 우리 학교 가면 노란 머리가 교문 앞에서 벌받구 서 있었는데. 오늘 지원이한테 다 일러야지. 키킥! 그래서 맨날 학주가 우리 학교 순심이 목욕시키기 벌주고."
"진짜? 헉."

래원이가 여름 방학 때.
"야, 강래원! 빨리 가서 머리에 물 안 빼?!"
"아무것도 모르면 가만있어! 우리 학교의 교칙을 읊어줘?"
"읊어봐!"
"머리 색깔은 검은색, 회색, 남색, 보라색, 빨간색, 노란색 이외의 다른 색으로는 염색할 수 없다!!"
"에~ 그런 교칙이 어딨냐! 거짓말하지 말고 가서 물 빼고 와! 너 그러다 아빠한테 호되게 얻어맞아!"
"아~ 진짜 우리 교칙이라고!"
"진짜로?"
"그러엄!"
"와~ 죽인다. 나도 거기로 전학 갈까 봐."
"쇼한다! 오지 마! 너 오면 나 개망신당해!"
"안 가, 새꺄."

"ㅇㅇㅇ 혹시 너네 학교 교칙에 머리 색깔은 검은색, 회색, 남색, 보라색, 빨간색, 노란색 이외의 색으로는 염색할 수 없다라는 교칙있어?"

"야, 그런 교칙이 세상에 어딨냐?! 나도 은색 머리 땜에 학주한테 걸려서 순심이 목욕시키는데. -0-"

"맞아. 래원인가 걔랑 둘이서 번갈아가면서 해. ㅋㅋㅋ 재규는 자기 몸에 염색체가 부족해서 은색이라고 공갈 치니까 은근히 믿어. 그래서 금, 토는 래원이가 다 할걸."

재규의 승리에 찬 V 자.

"근데 순심이가 뭐야? o_o?"

"순심이?? 아, 우리 학교 지키는 애완동물인데 악어야. 진짜 크다? 순심이를 이렇게 안고 있으면 나만해!"

악어? 팔로 길이를 말해 주는 우주. 허헐! 너무 크, 크다.

"짱 순해. ^0^ 안아주면 막 비빈다?"

"야, 신우주, 순심이가 널 좋아한다니까! 우리 학교에 너랑 순심이랑 사귄다고 소문 다 났어!"

"-0- 뭐어? 나 순심이랑 안 사귀어! 누가 그래! 누가 순심이랑 사귄대!"

순심이란 애 언제 한번 보고 싶다. ㅋㅋㅋ 순심이. 히히히~ 어쨌든 사소한 것들로도 이렇게 싸우는 두 녀석. 왠지 사랑스럽다.

page 21 조금씩, 조금씩 난 너에게……

"우주야, 나 이제 갈게."

"ㅇ_ㅇ 가게? 왜에? 나랑 놀지~"

"으응, 나도 그러고 싶지만 오늘은 엄마랑 아빠가 일찍 들어오시거든."

"그래? 그럼, 내가 데려다 줄게."

"가다가 픽 고꾸라져서 얘한테 업혀오게?"

재규가 턱으로 나를 가리키며 말한다.

"안 고꾸라진다니까!"

우주가 일어나려 하자 우주의 새하얀 얼굴을 재규가 한 손으로 뭉개 버린다. -0-!

"내가 데리고 갈게. 은혁이가 오늘은 좀 늦는데."

"너두 가게?"

"어. 오늘 재영이가 지 여자 친구 데려온대."

"그럼 나 혼자 있어?"

"어."

나는 우주에게 인사를 하고 우주가 준 슈퍼젤리 세 개를 주머니에 넣고 재규를 따랐다. 재규가 주머니에 손을 넣고 어기적어기적— 앞서 갔다.

"빨랑 와!!"

"아, 알았어. >_<"

다리 긴 거 자랑하나? 우씨우씨, 뿔뿔뿔뿔— 나는 짧은 다리로 열심히 재규를 따라가 봤지만 재규를 따라잡기란 쉽지 않았다. 순간, 멈칫! 하는 재규. -_-^ 슬슬 느리게 걸어가기 시작한다.

"너 왜 그래? 어디 불편해??"

"니 짧은 다리가 불쌍해서."

"하나두 안 짧아!"

"그래, 너의 순수한 꿈을 망가뜨리고 싶진 않아."

누가 더 순수할까? 디지몬 보고 좋아하는 이 녀석보다 누가 더 순진할까? 우리 집에 거의 다다랐을 때다. 우뚝! 멈춰 서는 재규. 에씨, 코 박았다. ㅠ_ㅠ

"야."

"왜!"

"귀 아파. 소리 지르지 마."

"왜."

"아씨, 야, 나… ㄴ ㅈ ㅇ 해."

"뭐라고?!"

뭐라고 웅얼대는 이 녀석. -_-^ 드럽게 안 들린다.

"아씨, 너 좋아한다고. *-0-*"

재규 입에서 나온 말이 저거다.

"그래, 나도 니가 좋다. 왜 갑자기 안 하던 농담을 해?"

"장난하는 거 아니다."

비틀~

부, 분명 무슨 꿍꿍이속이…….

"들어가. 추워."

그러더니 펄쩍펄쩍 뛰어가는 재규.

멍…….

끼익—

"에이씨, 똥 오기만 해. …똥? 헉! 엄마. 똥 얼었어! >_<"

page 22 처음은 언제나 두렵고 힘든 법.

"야야, 뚱! 뚱!"

"어, 어?!"

"아씨, 귀 따가워! 너 왜 이제 와! 내가 다섯 시에 디지몬 한다고 했잖아! 녹화도 안 해놓고! 아씨, 인터넷으로 봤잖아! 아씨아씨아씨! 슈퍼젤리는!"

"어, 어! 여기여기. 세 개. 이거 너 다 먹어."

"뭐야! 한 봉다리랬지 세 개가 뭐야아아!"

나는 내 주머니에 있는 돈을 래원이에게 쥐어주었다.

"사다 먹어."

후닥닥!

"만 원? 슈퍼젤리 다섯 봉다리에다 디지몬 만화책 빌려와야지. >_<"

아아, 얼굴이 붉어져~ 아무래도 아까 재규의 그 말이 너무 생생하게 메아리친다. 오늘밤에 악몽을 꿀 것 같아.

     *   *   *

재규네.

"-/////- 나 왔다."

재규가 얼굴이 벌게져서 집으로 들어선다.

"어머! 재영이 동생인가 보네? ^-^ 듣던 대로 멋있다."

재영이의 애인이 말한다.

"야, 인사해라~ 니네 형수님이다. 나이는 스물!"

"안녕! 재규랬지? 와, 피부 곱다!"

재영 애인이 재규의 얼굴에 손을 가져가자 둔탁한 소리와 함께 재규가 재영 애인의 손을 거세게 밀쳐 낸다.

"-_- 늙어서 어디 햇살 같은 내 피부를 건드려?!"

쿵쾅쿵쾅!

"야, 이 새끼야! 야야! 니 형수님한테 그게 뭔 소리야!"

재영이가 발악했지만 재규는 재영의 고함 소리를 잘근잘근 씹고 2층으로 향했다. 발라당! 침대 위로 뒹구는 재규.

"-////- 아, 씨발, 무슨 말을 한 거야, 도대체!!"

담날 아침, 세명고.

"은혁아."

상원이가 한결 더 수척해진 얼굴로 은혁에게 말을 건넨다. 은혁이가 슬그머니 일어나 상원을 데리고 옥상으로 향한다.

"얼굴 많이 수척해 보인다."

은혁의 품으로 얼굴을 들이대는 상원이(절대 게이 아님. --;).

"하아, 어제 엄마 갔다. 나도 가자고 했는데 내가 싫다고 했어. ㅋㅋ 아직 할 일 남았잖아. 지원이 내 꺼 만들어서 같이 간다고 했어. ㅋㅋㅋ"

상원이는 힘없는 말투로 은혁의 품에 얼굴을 묻은 채 말했다.

"그래."

"……"

그 둘은 한참 침묵을 지켜갔다. 그렇게 둘은 아무런 말없이 그렇게 서로를 미워했다.

*   *   *

세현고.

"=_= 머~엉."

모두들 성적표를 받아 들고 울상을 짓거나 멍해 있지만 딱 하나, 나만 다른 이유로 멍해 있다.

"강우랑 어떻게 됐어??"

방과 후 은혜가 은지에게 건넨 말이다.

"어? 깨끗이 다시 시작했지이."

회복 능력이 빠른 강우와 은지 커플. 인정해 줄 만한 커플이다. -0-;

"쟨 왜 저래?"

은혜가 가리킨 곳엔 이지현이 빌빌대며 누워 있다.

"-0- 허허! 야! 여우야! 또 무슨 짓을 꾸미고 계신가!"

은혜가 시비를 걸었다.

"가만 놔둬."

섬뜩!

"야야, 쟤 아무래도 귀신 쓰인 것 같아."

은혜의 주절주절 떠드는 소리가 지금 내 귀엔 하나도 안 들린다. 성적이 비록 이렇지만 내 눈엔 아무것도 안 보인다. 오직 재규의 시뻘건 얼굴만이 상상된다. ㅠ_ㅠ

"오늘 엔젤로스 공연 있대! 가자!"

"아, 난 패스! 우주 병원 갈래."

아무래도 우주에게 도움을…….

"근데 우주 빠지면 키보드는 누가 해? ㅇ_ㅇ"

"재영이 오빠가 한다나 봐."

은지와 은혜의 화제는 온통 엔젤로스뿐이었다. 나는 그들의 가는 길 반대인 우주 병원을 향해 걸었다.

우주 병실.

"뭐?"

우주가 놀랍다는 듯이 나를 쳐다본다.

"아, 어떡하지, 우주야?"

"몰라."

우주의 새하얗고 따뜻해 보이던 얼굴이 싸늘하게 변해 있다. 반대쪽 창가로 고개를 돌려 버린다.

"ㅠㅇㅠ 난 어떻게 해야 할지 모르겠어."

"바보지, 강지원. 너 진짜 바보지! 그치? 그래서 너 지금 그걸 말이라고 떠드는 거지?! 그치? 그런 거지? 너 바보지? 후… 왜 그래, 진짜? 너 힘들게 왜 이래!"

우주가 힘들다는 듯이 머리를 쓸어 넘기고 한숨을 쉰다.

"왜 그래, 우주야?"

"아냐, 됐어."

"신우주 군, 주사 맞을 시간입니다."

간호사가 안경을 치켜올리며 들어왔다.

"이제 곧 준비하세요. 아셨죠??"

"예."

우주와 간호사 사이에 오고가는 뜻 모를 말. 오늘은 주사에 반발하지 않는 우주.

3일 뒤, 나는 예상치 못했던 결과를 얻었다.

page 23 그 녀석들의 공통적인 그녀.

From: 우주 — 하늘을 닮은 그녀.

"우주야."

내가 제일 좋아하는 말. 그녀가 아니면 해줄 수 없는 것. 그것… 그녀의 하늘. 나만의 하늘.

내가 제일 사랑하는 우리 엄마는 하늘에 계시는 천사다. 엄마는 언제나 하늘 같은 미소를 변함없이 지어주셨다. 그런 우리 엄마를 닮고, 하늘을 닮은, 푸르고 맑은 그녀를 만났다. 그날을 내 생애 제일 행복한 날로 칭하겠다. 그렇지만 그녀는 내게 그 하늘을 잘 보여주지 않는다.

우리가 처음 만난 날, 그녀는 울고 있었다. 그녀가 아파하는 모습을 보며 어쩔 수 없는 난 아무 곳에도 쓸데없는 무의미한 존재일 뿐. 그런 난 바보스럽다. ㅋㅋ 나는 그녀의 바보스러움도 사랑하지만 때론 너무 바보스러워서 그 바보스러움이 날 자꾸 울게 만든다. 그녀는 지금도 그 바보스러움으로 날 울린다. 내가 제일 사랑하는 친구 중 하나인 재규에게 고백이란 걸 받았단다. 그녀는 정말 바보인가 보다. 그녀는 정말… 그래도 그녀가 사랑스러운 건 아마도…….

From: 은혁—변함없는 순수.

딱 하나. 내가 여자를 아름답다고 생각하는 이유는 언제나 「순수」를 지니고 있기 때문이다. 내가 태어나 두 번째로 사랑한 그녀는 순수라는 것을 의식하지 않고도 언제나 변함없이 그 모습 그대로를 유지하고 있다. 누구나 쉽게 가질 수 없는 힘든 장점을 지니고 있는 그녀. 그 변함없는 순수함은 지금의 그녀를 아프게 할 뿐이다. 자꾸만 추억에, 과거에 얽히고 설켜 슬퍼하는 그녀. 과거로 되돌아간다면 제일 슬픈 건 그녀라는 걸 알면서도 나는 하는 수 없이 그녀를 떠밀 뿐이다. 내 마음은 이렇게 그녀를 잡고 놓아주지 않는다. 그러나 나는 이런 사랑 방식밖에 모른다. 사랑을 모르는 병신이다.

From: 상원—아름다움의 충동.

사랑한다. 그녀를 사랑하기에 난 뭐든지 할 수 있으며, 내 목숨마저 그녀가 내 곁에 있을 땐 100개가 된다. 아니, 영생으로 변하기도 한다. 하지만 지금의 내 모습은 쓸데없는 추한 쓰레기일 뿐. 그렇지만 그녀를 위해선 뭐든지 할 수 있다. 자신있다. 난 그녀를 위해서 사람의 목숨을 끊는 것도, 인류의 역사를 돌려놓는 것도, 뭐든지 할 수 있다. 단, 그.녀.만. 있.다.면.

From: 재규—어린왕자의 장미

어린왕자는 작은 별 속에서 외로워했대.

민경이가 사라졌을 때, 난 이미 죽은 거나 다름없었다. 아니, 죽었었다. 사랑하는 사람을 지켜주지 못했기에 민경이가 힘든 만큼 나도 힘들었다. 방향을 잃고 헤매는 날 잠재운 건… 난폭해진 성격과 잠 못 이루는 밤을 잠재운 건… 장미였다. 가시가 많은 붉은 장미. 정열로 넘쳐 언제나 활기 차 보이지만, 가시가 장미 곁을 감싸 안아 강해 보이지만, 겉은 그래 보이지만, 속은 누구보다도 여린… 그런 어린왕자의 하나뿐인 친구 장미처럼, 그녀도 그랬다. 이젠 내가 기꺼이 그녀의 가시가 되겠다. 더 이상 그녀의 눈물이 존재하지 않기를 바라며…….

그녀가 존재함으로 나는 행복합니다. 내 두 눈이 멀음은 그녀의 아름다움에 눈부심이고, 내 귀가 멀음은 그녀의 투명한 목소리에 대한 부담이고, 내 입이 멀음은 그녀를 본 순간의 행복함입니다.

From: 빛나지 않는 작은 별.

공통적으로 누군가에게 사랑받는 일은 흔하지 않다. 아니, 힘든 일이다. 그녀에게만 가능한 흔하지 않은 일. 어려운 일. 공통적인 사랑을 받는 우리에게 특별한 '그녀' 이다.

page 24 고마움… 그것은 언제나…….

아직은 너무 이르지 않을까 해. 난 아직 상처가 아물지 않았으니까. 내겐 아직 씻어야 할 상처가 남았으니까. 내가 조금씩 일어설게. 상처가 아물 때까지 일어설게. 그때까지만 침착히 기다려 봐. 내가 노력해 볼게.

"우주야, 이제 나 갈게. 내일은 토요일이니까 일찍 올게. 뭐 먹구 싶은 거 없어?"

"^-^ 아니야, 필요없어. 아, 그리고 내일은 나 어디 좀 갈 거야. 그러니까 내일은 오지 마. 미안~"

우주의 새하얀 얼굴이 더 새하얗게 보인다. 햇빛에 반사된 우주의 얼굴은 미의 여신인 아프로디테를 떠올리게 했다. 하얀 우주의 얼굴에 손을 가져갔다. 무지 차갑다. 따뜻함을 떠올리게 했던 우주의 느낌은 이제 온데간데없다.

"왜?"

"우주야, 얼굴이 무지 차다."

"가슴이 아파서. 마음이 차가우면 얼굴도 차가워지나 봐. 킥, 저녁 되면 추워지니까 이래. 늦겠다. 얼른 가봐. ^^"

"응. 우주야, 잘 있어. 월요일에 봐."

병실을 나왔는데 병실 문 색깔이 다르게 보인다?!

엔젤로스.

"-_-^"

재규가 노래를 부르며 이쪽저쪽을 노려본다.

"재, 재규가 나를 째려봤어. T_T 으엉엉!"

여자들은 하나둘씩,

"재규재규!"

하고 악악 소리치다가 재규의 눈빛에 굴복하고 말았다.

아무리 외쳐봐도 느낄 수 없는 건 이제 그녀를 보내줘야 할 땐지.

아파요. 그녀의 숨결 맘속 깊이 느낄 수가 없어서 내가 너무 미워요.

그동안 잘 견뎌온 듯하죠. 미안해요. 이젠 더 이상은 힘이 들어요. 숨 쉬는 것조차 힘든 나를 이해해 줘요. 존재라는 것도 이젠 힘겨운 나인걸.

공연이 끝난 뒤, 대기실.

"야!! 너 왜 그러는데? 왜 손님들을 노려보냐?!"

강우가 재규를 향해 버럭 소리친다.

"내가 뭘?"

"누구 찾는 사람이라도 있냐? 사람들이 다 쫄아서 그 탓에 분위기 중간에 다운됐잖아!"

"찾는 사람?"

재영이가 물었다.

"아씨! 내가 언제 그랬어! 찾는 사람? 그런 거 없어!"

"그러고 보니 오늘은 지원이가 안 왔네."

재영이가 슬쩍 말했다.

"나 강지원 기다리는 거 아냐! 그, 그런 호박! 내가 왜 기다려?! 아씨, 더, 덥다! 뭐라도 좀 마셔야지. 흠흠!"

대기실을 나가 버리는 재규.

"오~ 은재규 수상해!"

재영과 강우가 마주 보며 말한다. 그들 특유의 음흉한(?) 눈빛으로.

"……"

상원이가 주먹을 꼭 쥐었다. 은혁이가 상원이 어깨에 팔을 둘렀다.

다섯 개의 별에 조금씩 틈이 벌어지기 시작하면, 걷잡을 수 없을 만큼 그 틈이 넓어지면, 그땐 이 세상이 어둠 속에 파묻혀 버리고 말 거야. 그 틈은 그녀가 메워야 해. 그녀가, 그 누구도 아닌 그녀가 말야. 하루 빨리 그녀가 돌아와 재규를 붙잡아야만 해. 재규를 예전의 모습으로 돌릴 수 있는 건 오직 '그녀'뿐이야.

page 25 그 끝은 어디인지… 빛이 보이지 않아.

담날, 아침.

"엄마~ 학교 다녀오겠습니다. -0-"

오랜만에 래원이와 나란히 버스 정류장으로 향했다.

"뚱, 넌 남자 친구 없냐??"

"응? 갑자기 그건 왜?"

래원이가 뜬금없이 내게 남자 친구가 있냐고 물었다.

"없으면 소개팅 좀 해라. 제발~ 응??"

"뭐, 뭐, 뭐?"

"제발 좀 해주라, 응?? 내가 아는 선배인데 진짜 멋있어. 너 진짜 입 돌아갈 거야. 감지덕지한 줄 알고 한 번만 만나라, 응?"

래원이가 내 교복 치맛자락을 붙잡고 절규하며 매달린다. 소, 소개팅이라니. T_T

"누나! 잘 가!"

부르릉~

허걱! 결국 래원이랑 약속 도장까지 찍어버렸다. 그래도 누나라고 하는 걸 보니 매우 절박했던 모양(?). 으흑으흑~

교실.
"안녕~"
"여어~ 아가씨, 인기도 많으셔."
은혜가 능청스럽게 내 어깨에 손을 올리며 말했다.
"신기가 있냐는 말은 들어봤어도 인기 많다니?"
"어제 재규가 너 안 와서 무지 실망한 것 같던데~ 그치, 은지야?"
은혜가 은지에게 물었다.
"응, 손님들 중에서 너 찾으려고 공연 중에 사람들을 막 노려봤어. 진짜 무서웠어."
식은땀이 등줄기를 타고 오싹하게 흘러내린다.
"너 혹시 재규랑 무슨 썸씽있었냐?"
은혜가 음흉 그 자체 눈빛으로 내게 다가온다. T_T
"그, 그런 거 없어!"
"기집애, 없음 그만이지 괜히 소리를 질러?"
드르륵!
담임이 들어왔다.
"흠흠! 오늘 지현이가 아파서 학교에 못 왔다. 누구 이지현 병문안 갈 사람!"
고요—

"이 자식들아~ 친구가 아프다는데 걱정도 안 되냐!"

"저요!"

순식간에 일이었다. 나도 모르게 번쩍! 하고 그만 손을 들어버리고 말았다.

"그래그래, 우리 지원이 그 태도 좋다! 그럼 조회 마친다! 공부들 잘해라!"

드륵— 쾅!

"야, 너 지금 제정신이니? 걔가 너한테 어떻게 했냐? 앙? 너 미친 거 아니냐? 어제 우주 병원에 가더니 니두 머리 어떻게 돼서 온 거 아냐?"

은혜가 손가락으로 내 머리를 쿡쿡 찍으며 말했다.

"아프다는데 아무도 병문안 안 가면 불쌍하잖아."

"그래! 니 엄청 착하다, 착해! 엄청 착해서 너한테 태클 거는 애 좋다고 병문안 간다지? 아주 인물났네, 인물났어. 너 바보 아니냐? 바보 아니고는 그런 생각 절대 못해! 으이구!"

투덜투덜대면서 자리로 돌아가는 은혜.

"지원아, 걱정 마. 내가 같이 가줄게. ^-^"

역시 나의 구세주 은지다. T_T

"으응, 고마워. 은지 씨이~"

학교가 종 쳤다.

"뭐? 같이이?! 미쳤냐? 내가? 와이? 미쳤어? 또라이냐?! 앙앙? 내가 거길 가게!"

은혜에게 같이 가자고 하니 버럭 소리를 지르고 가버렸다. 매정하시네

그려. 선생님이 엉성해도 너무 엉성하게 그려준 약도를 들고 지현이네 집으로 향했다. 지현이네 집 앞에 도착한 순간, 은지와 난 경악을 금치 못했다. 지현이네 집이 드라마에서 보던 것같이 컸기 때문이다.

"어버어버버! 구, 궁전이다!"

나는 떨리는 손으로 벨을 눌렀다.

띵동— 띵동—

[누구세요?]

"지현이 반 친구 지원이라고 하는데요. 지현이가 오늘 아프대서 병문안 왔는데요."

[예, 들어오세요.]

철커덩!

문소리도 요란하다. 그래서 깜짝 놀랐다. 은지와 나는 서울에 방금 도착한 시골 사람마냥 두 손을 마주 잡고 집으로 들어섰다.

"어서오세요. (_)"

"아아아, 아, 안녕하세요?"

"아가씨는 2층에 계십니다. 올라가 보세요."

"아, 예예. (_)"

은지와 나는 너무 정중한 그 아주머니에게 꾸벅 인사를 하고 2층으로 향했다.

똑똑!

무응답이었다.

끼이—

침대에 누워 있던 지현이가 숨을 헐떡이며 가늘게 눈을 치켜뜨고 은지와 내가 있는 쪽을 쳐다보았다.

"ㅇ_ㅇ 많이 아픈 거야?"

지현이의 이마에 손을 가져가는 순간 내 손을 탁! 하고 쳐내는 지현이.

"치워! 미친… 여긴 왜 왔어?"

"걱정돼서 온 건데 그런 말이 어딨어!"

"걱정? 하하. 웃긴다."

이쁘장한 지현이의 얼굴에서 저런 험악한 말투가 술술~ 나온다. 은지가 침대 옆에 놓여 있던 물수건을 짜서 지현이 이마에 올렸다. 나는 방을 둘러보았다. 책장 틈에 끼어 있는 종이를 끄집어냈다(꼭! 그런 거만 잘 본다. -0-).

종이의 정체는 편지였다.

To. 지원.

나 지현이야. 전학 오고 솔직히 나 친구 없는 거 알지? 사실 너랑 친해지고 싶었는데 나 재규를 좋아하고 있었거든. 재규가 널 좋아한다는 사실을 듣고 괜히 쓸데없이 널 미워했어. 사실은 은재규를 미워했어야 하는 건데 말이지. 미안해. 이기적인 나이지만 친구… 라는 거 해줄 수 있겠어? 정말 미안해.

From. 지현.

짧은 편지 내용.

"픕!"

순간 웃음이 새어 나왔다. 언제나 틱틱대던 지현이기에 이 편지를 쓰기까지 얼마나 고민하고 힘들었을지 안 봐도 비디오기 때문이다.

"뭐야! 왜 남에 껄 보고 난리야!!"
나는 지현이에게 손을 내밀었다.
"악수하자. 그래, 우리 친구 하자."
"뭐야, 너 미쳤어?!"
지현이가 버럭 고함을 친다. 은지도 손을 내민다.
"나두 할래. 끼워줄 거지?"
"너, 너네 둘 왜, 왜 이래?"
"말하지 그랬어. 솔직히 사랑이 필요하다고, 너한텐 관심이 필요하다고."
은지가 말했다.
"왜 나한테 이러는 거야. 나 못됐잖아. 나 끝까지 못된 애 만들려고? 그래, 나 사실 관심과 사랑이 필요해. 엄마, 아빠는 일 때문에 바빠서 얼굴 한번 제대로 못 봐. 주말에는 항상 출장이나 가고 말이지. 언제나 이 넓은 집에 나 혼자였어. 흑!"
마침내 지현이의 눈에서 눈물이 흘렀다. 은지와 내가 지현이를 부둥켜안았다.
"^-^ 이제부터 혼자 하지 마. 언제나 우리가 니 곁에 있어줄게. 힘들 때나 괴로울 때 더 이상 혼자 가슴 앓지 마."
"흐윽! 그러고 싶어."
그렇게 하루해가 저물어가고 있었다.

page 26 new 새로운 건 언제나 그렇듯이······.

다음날 아침. 일요일.
"뚱뚱뚱! 뚱~ 빨리 인나!!"
"우우움… 래원아, 오늘은 일요일이란다. 이날만큼은 잠 좀 자야 하지 않니? ㅜ_ㅜ"
래원이는 나의 간절함에도 개의치 않고 나를 마구잡이로 흔들어 깨운다. ㅠO- 우씨, 미운 놈.
"내가 소개팅도 나가준다고 했잖아, 응? 잠 좀 자자. 래원아아아~"
"야! 오늘이 소개팅이야아!"
"뭐어? 그런 말 없었잖아!!"
"니가 어제 늦게 들어오는 바람에 말 못해준 거잖아! 아, 빨리빨리 옷 갈아입고 준비해!!"
"래원아, 다음주로 미루면 안 될까? 응응?"
래원이를 잡고 울며불며 매달렸다. ㅠ_ㅜ
"미쳤니?! 얼른 준비해! 2시까지니까!"
지금 시각 1시를 조금 넘기고 있다.
"우아악!! 진~짜! 강래원! 아우, 진작 깨웠어야지. ㅜ_ㅜ"
나는 후다닥 옷을 갈아입었다.
"-_- 올~ 좀 괜찮은데? 어여 가자, 기다리시겠다."
울며 겨자 먹기로 도살장 가는 돼지마냥 약속 장소로 끌려갔다.

하늘색 꿈.

어느 한산한 카페에 자리잡았다.

"뭐야~ 남자가 이런 데 늦구."

"얼굴 보면 그거 다~ 용서돼."

짤랑~

하는 소리와 함께 들어오는 훤칠한 키에 조각 같은 외모! o_o!!

"형, 안녕하세요? (_)"

래원이가 일어나 그에게 꾸벅 인사했다.

"아, 안녕하세요? (_)"

나도 그만 벌떡 일어나 그에게 인사했고 그는 외쳤다.

"요코! o_o"

"o.o? 어? 헉! 그, 그, 버스에서! 벼, 변태?!"

"변태라니? 요코라뇨? 둘이 아세요? o_o 와아~ 그럼 잘됐네. 전 이만 가보겠습니다. (_)"

래원이가 속삭였다.

"야, 뚱! 너 잘해라~ 그리고 내가 너 저 선배 소개시켜 줬으니까 은혜 누나 집에 데려와라. *-_-*"

"o_o??"

짤랑~

"요코, 보고 싶었어. 그동안 몸은 어땠어? 집에서 잘해줘? 혹시 면박 주거나 그러지 않아?"

눈물이 그렁그렁 맺혀 내 앞에서 울먹이는 이 대책없는 남자.

"T_T 저 당신 모른다니까요?! 요코가 누구예요? 제 이름 강지원이란 말예요. ㅠㅁㅠ"

"이, 이, 일본 변태."

"너 정말 날 기억 못하는 거야?"

"기억이고 뭐고 간에! 나 당신 첨 본단 말예요! ㅠ_ㅠ"

"아, 내가 착각했나 봐. 난 후지쓰 치아키야. 일본에서 왔어. 우리 언젠가 만나게 될 연이라면 만나겠지. 그럼 잘 있어, 래원이 누나."

그는 그렇게 나가 버렸다.

"ㅜ_ㅜ? 뭐, 뭐냐고오!"

지이잉— 지이잉—

주머니에서 핸드폰이 요란스럽게 꿈틀거리며 용트림한다.

"여보세요??"

[너 어디냐? -_-^]

핸드폰 너머로 들려오는 재규의 낮은 목소리.

"여기? 여기 하늘색 꿈이라는 카페인데, 왜?"

[거긴 왜 갔냐?]

"동생이 소개팅해 준다고……."

[뭐? 소개팅? 너 거기 꼼짝 말고 있어. 알았어?! 꼼짝 말고 어디 가지 마! 뚜—]

앤 또 왜 이러니. ㅜ_ㅜ

page 27 나도 내 자신에게 질릴 만큼……

카페에서 기다린 지 10분 정도 지났을까?

"ㅠ_ㅠ 뭐야, 은재규! 가만히 있으라며 왜 이렇게 안 와?"

짤랑~

"ㅠ_ㅠ 오기만 해봐!"

"헉! 헉! 오기만 하면 뭐?"

땀을 삐질삐질 흘리며 내 앞에서 숨을 헐떡이는 재규.

"누가 너 잡아먹으러 쫓아오니? o_o"

"누가 그렇대?!"

"근데 너 왜 왔어?"

"-_-; 그냥."

"-ㅁ-"

내 손을 덥석 잡는 재규.

"가자!"

"어딜?"

"어디긴! 집이지!"

"ㅜ_ㅜ 알았어."

난데없이 뛰어들어 와서 괜히 승질은 왜 부린담? -_-^ 우씨우씨! 그래도 기분은 좋다. 안 그래도 집에 혼자 가기 싫었는데. 어째서였을까? 햇살에 비친 재규의 뒷모습이 멋있게 느껴짐과 동시에 내게서 멀게 느껴졌다.

놀이터.

"집에 간다며. -_-;"

"그냥 좀 여기 앉아. -_-+"

나는 재규와 나란히 그네에 앉았다.

"재규야, 나 추……."

〇〇〇 어버. 어… 어버버… 재규와 나의 두 번째 키스. 역시 싫지 않았다.

"*-_-*"

"우리… 자."

"뭐, 뭣?! 자자고? o_O"

"사귀자고. 너 좋다고."

"응? 아, 난 아직 은혁이 못 잊었어. 미안."

일어서서 나를 꼭 안아주는 재규.

"그 녀석 못 잊고 좋아하는 것까지 좋아해. 은혁이를 좋아하는 니 모습까지 다 포함해서 내가 다 사랑할게. 조금씩 다가가자. 이젠 나도 한숨 돌리고 싶어."

"응."

지원이네 집 앞.

"들어갈게. 조심해서 가."

"당분간 우주 만나지 마. 알았지? 내일 니 친구들이랑 곧장 카페로 와."

"왜? 우주한테 월요일에 가기로 약속했는데? o_O"

"됐어! 그냥 가지 마. 내일 나랑 데이트해."

"응?? 어, 응."

"간다."

주머니에 손을 찔러 넣고 멀리멀리 사라져 가는 재규의 뒷모습. 어쩐지 쓸쓸해 보인다. 왜 저러지, 갑자기?

　　　　　　*　　　*　　　*

우주 병실.

"신우주 군, 숨을 크게 들이쉬세요."

"흐읍!"

"심호흡 크게 하세요. 천천히."

"아악—!!"

"조금만, 조금만 더 참으세요."

"아악! 윽!"

"결과가 좋았으면 좋겠네요. 행운의 여신이 우주 군한테 끝까지 손을 흔들어줄 겁니다."

끼익— 탕!

"행운의 여신인지 뭔지가 손 같은 거 안 흔들어줘도 지원이만 있으면 뭐든 다 이겨낼 수 있을 것 같은데……."

page 28 모든 순간순간은 소중하다는걸.

우주 병실.

끼익―

"어, 왔네?"

재규에게 고개를 돌려 방긋 웃는 우주. 오늘도 꽤 많이 지쳐 보였다. 우주의 머리를 쓰다듬는 재규.

"미안. 미안해, 우주야."

"결국은 그렇게 된 거야?"

"으응, 미안."

"그럼, 미안해야지."

"미안. 정말로, 아주 많이 미안해."

"괜찮아. 어차피 나 다 알고 있었는걸. ^-^ 나만이 소유할 수 없는 사람인 거, 슬프게도 난 진작에 깨달아 버렸는걸."

재규가 우주의 무릎에 얼굴을 묻는다. 우주는 허공을 바라보며 재규의 머리를 쓰다듬었다.

"그래도 재규야, 우리는 친구다."

눈물을 꺼이꺼이 삼키며 재규는 고개를 끄덕였다.

"우아악! 뭐야~ 너 땜에 옷 다 젖었잖아! 니가 환자복 빨아줄 거냐?!"

"참회의 눈물은 좋은 거야."

"뭐어? 참회?? 참회든 참외든 몰라! 아우씨, 축축해! 이런 느낌 싫은데."

난 재규를 미워해. 나… 나 말야, 재규가 너무 미운데……. ^-^ 재규는 내 아빠거든…….

"지원이한텐 비밀로 해줘."

"진심이야?"

"응. 분명 슬퍼할 거야. 그 띨띨이."
"응, 그럴게."
"^_^*"

*　　　*　　　*

담날, 세현고.
"우아아, 심심하여라~"
은혜가 내게 매달려 있다. 으악! 무거워 죽겠다. ㅠ_ㅠ
"으아악! 절루 가줘, 은혜야. 매우 무겁다. TOT"
"=0= 심심해잉~ 놀아줘~ 맞다! o_o 우리 지원이네 집에 가자!"
"뭬? -_-^"
"그래, 가자. 우리 누구네 집에서 모여서 논 적 없었잖아."
"+ㅁ+ 가자가자가자!"
무슨 꿍꿍이가 있어 뵈는 은혜 얼굴.
"나 오늘 재규랑 데이트하기로 했어."
"데이트? 니가 왜? 니가 재규랑 사귀는 것도 아니고!"
"아, 재규가 말하길 데이트랬는데……."
"뭐어?"
지현이가 갑자기 달려든다.
"뭐라 그랬어? 다시 말해 봐!"
"데, 데이…트."
"너네 둘 사귀어?"
"ㅜ_ㅜ 그런 건 아니지만, 서로서로 조금씩 다가가자구……."

"오오! 지원아, 축하한다. 드디어 제대로 된 사람을 만났구나!"

나를 부둥켜안는 은혜. 은지도 옆에서 내 등을 토닥거리며 기뻐한다. 단 하나 거슬린다면 지현이가 우중충하다. GO!!

"강.지.원—!!"

투다닥! 투다다닥!

지금 난 지현이에게 아무 이유 없이 쫓기고 있다. 그렇지만 왠지 잡히면 무서울 것 같다.

"너 거기 안 서?!"

"ㅠㅁㅠ 엉엉~ 지현아, 왜 그러는 거야, 도대체?!"

"-0- 어디 나의 재규님을 뺏어가!"

"ㅠ_ㅠ 으앙!!"

공부 시간이 시작되면 잠시 멈춰 공부를 한 뒤, 쉬는 시간에 시작되면 난 또 지현이에게 쫓긴다. 하루 종일 쫓겼다. ㅠ_ㅠ

학교가 종 쳤다.

"빨리빨리 가자. 지현이 쫓아올라."

"너 언제부터 쟤랑 친했냐?!"

은혜가 갑자기 소리치며 내게 얼굴을 들이민다.

"그때 지현이 아파서 병문안 간 날. 맞다! 지현이네 집 어마어마하게 좋드라! 그때 은지랑 나랑 기죽었어."

"아씨! 나도 가는 갈 걸. 좋은 집이면 분명 값 나가는 물건이 많을 거야."

은혜가 심오한 표정을 지으며 말했다. 도대체 은혜 머리엔 무슨 생각으로 꽉 차 있을까?

지원이네 집.

띵동~

[누구야?]

"래원아~ 니 말대루 나 은혜 데려왔다. 잘했지이? 그러니까 문 열어!"

[뭐? 잠깐잠깐 기다려!]

인터폰 너머로 들려오는 래원이의 다급한 목소리.

"-_-?"

"후우후우~"

은혜는 내 옆에 서서 시뻘겋게 상기된 얼굴로 크게 심호흡을 하기 시작한다.

"어머! 지원아, 은혜 좀 봐! 은혜야! 니 얼굴이 빨개! 혹시 어디 아파? o_o"

"아, 아무것도 아냐. *-_-*"

덜커덩~!

"들어가자~"

끼익—

"헉!"

"^-^* 누나들, 어서 와."

래원이가 옷을 쫙 빼입고 현관 앞에 서 있다. 원래 래원이는 집에선 불편하다고, 학교 갔다 오면 바로 양말부터 벗어버리는데 왜 저럴까? 왜 저럴까?

"^-^ 안녕, 래원아~"

"아, 안녕, 래원아?"

"은혜 누나는 오랜만이네? 안녕? ^-^"

"인사 하루 종일 할 거야? 얼른 들어와. -0-"

은지와 나는 소파에 앉아 TV를 시청하는데, 저것 둘이(은혜, 래원) 맞선이라도 보는 것처럼 마주 앉아 불그레불그레 모드로 돌입해 대화를 나눈다. =_=

"너네 무슨 맞선이라도 보냐!"

"*-0-* 누, 누가 그렇대?!"

"오오~ 수상도 하셔라. 은지야, 우리 저것들 내버리고 올라가서 놀자~ 쳇쳇쳇!"

나는 은지를 끌고 2층으로 올라왔다.

"지원아, 이리 와봐."

2층 계단 어귀에 서서 조심스레 날 부르는 은지.

"왜? 뭔 구경이라도."

"쟤네 둘, 좀 수상하지 않아?"

둘의 대화는 이러했다.

"*-_-* 그럼 저… 여자 친구는?"

"아하하, 당연히 없지."

"이제 겨울인데 여자 친구가 없어서 어떡해?"

"그, 그러게. 옆구리가 참 많이도 허전하여라. 어허허허!"

"은지야, 니 말대로 진짜 수상하다. 쟤네 서로 죄진 거 있나 봐!"

"아니, 그게 아니라 둘이 서로 좋아하는 것 같지 않아??"

"뭐어? 쟤네 둘이?"

"혹시 뭐 래원이가 너한테 은혜 소식을 묻거나 친구들 데려오란 소리 같은 거 안 했어?"

"아! 은혜 데려오란 적 있었어!"

"그럼 좋아하는 거 맞네에~"

"그렇지만 너도 알다시피 우리 서로 친남매처럼 지냈잖아. 너나 나나 은혜나 래원이나."

"좋아할 수도 있지이!"

"그럼 어쩌지? O_O"

"+_+ 엮어주자!"

사랑의 큐피트 탄생! 은지와 내가 둘을 엮어주려 살금살금 1층으로 내려가는데,

"사귀자!"

은지와 나는 놀라 졸도할 뻔했다. 동시에 둘이서 연발해 버린 말. 허허, 괜히 은지와 나랑 둘이 쇼했다네. -0- 우리는 씁쓸한 웃음을 지으며 다시 2층으로 올라왔다.

"뭐야? 오랜만에 좀 제대로 엮어주려 했는데. 쳇!"

은지가 은지답지 않은 말을 연발한다아! 사랑에 예민한 은지. 이러해서 하나의 고귀한 사랑이 태어났다. ^^*

page 29 죽어버릴 만큼 사랑해 버린걸요.

원숭이 나무에 올라가~ 몽키몽키 매직~

요란스레 지원의 벨소리가 울렸다(오랜만에 출연한 벨소리. --;).

"여보셔요?"

[어디야? -_-^]

재규의 화난 듯한 목소리가 수화기 저편에서 들려왔다.

"집인데? O_O"

[너 약속은!!]

"맞다! 알았어! 곧 갈게."

[혼자 올 수 있어?!]

"은지랑 있어. 정말 미안."

[얼른 와!]

"지원아, 왜 그래? 누구야? 재규?"

"T_T 응. 오늘 만나기로 했는데 화났나 봐."

나는 서둘러 은지를 데리고 택시를 잡아탔다. 집에 그 위험한 커플을 놔두고 말이다.

"-_-^ 오호라~ 10분 만에야 오셨군!! 내가 곧바로 오랬지! 얼마나 걱정했는 줄 알아? 이 띨띨아! 혹시 어떤 변태 새끼한테 잡혀먹힌 건 아닌지! 어디서 맞아가지구 또 찔찔 짜고 있는 건 아닌지! 사고난 건 아닌지! 전화를 했어야 할 거 아냐! 뭐 전화는 폼으로 있냐?!"

재규의 얼굴이 울그락— 불그락— 숨을 헉헉대는 재규.

"미, 미안해, 재규야. 내가 그만 약속을 까, 깜빡 잊어서. T_T"

"얼마나 걱정했는 줄 아냐! 이 바보!"

재규와 한참 그렇게 티격태격했다. 씁쓸하게 내게 인사를 건네는 상원이.

"지원이 왔네."

"^-^ 응."

피부가 전보다 훨씬 많이 거칠어진 듯하다. 그리고 카페 구석에 앉아 노래를 흥얼대는 은혁이. 새까만 머리칼, 새하얀 피부, 오똑한 코. 변한 건 아무것도 없는데 마음만큼은 변해 버린 은혁이. 이내 큰 눈망울을 굴리며 내게 묻는 은혁이.

"오늘 지현이는 안 왔어? O_O"

은혁이답지 않게 헤픈 말투.

"-O- 그러게~ 그 찰거머리~ 요즘 안 보이네?"

"야, 찰거머리가 뭐야! 사람한테 찰거머리가! 그것두 여자애한테!"

지현이를 감싸주는 은혁이도, 보이지 않는 지현이를 찾는 은혁이도, 내가 아는 은혁이가 아닌 듯만 싶다.

딸랑~

"안녕~"

호랑이도 제 말 하면 오신다더니~ 뒤늦게 지현이가 카페 문을 열고 들어선다. 지현이의 어깨에 능청스레 팔을 두르는 은혁이.

"왔네. 학교에서 공부하는 동안 나 안 보고 싶었냐? 왜 이렇게 뜸했냐?!"

"내가 왜 널 보고 싶어하냐? 이게 단단히 미쳤네?! 절루 비켜!"

지현이가 은혁이를 밀쳐 내고 재규 옆에 딱 붙어 앉는다. 은혁이는 자존심도 없는지, 그 사이에 끼어 앉는다. 도대체 왜 저럴까? 왜 저렇게 변해 버린 걸까? 은혁이가 저렇지 않았는데. 내 앞에 앉아 있는 이 사람이 은혁이 맞나? 차가운 손이 내 손을 잡는다.

"우리 얘기 좀 할까?"

상원이는 나를 카페 밖 주차장으로 데리고 나갔다.

"우리 오랜만이네, 이렇게 둘만 얘기하는 거."

"할 얘기가 뭔데?"

나는 상원이를 쳐다보지 않고 말했다.

"지원아, 나 좀 봐봐."

"용건부터 말해."

차가운 손이 내 턱을 잡아 휙 끌어 돌린다.

"날 좀 보란 말야! 나 여기 있잖아! 도대체 왜 다른 곳만 보는 건데! 왜 이렇게 나란 존재를 잊어버리는 건데? 왜 날… 왜 날 무시해 버리는 거야??"

상원이의 차가운 입술이 내 입술에 맞닿았다. 담배 향기가 내 입 안 가득히 퍼졌다. 재규와는 다른 향기가 물씬 풍겼다. 차가운 담배 향기만 내 입 안을 맴돌았다.

"으읍, 싫어!"

"김상원, 그만 해!!"

내가 상원이를 밀쳐 내는 순간, 재규가 우리 뒤에서 크게 소리쳤다.

"하하, 언제부터 둘이 그런 사이가 되셨나, 재규 군?"

재규를 비꼬는 말투로 삐딱히 고개를 기울여 재규를 쳐다보는 상원이. 말투 하나하나에 가시가 박혀 있다.

"그만 해. 싫다잖아."

"무슨 참견이신가?"

드르륵—

상원이가 주머니에서 꺼낸 것은 커터 칼. 커터 칼의 날카로운 칼날을 하나하나씩 밀어내고 있었다.

"뭐 하는 거야, 너!"

내가 다급하게 소리쳤지만 상원이는 아무런 동요도 하지 않는다. 다만 눈동자가 심하게 흔들리고 있었다.

"보시다시피."

상원이는 칼을 자신에 목에 가져가기 시작했다.

"뭐 하는 거야! 그만둬!!"

재규가 다가서려 하자 뒤로 물러서며 칼을 재규 쪽으로 돌리는 상원이.

"나 지원이 위해서 죽는 것도 할 수 있어. 누굴 죽이는 것도 자신있어! 아니, 자부해! 지원이만 내 곁에 있어주면! 뭐든지 할 자신이 있어."

"그만 해, 김상원! 니가 지금 하는 짓이 어떤 짓인 줄이나 알아?!"

"지원아, 나 좀 봐! 나 이렇게 여기 있잖아!! 여기서 너만 보는데 왜 항상 니 눈은 다른 곳만 향해 있는 거지? 이제 난 아무것도 아니라는 건가? 나 까짓 건 있든 말든 상관없단 건가?"

"그만 못하겠어?! 너 지금 제정신이야? 헤어지자고 한 건 너야! 날 버린 것도 너야! 사랑해서 헤어지자며! 그러자며! 그러면서 이제 와서 뭐?"

"사랑해, 지원아. 나 다시 니 품에서 웃고 싶어. 자꾸만 니 숨결이 그리워."

상원이가 눈물을 뚝뚝 흘리며 애처로이 말한다. 목소리가 심하게 흔들린다. 동요하면 안 돼. 절대로, 절대로 동요하지 말자.

"이제 너 같은 놈 따윈 관심 없어! 미련없어! 니가 먼저 날 떠난 거야.

나 아파할 만큼 아파했어! 내가 너 때문에 아파해야 할 이유가 뭔데? 왜! 난 이렇게 과거에만 파묻혀서 울어야 되고 슬퍼야 되는데? 난 행복하면 안 돼? 그럼 안 돼?!"

상원이의 눈에서 눈물 떨어져 내렸고, 순간 아차! 하는 생각이 내 머리를 스쳐 지나갔다. 상원이가 들고 있던 칼날이 부들부들 떨리며 상원이의 목을 깊숙이 파고 들어가기 시작했다. 나는 상원이에게 달려들어 칼을 뺏었지만 상원이의 목은 이미 시뻘건 피가 흘러넘치고 있었다. 그 바람에 난 칼날을 잡아버렸다. 하지만 그런 건 아무래도 상관없다. 이 녀석을 말려야 한다는 생각이 내 머리를 온통 뒤흔들었다.

후두둑—

한 방울, 두 방울 흐르던 내 새빨간 피가 내 마음에서 흐르는 피눈물 같았다.

"하하, 지겨워."

상원이가 땅바닥에 주저앉았다.

털썩!

"상원아, 우리 언제까지 이럴래? 우리 언제까지 이래야 되니? 상원아, 말해 봐. 응? 우리 언제까지 이렇게 아파해야 하는 거니? 우리 이제 그만하면 안 되겠니? 아파하는 거, 슬퍼하는 거, 옛날 생각하면서 그리워하는 거, 이쯤에서 그만두면 안 돼?"

"그거 놔! 강지원!"

재규가 다급히 소리쳤다.

탈그락!

재규가 재빨리 칼을 주차방 밖으로 차버렸다.

"아파. 지원아, 나 여기가 많이 아프단 말야. 여기가 아파서 참을 수가 없어. 버티고 서 있을 수가 없어."

상원이가 자신의 왼쪽 가슴을 툭툭 치며 말했다. 나는 고통이 느껴지는 손으로 상원이에게 다가가 무릎을 꿇고 앉았다. 그리고 다른 한 손으로 많이 거칠어진 상원이의 얼굴을 쓰다듬었다.

"우리 둘 다 그만 하자. 이제 그 미련 버리면 아픈 거 없어. 편해지자, 응? 이제 이런 미련한 짓 하지 말자."

나는 상원이의 무릎에 얼굴을 파묻고 울었다.

"흑! 그만 하자구. 흑! 이제 그만."

상원이는 피가 흐르는 내 손을 붙잡고 다른 한 손으로는 내 머리를 쓰다듬었다.

"그래, 이제 우리 가벼워지자. 넌 날아가야 할 천사인데 내가 꽉 붙잡아 버렸네. 내가 놔줄게. 놓아줄게, 지원아. 대신 아프면 안 되고, 슬프면 안 돼. 더 이상 상처받으면 안 돼, 응? 알았지? 그리고 은혁이… 내가 변하게 만들었어. 다 내가 잘못했어. 내가 처음부터 이렇게 만들어 버렸어. 지원아, 미안해."

하…….

"은혁이 찾고 싶다면 얼른 가. 더 늦기 전에. 이지현한테 하는 거, 그거 다 거짓이야. 쿨럭! 쿨럭!"

상원이가 피를 토해냈다. 사방이 온통 새빨간 피투성이. 피비린내가 물씬 풍기고, 이젠 속까지 안 좋다.

"괜찮아. 난 되찾지 않아도 돼. 새로운 걸 찾았거든."

page 30 그렇게 별은 소리 내어 울었다.

스륵—

마침내 상원이가 쓰러졌다. 피를 많이 흘렸기 때문에 그런 듯싶다. 나 또한 현기증이 나기 시작한다.

"재규야! 앰뷸런스 불러! 빨리!"

"어? 어."

"야, 너네 뭐… 왜 그래!"

강우의 다급한 목소리. 조금씩 어지러워 온다. 조금씩 머리가 죄여온다.

"야? 지원아?! 재규야, 애네 왜 이래!"

삐뽀— 삐뽀—

상원이는 응급실로 후송되었다. 강우와 은지가 보호자가 되었다.

     *   *   *

대기실.

"후… 상원이 녀석, 어쩌다 이 지경까지 만든 거야."

"아직도 몰라?"

"뭘?"

"너 상원이한테 무슨 부탁을 받은 거냐? 강지원 울리라는 부탁? 강지원 죽이라는 부탁이라도 받은 거야?! 어? 말해 봐!"

재규가 벌떡 일어나 은혁의 멱살을 잡는다.

"너 그거 기억나냐? 상원이 지원이랑 헤어지고 울면서 술 퍼먹던 날. 그날……."

은혁은 눈물을 흘리며 모든 얘기를 재규에게 늘어놓았다.

"뭐?"

"이렇게 될 줄 누가 알았겠어, 누가! 도대체 왜 이런 시련을 겪어야 하는 거지? 왜 나는 항상 떠밀고, 떠밀려야 하는 건데?"

은혁이가 주저앉아 울음을 터뜨렸다.

다섯 개의 별들이 하나둘씩 시들어가고, 빛을 잃어가기 시작한다.

*   *   *

"으으… 아그!"

흐릿흐릿하다 곧 선명해진다. 조금은 무서워진다. 끔찍하다. 이렇게 아파해야 하고, 슬퍼해야 하는 현실을 자꾸만 도망치고 싶다.

"일어났네. 괜찮아? 어디 아프진 않아? 괜찮겠어? 손 이리 내봐. 꿰매야 되는 거 아닌가? 약은 발랐는데 불편하지 않아??"

일어나자마자 재규가 호들갑이다. 천하대장부 은재규가 뭣도 아닌 이 못난 강지원 때문에 호들갑을 떤다. ^-^ 조금은 행복하다. 사랑이라는 게 이런 건가?

"응, 난 괜찮아. ^^"

구석에 주저앉아 무릎에 고개를 묻고 있는 은혁이. 저런 모습의 은혁이를 볼 때면 항상 이쪽이 욱씬거렸는데. 이젠 하나도 아프지 않다. 아무렇지 않다. 단 의문이 갈 뿐이다. 왜 저러고 있는 건지 궁금해질 뿐이다.

내가 은혁이를 주시하고 있으니 재규가 고개를 돌려 버린다. 나는 아픈 손을 들고 은혁이에게 다가갔다. 은혁이에게 다가가니 뜨거운 눈물이 은혁이의 볼을 타고 한 줄기 한 줄기 흘러내린다.

"저리 가."

"고개 좀 들어봐."

"싫어. 저리 가."

"고개 좀 들어!"

하하, 참 웃긴다. 상원이도 이런 맘이었겠지? 그럼 나 한참 잘못한 건데.

털썩!

나도 덩달아 은혁이 옆에 주저앉았다. 재규가 얼른 달려와 나를 일으켜 세우려 한다.

"내 얘기 들어봐, 강은혁. 너 이러는 거 나 이해할게. 아파도 그냥 웃고 얘기할게. 나 너 많이 좋아했거든?"

은혁이가 슬쩍 고개를 든다. 재규가 내 등에 자신의 등을 기대고 앉았다.

"거 봐, 이쁜 얼굴 좀 보자는데 왜 그렇게 땡깡이냐? -_-^ 그렇게도 너 상원이 지키고 싶었구나? 미안. 괜히 나 같은 게 껴들었어. 은혁아, 그래도 한 번만 말해 주면 안 돼? 나 좋아했었다구, 응? 나 싫어져서 그런 거 아니라고, 응? 제발. 흐윽!"

은혁 의 옷을 잡고 고개를 떨구며 또 울었다. 손에 고통이 오지만 상관없었다.

"너 좋아한 거 아니야. 상원이 때문이야. 처음부터 모두가 다 계획이고. 맞아, 그래. 난 너 좋아한 적 없어."

스르륵—

은혁이의 옷을 놓아버렸다. 이제는 자신없어졌으니까. 더 이상 이렇게 매달리는 거 못하겠으니까. 벌떡 일어서는 은혁이.

"손 빨리 나아라. 나 먼저 간다. 그리고 상원이 녀석이 무슨 소릴 한지 모르겠지만 이지현 좋아하는 거 사실이야."

문고리를 잡은 은혁이의 눈에서 쉴 새 없이 눈물이 흐른다. 그런 은혁이를 나와 같이 쳐다보며 한숨을 깊게 내쉬는 재규. 나는 계속 앉아 있었다. 은혁이의 나가는 발소리를 슬픈 음악 삼아 눈물을 흘렸다. 뒤에서 나를 안아주는 재규.

"이젠 우리 둘만 남았네. 우리 둘이서만 조금씩 자신감 갖고 사랑하면 모든 건 끝나는 건가?"

"그렇네."

page 31 내 마음속에 장마가 시작되었다.

"이제 내가 니 옆에 있어줄 거니까, 아무도 뭐라하게 안 둘 거니까, 넌 아무 걱정 말고 내 옆에 있으면 돼."

"^-^ 응."

내게 힘을 실어주는 재규의 말. 고마워, 아무것도 아닌 나 거들어줘서. 대기실을 나가니 지현이가 날 노려보고 있다. 그 이유는 재규의 팔이 내 어깨를 두르고 있었기 때문.

"-_-^ 뭘 노려봐? 뭐, 불만있냐?!"

나를 더 꼭 붙드는 재규.

"오오, 뜨겁네~ 대기실에서 무슨 썸씽이라도 있었나 부지?!"

"야, 은재영 니 제수님이다~ 인사해 봐."

"벼엉신~ 제수님이 뭐냐? 제수씨지. 하여간 골 빈 거 티내긴. 그래! 은재규 너 골 텅텅 빈 거 하늘이 알고, 땅이 알고, 온 천지가 다 안다, 다 알아!"

"-_-^ 이 새끼가!"

덤벼들려는 재규를 간신히 막았다.

"그만 해, 재규야."

계속 무시무시한 욕을 씨부렁대는 재규. 테이블 맞은편에 앉아 있는 은혁이와 지현. 지현이의 어깨에 능청스레 팔을 두르고 담배를 피우는 은혁이.

"절루 가! 담배 냄새 나. -_-^"

치지직—

바로 담배를 꺼버리는 은혁이.

"^O^ 껐다. 잘했지? 잘했으니까 상으로 뽀뽀."

"지랄한다!"

"야! 너 언제 대답할 거냐? 내가 사귀자고 했잖아!"

"뭐냐? 너네 벌써 거기까지 갔냐? 할 건 다 했구만?"

"그런 거 아냐. 재규야~ 너 왜 그래? 강은혁!"

지현을 자신의 품에 더 감싸는 은혁이.

"갈 데까지 다 갔는데 이게 튕긴다니까."

"갈 데? 어디까지 갔는데?!"

"아, 형도 참. 다 알면서 왜 물어요~"

아무래도 저건 아닌데.

지이잉— 지이잉—

"여보세요?"

[지원아! 나야, 은지! 상원이 좀 나아졌어. 몇 바늘 꿰매구 지금은 자고 있어. 이리로 올래??]

"아, 응, 금방 갈게."

딸칵!

"누구야?"

"아, 은지. 상원이 나아졌대. 몇 바늘 꿰매고 자고 있다나 봐."

"얼른 가보자."

재규가 내 손을 잡고 일어나 카페를 나섰다. 버스를 타고 병원에 내렸다. 익숙한 병원.

"어? 우주랑 같은 병원이네?"

"하필."

"뭐라구??"

"아냐, 들어가자."

응급실.

"은지야!"

"아, 지원아."

"어때? 상원인 괜찮아진 거야?"

"응, 좀 나아졌다는데? 근데, 이 자식 미친 거 아니냐? 도대체 왜 그런 거야??"

나는 자고 있는 상원이의 머리를 쓸어 넘겼다. 천사 같은 아이. 내가 이 아이를 더럽혔다. 미안, 아주 많이 미안해. 상원이의 곁에 얼굴을 묻고 용서의 눈물을 흘렸다.

"아! 우주랑 같은 병동에 있는 병실로 잡았어. 어차피 같은 병원에 있으면서 따로따로 있으면 번거롭잖아. -0-"

"뭐??"

"뭘 놀라??"

재규가 인상을 구긴다. -_-;

"병실로 옮기시죠."

우주 병실을 지나쳤다. 섬뜩한 느낌이 들었다. 왠지 모르게 오싹해진 느낌이 들었다.

병동 안내판
1. 수술 현황
709호실-신우주 [심장 질환 1차 수술]

"O.O?"

"뭐 해, 안 오고?"

"어? 응! 가."

뭐지? 수술 현황? 심장 질환? 1차 수술??

"발작이에요! 얼른 34병동 의사 선생님 호출해 주세요!"

"근데 은지야, 상원이는 언제 퇴원한대?"

바삐 움직이는 간호사들을 스쳐 지나갔다. 누가 많이 아픈가?

끼이—

침대를 옮긴 후 간호원들이 나갔다.

"후우~ 한 단락 끝난 건가?"

    *   *   *

우주 병실.

"후우… 간신히 넘겼어."

"아무래도 빨리 무슨 조치를 취해야 하는 건 아닐까요? 워낙 몸이 약해져서 이대로 있다가 더 힘들어질 것 같은데."

"경과를 더 두고 봐야지. 이 환자도 당장 수술하는 건 원치 않으니까."

"천사같이 참 이쁜데 불쌍하기도 하지."

"그러게요. 하늘도 무심하시지."

의사 1, 2, 3, 4의 뜻 모를 대화들.

"돌아가면서 우주 군 체크하고, 절대 안정을 취해야 하니까 특별히 돌봐주고, 특실 병동으로 옮겨요. 면회도 모두 금지시키고."

"예."

끼익— 탁!

"ㅎㅏㅇㅏ. ㅎㅏㅇㅏ."

산소 호흡기에 숨을 의지한 채, 눈꺼풀을 내리깔고 긴 잠을 청해본다.

    *   *   *

아직도 난 병동 안내판을 생각하고 있다. 신우주. 동명이인가? 그렇지만 우주 병실이 맞는데.

"저기요! 혹시 신우주 환자 수술하나요?"

"예, 3일 뒤에 수술 들어가는데요?"

"709호. 저기 저 병실 환자 맞죠??"

"예. 아까도 발작 일으켜서 진정 시키느라 죽을 고생했어요. 하루하루가 고비고 것두 심장 쪽이라 힘들어요. 생긴 것두 이쁘장하구 나이도 아직 어린데 하여튼 안타까운 환자예요."

우주가? 그럴 리가…….

"여기서 뭐 해?? 우리 뭐 먹으러 갈까?"

"재규야, 우주 아파?"

"아프니까 병원에 있지. 왜?"

"어디가 아픈데? 어디가 아파서 저렇게 병원에 입원한 거야??"

"어? 아, 위에 염증이 좀 생겼다나 봐."

"응, 그래?"

"들어가자."

재규가 내 어깨를 감싸고 상원이 병실로 향했다. 아닐 거야. 맞아, 간호사 언니가 뭘 잘못 안 거겠지. 우주가 왜??

담날 아침.

"뚜웅! 일어나아!"

"=_= 으음… 헉! 오늘따라 니 얼굴이 빛나 보인다. 무슨 일 있냐?"

"나 어제부터 은혜랑 사귀기로 했어. >_<"

"진짜?? 근데 너 은혜 언제부터 좋아했냐??"
"그, 그런 건 왜 물어? *-0-* 빨랑 준비나 해!"
끼익— 쾅!
히히. 귀여운 자식. ㅋㅋ 사랑하면 변한다더니. -_-;;

page 32 시작은 쉽다, 지키는 것이 어렵다.

눈을 비비적대며 교복으로 갈아입었다. 이놈의 교복은 매우 반질반질 하기도 하여라. -0-a
"어여 갔다 와. -0-"
래원이가 오늘따라 생기발랄해 보인다. =_+
니야옹~ 니야옹~
어디선가 낯설지 않은 고양이가 울어댄다.
멈칫!
"뚱, 뭐 해? 학교 안 가?"
"잠깐잠깐."
고양이 울음소리를 따라 발길을 돌렸을 때, 쪼매난 새끼 고양이가 내 뒤를 쫓아오고 있었다. >_<
"웃차! 이리 와봐, 고양아."
나는 고양이를 안아 들었다. 목걸이에 나비라고 쓰여 있었다. -0-! 헛 헛! 이거 그럼 은혁이랑 주운 그 고양이??
"야! 빨리 버리고 가자!"

"버려? ㅇ_ㅇ 이게 물건이냐??"

"그럼 어쩔 건데?"

"가져가야지."

딱딱하게 얼어버린 래원이의 어깨를 스치며 나는 정류장으로 향했다. 뒤에서 발악발악 대드는 저 망나니 같은 놈. 샛노란 머리를 휘날리며 쫓아온다.

학교 앞, 버스 정류장.

래원이가 버스를 타고 가며 창문 너머 내게 소리 지른다.

"너너너! 그거 가지구 학교 가봐! 엄마한테 다 말한다?!"

아무래도 저 자식이 껄쩍지근하다. -ㅅ-

드륵―

"꺄악! 그 고양이는 대체 뭐다냐!!"

"이거? 은혁이 껀데 우리 집 앞에 있더라구."

"어머, 너무 귀엽다~"

누가 래원이 애인 아니랄까 봐 갖다버리라고 악악거리는 은혜와 다르게 은지는 고양이가 이뻐 죽으려고 한다. 휙! 가로채 가는 지현이.

"우리 은혁이 꺼야. 만지지 마!"

"ㅇㅇㅇ 에??"

"왜? 뭐 불만있냐?"

"아니, 불만이라기보다는 조금 당혹스럽군. -,.-"

"어째서?! 어째서 니가 우리 은혁이라 하냐? 어? 어? 은혁이가 니 꺼냐? 앙?! 그래? 니 꺼야?"

"은혜야, 그럼 니 꺼니?"

"아니! 내 꺼는 래원이고! 아니, 우리 미남 은혁이가 지 꺼래는 거냐구! 어째서! 와이? 와이?!"

은혜는 미소년 중독자. 저러는 건 당연하다고 본다. 래원이한테 다 일러줘야지. 홍!

"어머~ 몰랐니? 우리 사귀기로 했어!"

ㅇㅇㅇ 100톤짜리 망치가 내 뒤통수를 때리는 것 같았다.

"왜 그런 표정으로 봐? 나는 은혁이랑 사귀면 안 돼?"

입을 삐쭉삐쭉 내밀면서 나비를 안아 자리로 간다.

니야옹!! 냐옹!!

아둥바둥거리는 나비. -_-^ 내 품으로 튀어 들어온다.

"홍! 어차피 난 고양이 싫어해!"

"은혁인 고양이 좋아하는데?"

두 눈을 부라리며 나를 뚫어져라 쳐다보는 지현이. 그래, 니가 이기세요.

학교가 종 쳤다. 담임에게 쫓겨서 결국 경비 아저씨가 나비를 맡아주고 계셨다. 한 손엔 은지 손을 쥐고 한 팔엔 나비를 매달고 앞서 가는 은혜를 쫓아갔다. 정문을 나서자,

"래원아. >_<"

"^^ 수업 잘했어?"

어디서 오토바이까지 빌려와서 오토바이에 기대 은혜에게 살며시 웃으며 말한다. 괴물딱지! 저런 모습은 내 18년 인생에 처음 봤다 이 말이다. =_=+

"흥! 이건 또 어디서 빌려왔냐(은근히 부럽다. -_-;)?"
"알아서 뭐 하냐? 은혜야, 타. 내 친구들 만나러 가자."
"응. 나 간다."
"가라! 누가 뭐래?! 가버려(아주 많이 부러워하고 있다. T_T)!"
부릉부릉— 부르릉—
"둘이 되게 잘 어울린다. 그치, 지원아? 우린 몰랐네~"
"어울리긴 개코가(자존심만 세다. --;)!"

엔젤로스.
딸랑~
"^-^* 안녕?"
은혁이가 카페 이곳저곳을 뒤지고 있다.
"어, 왔네. ^-^"
재규가 방긋 웃는다. 강래원! 니 까짓 것쯤은 별거 아니다! 재규를 보아라! 웃는 게 얼마나 이쁘더냐(자존심이 조금씩 회복되기 시작한다)!
냐옹!!
하고 펄쩍 뛰어내리는 나비. 그러더니 쭈그려앉아 이곳저곳을 어지르는 은혁이의 옷자락을 잡아당긴다.
"O_O 나비야!!"
은혁이가 나비를 보자마자 와락 안아버렸다.
"^-^ 나비가 우리 집 앞에 있더라구. 그래서 학교에 데려갔다가 지금 데려온 거야."
"고맙다. 나비야, 이 오빠가 보고 싶지 않았니??"

나비를 부둥켜안는 은혁이.

"아, 너… 지현이랑 사귄다며??"

ㅠ_ㅠ 어쩌자구!! 그런 말 들어서 뭘 어쩌려구! 내가 왜 이런 말을 묻는 거냐? 나는 재규가 있다.

"응. 결국은 오케이하더라구. 천하의 강은혁의 매력에 깍쟁이 이지현도 결국 두 손 두 발 다 들은 거지~"

씨익— 웃는 은혁이. 오랜만에 보는 웃음이다. 나를 품에 안는 재규.

"야! 왜 남에 여자한테 웃고 난리냐?!"

버럭 화를 내는 것이 아닌가?!

"알았다, 임마. 안 웃으마. -_-+"

하더니 뾰로통해서 대기실로 들어가 버리는 은혁이.

"저게저게! 야! 너 삐쳤냐? 강은혁! 삐쳤어??"

대기실 문을 열고 빠꼼히 고개를 빼내는 은혁이.

"에비! 이거나 먹어라!"

고양이를 재규 쪽으로 냅다 던지는 은혁이.

느야옹!!

나비만 죽을 고비다. -0-;

"으아아아아악! 이게 뭐야! 강은혁! 너 내가 고양이 싫다고 했지? 아씨!!"

"이리 줘. 고양이가 왜 싫어? 이쁘기만 하다!"

니야옹~

비틀비틀대며 내게 걸어오는 나비.

"너 그렇게 그 고양이 새끼가 좋으냐?"

"응, 너~무 좋아! 귀엽잖아!"

"그, 그, 그게 나보다 더 좋냐?!"

모두들 넋이 나가 아무 말 못하고,

"뭐, 뭐, 뭘 봐!"

"풋! 안 좋아. 니가 더 좋아."

"*-_-* 넌 절루 가버려!!"

재규가 나비를 발로 슬슬 밀어내 버렸다. 그러더니 배시시 웃으며 내게 다가온다. ㅋㅋ 나 이렇게 이기적이어도 되지? 재규, 내가 이렇게 좋아해도 되는 거지? 욕먹어도 그냥 이렇게 좋아할래. ^-^ 재규를 조금씩 좋아해 볼래. 조금은 편안해진 것 같다. 오랜만에 느껴보는 따뜻한 정겨움. 이제 다시 예전으로 돌아갈 수 있는 거지?

page 33 새롭게… 또다시 새롭게… 그렇게…….

냐옹!!

나비가 내 품으로 달려들었다.

"-0- 아니, 이 고양이 새끼가?!"

재규가 나비를 떼어내려 하자 나비가 발톱을 세워 내 교복에 꽂아버렸다. 아무래도 이 녀석 비정상적이다. 고양이와 싸우려 들다니. ㅠㅠ

"하여간 바보 같은 티를 꼬옥~ 지 혼자 다 내요!"

강우가 턱을 괴고 앉아 멍청하다는 듯이 재규를 훑어대고 있었다.

딸랑~

"은혁아아~"

지현이가 들어오자마자 은혁이를 찾는다. 지현의 목소리를 듣곤 대기실에서 나오는 은혁이.

끼익—
"왔네. ^^"
"응. 오늘 데이트 하러 가자. 어디루 갈까??"
"글쎄, 어디가 좋을까? O_O"
"움, 영화나 보러 가자."
"그래. 나 옷 입고."
"-O- 호오~ 그쪽은 러브러브하시네~"

강우가 부러운 듯 시비조로 말하자, 대꾸도 안 하고 무시한다. 은혁이가 나오자마자 팔짱을 끼고 카페를 휭 나가 버리는 지현이. 너 짱입니다요! -O-b

니야옹—!!
"절루 꺼지라니까!!"

아직도 실랑이다. 정말 유치해서 못 봐주겠네.
"근데 민경이한텐 아직도 연락없는 거냐?"

멈칫하는 재규. 아무래도 아직은 무리겠지.
"어? 어, 응. 아직 연락없어."
"-O- 나 얼굴 한번 보고 싶었는데, 위대하신 분의 미모가 어떻게 변했는지. 휴……."

강우가 한숨을 푹 쉬며 말한다.

"-_- 고양이 새끼가 승질머리 진짜 드럽네."

재규가 나비를 들어 올려 내 품으로 휙 던져 버린다. 그러더니 뚜벅뚜벅 대기실로 들어가 버린다.

"가서 달래줘. 고양이한테 삐치는 사내 새끼는 첨 봤다, 첨 봤어!"

강우가 의자를 흔들며 흥분하기 시작한다.

끼익―

대기실에 들어섰다. 엎어져 있는 재규. 아직도 불면증에 시달리는 걸까? 조금 더 가늘어진 허리와 왜소해진 어깨가 자꾸만 신경이 쓰인다. 이럴 때 보면 정말 이쁜 놈. *-_-* 어허허!

"자?"

"아니."

"해민경이라는 사람 걱정하는 거야?"

"그냥 어떻게 사나 궁금해져서. 내가 그때 조금 더 일찍 알아차렸어야 하는 건데."

탁자 위에 엎어져 있던 재규 눈에서 눈물이 주르륵 흘러내렸다. 나는 그런 재규의 등에 얼굴을 기댔다.

"편하다, 재규 등. 울지 마. 편해지고 싶다며?"

"흡! 안 울려고… 윽! 하는데 병신같이 운다… 하하! 웃기지? 꼭 나 때문에 떠나 버린 것 같아. 혹시 이 세상에 없는 건 아닌지… 읍!"

재규가 눈물을 삼키며 애써 힘겹게 말을 꺼낸다. 나는 그런 재규 등을 쓰다듬으며 말했다.

"얼마나 힘들었니? 혼자서 얼마나 아파했던 거야."

우리가 조금 더 일찍 만났더라면 재규가 조금 덜 힘들지 않았을까? 라는 생각이 들었다.

지원이네.
끼익―
"다녀왔습니다."
"지원아, 혹시 래원이한테 연락없었니? 이눔 새끼! 학교도 안 가고! 어디로 샜는지 내가 그놈 때문에 못산다, 못살아!!"
"래원이가 학교엘 안 가? ㅇ_ㅇ"
"그렇다니까! 담임한테 전화 왔었어! 얼마나 창피하니? 으이구!"
화를 버럭버럭 내며 방으로 들어가 버리는 엄마. 말은 저래도 분명히 속으론 애가 탔을 듯싶다.
새벽 3시경. 바깥에서 어떤 망할 놈의 자식이 술에 쩔은 목소리로 흥얼흥얼 노래를 부르며 소리를 꽥꽥 지른다.
"뚱!! 뚜웅!!"
저놈의 동생 새끼. 곧 죽어도 누나란 말은 못하지! 나는 옷을 추슬러 입고 대문을 나섰다.
"이 미친놈아! 너 돌았냐? 학교도 안 가고 술에 쩔어서 지금 뭐 하는 거야!"
"어? 뚜웅!"
내게 돌진해 오는 동상. 그러더니 내 품에 폭 앵긴다. 내 동생이 맞는지 상당히 의심가는 행동이다. -o-a
"사랑해, 지원아! 우리 누나야! 사랑해! 알라뷰~"
얼굴을 부비부비대는 래원이. 놀랄 노 자다.

"아악! 왜 이러는 거야! 도대체 원하는 게 뭐냐?!"

나는 한 발자국 물러섰다. 이내 비틀비틀대다 내 어깨로 픽 쓰러지는 래원이.

"우리 누부야! >ㅁ< 우리 누부 뚱! 누나, 지원 누나, 이제 나 없으면 어뜩하냐? 나 없으면 울 누나 누가 지켜주냐? ㅋㅋ 나 없으면 울 누나 누가 깨워주냐? 나 없으면 울 누나야 누가 갈궈주노."

하더니 닭똥 같은 눈물을 뚝뚝 흘리는 것이 아니더냐! 어렸을 적 래원이가 우는 모습은 많이 봤다만, -_-^ 이 녀석이 중학생 되고 나서 우는 모습은 첨 본다. 윽! 키가 많이 자랐다. 이 녀석도 남잔가 보다. 은근히 무겁다.

"누나야, 내가 사랑하는 거 알지? 누나야."

약간의 아픔이 느껴지는 래원이의 목소리. 나는 영문도 모른 채, 래원이 등을 토닥였다.

"들어가서 자자. 이제 그만 하구. ^-^ 누나도 래원이 많이 사랑하니까, 응??"

"응. 잘래."

하더니 풍풍풍풍 올라가 버리는 래원이. 무슨 일이 있긴 있는가 보다.

page 34 가슴이 죽어버리면 사랑 하지 않아도 되잖아.

시련 하나… 시련 둘… 시련 셋… 이젠 이겨내기도 힘들다.

담날 아침, 세현고.

"하아."

쿨 걸 은혜의 얼굴이 아침부터 말이 아니다. -0-

"무슨 일 있어? o_o"

"지원아."

"응??"

"어제 엄마, 아빠 만났어. 또 싸우더라. 오랜만에 셋이서 만난 건데 또 티격태격 싸우더라. 또 돈 가지구 싸웠어. 위자료가 얼마니, 이혼 청구서가 어쨌니, 저쨌니… 이젠 다 지겨워."

은혜의 불그스름한 볼을 타고 투명하게 빛나는 눈물이 흘렀다.

"그래서 어젠 어떻게 됐어?"

"그냥 그렇게 모두가 The End. ^-^"

"설득은 못하고?"

"그렇게 됐지 뭐. 말해 봤자 말이 통하는 사람들도 아닌걸."

"너도 참……."

학교가 종 치고. =,.=

지이이잉— 지이이잉—

"여보세요?"

[난데 지금 학교 앞이야. 빨랑 나와.]

웬일이셔라? =_+a 은지와 함께 서둘러 가방을 챙기고 정문으로 향했다.

"은지랑 지원이 나왔다!"

강우의 목소리가 들리는 쪽을 바라보니 강우와 재규가 서 있다.

"웬일이야? ㅇ_ㅇ"

"오늘 번화가에서 다른 밴드 애들이랑 모이기로 했는데 쌍쌍이라서 말이지~ 재규가 지원이 널 데리고 갈 거래. >_<"

"갈 거지?"

"그런 자리는 피하고 싶소이다."

내 손목을 잡아끄는 재규.

"간다고? 오우~ 착하기도 하시지."

ㅜ_ㅜ 이렇게 강제로 끌고 갈 거면서 갈 거냐고는 왜 물어보냐?

하늘색 꿈.

"여어~ 유명하신 엔젤로스 밴드 오셨네. -0-!"

사람들이 우글우글 모였다. -_-

"어? 재규 애인이다!!"

한 명이 크게 소리치자 모두 우리 쪽으로 우르르르 몰려온다. ㅠ_ㅠ 으으윽! 이런 거 정말 싫단 말야. 나는 이 상황을 벗어나려 슬금슬금 문고리를 잡으러 손을 뻗쳤다. 재규가 내 어깨를 끌어다 자신의 품에 넣는다. 그리고는 내 어깨에 자신의 팔을 휙휙 감아 두른다. -0-^

"내 꺼다. 건들면 죽는다."

"오오! 뜨거운데~ 그렇게 여자 사귀기 싫어하던 놈이 무슨 바람이 불었냐?"

중간중간 여자들이 섞여 있다. 저 따가운 시선. 너무 강렬하오. ㅠ_ㅠ 그렇다. 내 남자 친구는… 내 남자 친구 재규는… 세명고 넘버 원 킹카다. >_< 그동안 잊고 있었소. 그럼 난 복 터진 년 맞는 거네? 전혀 의식하지 못했다. 우주도, 은혁이도, 강우도, 상원이도… 모두 잘나가는 미남들이

었다. 전혀 의식하지 못했다.

분위기가 무르익어 갈 때쯤 나는 이미 술에 취해 있었다. -O-

"으헤헤헤! 우리 재규 귀엽기도 하지요. 우헤헤! 아아아~ 맛있다. 오늘 술 잘 받네에. >ㅁ<!!"

나는 맥주 다섯 병을 들이붓고 있었다(은근히 술에 약하다). -_-

"그만 마셔! 지원아! O_O"

"스탑! 거기까지. 나는 더 마셔야겠소. 벌컥벌컥!"

담배 연기를 뻐끔뻐끔 내뿜으며 한심스레 쳐다보는 재규의 눈빛이 느껴진다.

"재규도 마실래??"

맥주병을 들이대자 그대로 가로채는 재규.

탕!

테이블에 꽂아내리듯이 맥주병을 내려놓았다.

"그만 마셔. 취했어. 여자가 병나발 불고 주정하는 거 제일 꼴불견이야. -_-"

">_< 에에에~ 화내는 것도 귀엽구만."

"-_-+"

실룩씰룩거리는 재규 입술. 이제 곧 터진다! 재규가 곧 화를 낼 것이다!! 나는 그대로 필름이 끊겨 버렸다.

"어? 야, 재규야, 니 애인 완전 갔네??"

"오오, 다섯 병이나! 니 애인 엄청 멋지구리한데?? >ㅁ<"

"야, 어디서 그런 월척을 낚았냐?"

"자는데 한 번씩 안아보면 안 될까아? >ㅁ<"

남자 1, 2, 3, 4가 지원의 곁으로 모여들었다.

"죽는다. -_-^"

"자, 장난이지."

"꼴불견이라 그래도 계속 퍼마시네. 휴… 읏차!"

재규가 지원을 등에 업었다.

"오오, 한 쌍의 학인걸?"

"나 갔다 온다."

"차 조심해!!"

강우와 은지는 초반부터 빠져나가 데이트 中. -_-^

"우아, 뭘 먹길래 이래 가볍냐? 하여간 영양 부족이야."

"으음, 우주야, 우주야~ 신우주~ 이 바보야. ㅠ_ㅠ 보고 싶다구~ 우우웅~ 우주야~ 신우주! 너 수술하는 거 아니지이?! 내가 다 봤다구. 게시판에 니 이름이! >_< 아니지? 그런 거 아니지? 아닐 거야. ㅠ0ㅠ 엉엉~"

"이게 지 남자 친구 앞에서 다른 남자 이름이나 부르고."

"신우주, 우주야~ 가지 마~ 안 돼애!!"

쿠웅!

"으아악!! >0<"

일어나 보니 나는 땅바닥에 버려져 있었다. 재규가 무척 화난 표정으로 나를 내려다보고 있었다.

"아, 씨발! 나 엄청 추하다."

그러더니 머리를 한 번 쓸어 올리는 재규 눈에 이슬이 살짝 맺혔었다. 왜 그랬을까? 잘못 본 걸까? o_oa 뚜벅뚜벅 골목을 빠져나가는 재규. 왜 그러지? 화난 건가? 도무지 알 수가 없네.

"도대체 왜 다른 곳만 보는 거지? 왜 다른 곳만 향해 가는 거냐구. 방향을 잡아줘도 금방 이탈해 버리니. 이래선 조금이라도 눈을 뗄 수 없잖아."

동네 놀이터 벤치에 기대앉아 담배를 입에 무는 재규.

"후우… 사랑해, 강지원."

page 35 당신의 뒤엔……?

담날 아침, 일요일.

으악!! 머리야. ㅠ_ㅠ 머리가 아파. 도대체 기억이 안 난다. 어제 재규를 따라 술 마시러 갔다가… 으윽! 필름이 잘렸어. 나는 아픈 속을 달래며 1층 거실로 향했다. 래원이가 교복을 갈아입고, 화장실을 들락날락하기 바쁘다.

"쿠쿠쿠쿡!"

엄마가 소파에 앉아서 태연한 척, 웃음을 꺼이꺼이 참아 넘기고 있다.

"엄마, 왜 그래? =_=??"

"지원아, 글쎄 쟤 래원이 바보 아니니? 오늘 일요일인데 말이지. ㅋㅋ 아우~"

엄마가 아주 눈물콧물 다 찔찔대며 넘어간다.

"얘기해 줘야지, 왜 그러구 있어?"

"쿠쿠쿠쿡! 얘기하지 마! >_< 귀엽잖니~"

휴… 가여운 동생 같으니. -_-

뺄랠래랠래~ 뺄랠래랠래~

갑자기 멈춰 버리는 엄마의 요상스런 웃음소리. 내가 전화를 받으려 손을 뻗자, 탁 하고 내 손을 내려치는 엄마.

"왜 그래?! -O-"

"얼른 올라가 잠이나 더 자! -O-!!"

전화는 쉴 새 없이 울리고 엄마는 받을 생각을 안 한다.

"그럼 얼른 전화받아! -O-"

식은땀을 삐질 흘리는 듯한 엄마의 표정. 멋쩍은 듯 나를 쳐다보며 수화기를 집어 든다.

딸칵!

수화기를 들자마자 곧바로 내려놓는다. -ㅁ-

"받지도 않고 왜 끊어?! 도대체 왜 그래? -O-!"

"잘못 온 전화야!"

그러더니 방으로 휙 들어가 버리는 것이 아닌가? 화장실 문을 살짝 열고 얼굴을 빠끔히 들이대는 래원이. 치약 거품과 칫솔을 입에 물고 나를 죽일 듯이 노려보는 래원이.

"학교 안 가?!"

래원이가 버럭 소리를 지른다. 정말 바보 같으니.

"학교를 왜 가!!"

"너 놔두고 나 먼저 간다!"

나는 아무 말 없이 테이블 위에 올려져 있는 달력을 집어다 래원이 얼굴 앞에 들이댔다.

"ㅇㅇㅇ……."

덕분에 래원이는 입에 물고 있던 칫솔을 떨어뜨려 버리고 실신할 지경에 다다른다. -_-; 또 한 번 울리는 전화 벨.

뺄랠랠래~ 뺄랠랠래~

"여보세요?"

"김영미 씨 계신가요?"

어느 젊은 듯한 여자의 목소리.

"실례지만 누구?"

"혹시 너… 요코?"

도대체 세상 사람들이 미친 것인가?

"요코지? 그치? 요코 맞지?"

수화기에 쩌렁쩌렁하게 울리는 건너편 목소리. 귀가 매우 따갑다오.

"잠깐 기다리세요."

나는 수화기를 잠시 내려놓고,

"엄마아!! 누가 엄마 찾네??"

오리무중이다.

"저기요, 엄마가……."

"요코?! 요코!! 요코!!"

ㅠ_ㅠ 이건 또 뭐냐고!! 나는 수화기를 내려놔 버렸다. 이상하다. 정말 이상해. -_-^ 요코라는 유명한 배우가 날 닮았나? 그렇게 이유 모를 전화는 하루 종일 계속 울려댔다.

*　　　*　　　*

엔젤로스.

"후아암~ 아, 파리 한 마리도 없다. -ㅁ-"

강우가 테이블을 박박 닦으며 말한다. 기타를 튕겨대는 상원이. 조금은 행복해 보이는 미소를 짓고 있다.

"그래서 너 내일 가는 거야? -0-"

강우가 상원이를 걱정스레 바라보며 말한다.

"^-^ 응, 내일 아침 11시 비행기."

상원이가 씨익 웃어 보이며 말한다. 강우가 상원이 등 뒤에 대롱대롱 매달리며,

"ㅠ_ㅠ 날 두고 꼭 가야 해??"

"^-^ 이제 더 이상 버틸 필요도 없어."

슬픈 미소를 짓는 상원이. 그도 이젠 여기서 끝내고 싶은가 보다. 더 이상의 아픔을 원치 않는 듯 이쯤에서 끝내고 싶은가 보다.

"……"

아침부터 저기압인 재규.

딸랑~

카페 문을 활짝 열고 들어온 지현이.

"^-^ 은혁아."

"어? 왔네? 어젠 잘 들어간 거야?? ^^"

은혁이가 벌떡 일어나 지현이 곁으로 다가가 밝게 웃으며 말한다.

"응! 그럼."

지현이와 은혁이 깔깔대며 얘기한다. 지현은 은혁이의 품에 얼굴을 묻고 웃어넘기고, 은혁은 못 이기겠다는 듯 피식 웃으며 지현의 머리를 쓰다듬는다. 어쩌, 저 둘 진심으로 편안해 보인다. 아픔을 모두 지우고 싶은

걸까? 이제 은혁이도 슬픔 같은 건 필요없음을 느낀 걸까?

*　　　*　　　*

같은 시각, 우주 병실.

"으아악!!"

우주의 여린 어깨가 들썩이며 맑은 목소리가 쩌렁쩌렁하게 울려 병실에서 새어 나온다.

"조금만, 조금만 참으세요!!"

"아악—!! 윽! 윽!"

우주의 병실에 모인 간호사 셋과 의사 둘. 우주의 양팔을 잡고 있는 간호사 둘. 계속 바삐 움직이는 의사 둘과 간호사 하나.

"헉억! 으윽! 아악—!!"

우주의 비명은 거의 한계에 다다랐다. 우주는 간호사들의 팔을 꽉 붙들고 애원하듯 쳐다보며 식은땀을 뻘뻘 흘렸다. 그렇게 우주에겐 하루하루가 위태롭고 안타깝기만 하다. 보고 싶다, 보고 싶어… 사랑하는 그녀가…….

"아악—!!"

page 36 벌써 시작되어 버리고 만 것을…….

우주 병실. 끝없는 고통이 점차 가라앉은 후, 우주의 병실은 쥐 죽은 듯 조용하다. 새하얀 침대 시트 위에 흥건히 남은 우주의 눈물 자국들. 애써 흐르는 눈물을 삼켜 버리는 바보 같은 그대는 가장 희미하게 빛나는, 그러나 가장 아름다운 다섯 중 하나. 우주의 차디찬 손이 힘겹게 핸드폰으로 향해 기다란 손가락으로 1번을 꾸욱 누른다.

[여보세요??]

반가운 지원의 목소리가 들린다.

"……"

[누구세요? 말씀하세요.]

"……"

[누구세요? 맨날 번호도 안 뜨게…….]

"……"

[아씨, 증말!]

끊겨 버린 전화. 그렇지만 우주는 핸드폰을 귀에서 뗄 줄 모른다. 한없이 눈물이 흐르고, 웃음만 나올 뿐. 오직 단 하나 그녀 생각뿐이다. 아직도 귀에서 그녀의 음성이 메아리치는 듯하다.

　　　　　*　　　*　　　*

지원이네.

"-_- 증말 짜증나게 자꾸 누가 장난 전화질이야?!"

지이이이잉— 지이이이잉—

또 진동이 느껴지는 지원이의 폰.

"누구냐니까!!"

버럭 소리부터 질러 버린 지원.

[니 남편이다. -_-^]

재규의 심히 불편한 목소리가 들려온다.

"-ㅁ-; 아, 안녕?"

[나와. 맛난 거 사줄게.]

"지금??"

[왜? 싫어? -_-^ 어제 술은 왜 그렇게 퍼마셨어? 여자애가 겁도 없지. 업어서 집까지 데려다 줬는데, 무거워 뒈지는 줄 알았지.]

재규의 비비 꼬인 목소리. 아무래도 사양하면 상상하기도 힘든 일이……. ㅠㅠ

"알았어! 금방 나갈게!"

전화를 끊고 재빨리 옷을 챙겨 입었다.

"엄마, 나 놀다와요! -0-!"

하고 재빨리 집을 튀어나갔다.

"아, 증말 느리네. 아줌마, 남편이 나오랬음 그 자리에서 바로 나와야 되잖아!"

재규가 전봇대에 기대 입김을 호호 불며 나를 기다리고 있었다. 볼이 발그레하다. ^-^*

"더 빨리 전화하지."

재규의 손을 잡으니 많이 차갑다.

"꽁꽁 얼었잖아."

움찔 놀라는 재규. -_-

"너 내 애인 맞냐? o_o"

재규가 두 손을 지원이에게 붙들린 채로 말한다.

"왜? -_-;;"

"아니, 갑자기 나 걱정하는 게, 안 하던 짓 하니까."

재규가 빙그레 웃어버린다. 재규가 지원이의 팔을 자신에게 팔짱을 끼우고 척척 걸어나간다. 둘 사이를 갈라놓지 말아요. 하늘은 왜 그리 무심한 건가요. 아니면, 이게 그 둘의 타고난 운명인가요?

번화가.
"와, 오늘 사람 많다. ㅇ_ㅇ"
사람들의 대가리가 수북수북— 피해 다니느라 너무 힘들었다. ㅠ_ㅠ
툭!
"아! 죄송합니다."
"죄송하면 다야? -_-^ 내 어깨 골절되면 아가씨가 책임질 거유?"
콧구멍이 벌름거리는 벌름쟁이가 나를 보며 벌름거린다. ㅠ_ㅠ 무섭다아. 내 손을 붙들고 있던 재규가 내가 굳어버린 것을 감지했는지 뒤를 돌아본다. 그러더니 갑자기 콧구멍 벌름쟁이에게 달려드는 재규. ㅇㅇㅇ
"뭐야? 왜 남의 여자한테 집적대구 지랄이야? 누가 가르치든, 어? 누가 남의 여자한테 손 대라구 가르치든?"
"캑캑. 그게 아니라 그쪽 여자 분께서 절 밀쳐서……."
"재규야, 하지 마. 내가 잘못한 거야. ㅠㅁㅠ"
"미안하다고 하면 된 거 아니야? 미안하단 말로 해서 다가 아니면, 미안하단 말은 언제 써야 되냐?"
"쿨럭쿨럭. 그렇습죠. 언제 써야 할까요? 아하하, 궁금해지는군요. 캑캑! 죄송합니다. ㅠㅁㅠ"
콧구멍 벌름쟁이의 콧구멍이 더 넓어지고 있다아. >ㅁ< 킥킥킥.

쿠당탕!

내동댕이쳐진 콧구멍 벌름쟁이.

"우아악!! ㅠㅇㅠ"

저 멀리 달아나 버리는 벌름쟁이. 재규는 손을 툴툴 털더니 내 손을 꽉 잡는다.

"놓지 마라. 저렇게 개 같은 새끼들 꼬여."

하더니 얼굴이 붉어져서는 몸을 휙 돌려 버린다. 재규의 따뜻한 체온이, 재규의 넓은 등이 오늘따라 참 멋지구리하다.

어느새 해가 뉘엿뉘엿 저물어가고, 나는 안 가겠다는 재규를 보내고 집으로 들어왔다.

"호호호~ 다녀왔어요~"

엄숙함이 느껴지는 우리 집 거실. -_-; 지, 집을 잘못 찾은 건가? 아무리 봐도, 무릎 꿇고 앉아 있는 샛노란 머리의 소유자는 내 동생 래원인데. 엄마는 고개를 돌려 흐느끼시고, 아빠는 담배만 뻐끔뻐끔 피우신다. 래원이는 눈물을 떨구며 무릎을 꿇은 채 고개를 숙이고 있다.

"왜 그런 거야? 너 또 학교에서 사고쳤냐??"

눈에 이슬이 맺힌 래원이가 나를 올려다보더니 씨익 웃는다.

"누나 왔어? ^-^"

page 37 난, 강한 사람이니까……

저것이 분명 내 동생인 것인가? 내게 빙긋 하고 환하게 웃는 놈은 이놈은… 정녕! 내 동생이 맞는 것이다! ㅠㅁㅠ!! 꺄악!

스륵—

래원이의 얼굴을 가려 버린 노란 머리.

"지원이는 올라가라."

아빠의 엄숙한 목소리. 절대로 거역하지 못하겠다.

"예."

투닥투닥!

2층으로 올라왔다. 어쩐지 거실로 내려가기가 무섭다. 아아아, 행복했지이~ >ㅁ< 난 지금 이대로가 좋은데… 이대로 계속 재규 곁에 있는 게 편하고 좋은데… 왠지 무언가에 의해 자꾸만 멀어지는 것 같다. 왠지 무언가가 우리 곁으로 다가오는 것 같다.

*　　　*　　　*

재규네.

"나 왔다. -_-"

재규가 신발장에서 신발을 휙휙 벗어 던진다.

뿅뿅뿅—

오늘도 여김없이 거실 TV 앞에서 들려오는 정겨운 재영이의 오락 소리.

"먹어라, 먹어!! 아우씨, 또 놓쳤네! 어, 재규 왔냐? 요즘 어딜 그렇게 돌아댕기냐? 집에 붙어 있을 생각을 안 한다, 안 해. 엄마한테 일러?"

재영이가 고개를 쳐들어 재규를 훑어보며 인상을 팍 구긴다. -_-

"얼굴이 왜 빨갛냐? 한 대 맞은 것 같다?"

입술을 씰룩대는 재영이. 재영이의 말에 더 빨개지는 재규.

"어어어? 왜 그래!"

재영이가 다급하다는 듯 그렇게 아끼던 오락기를 던져 버리고 재규에게 달려든다.

"왜 그래! 왜 그래! 누가 너 때렸냐? 어떤 싸잡아 죽일 놈들이냐??"

바보스러운 재영이지만 이래 봬도 세명고에서 짱이다. -.-b

"-_- 아, 그런 거 아니라니까!"

재규가 재영이를 뿌리치고 방으로 올라가는 계단을 밟는다.

"짜식, 아니면 아닌 거지!! 너 요즘 또 잠 못 자는 것 같더라? 밤마다 노랫소리 들려."

"아, 좀 그래. 자리를 바꿔 자던가 해야지."

"잠 좀 자야지 키 크지, 병신아."

재영이의 줄어드는 목소리.

"아, 몰라. 민경이라도 돌아오면 잠잘 수 있을지. 바보, 별걸 다 걱정한다. 내가 너보다 키 크잖아. 넌 잠 잘 자고, 잘 싸고, 잘 먹는데 왜 그렇게 작냐?"

재규가 어색함을 모면하려는 듯 재영에게 장난을 건다.

"야, 재규야. 근데 있지⋯⋯."

"Game Over."

재영이의 오락기에서 유유히 게임 오버라는 말이 흘러나왔다. 재규가 재영을 향해 빙글 돌아섰다.

"왜? 무슨 초상났냐?"

"너 지원이랑 사귀니까 행복하냐?"

"말이라고 하냐!!"
또다시 귀까지 뻘개지는 재규.
"킥! 많이 사랑하나 보다?"
"그, 그럼, 다, 당연하지. *-_-* 그건 왜?"
"아니다. ^-^ 있을 때 잘해, 자식아."
재영이가 오락기를 챙겨 들고 방으로 들어가 버린다. 누가 그랬던가? 사랑은 그저 단순한 놀잇감일 뿐.

*　　　*　　　*

다음날 아침. 세현고.
"뭐어라고?!"
"거기 강지원, 너 뭐야?!"
지원의 고함에 수업하던 선생님이 크게 소리치고,
"금방 갈게! 금방!! 11시? 알았어!"
다급하게 핸드폰을 닫는 지원.
"왜 그래?!"
"사, 상원이가 오늘 미국으로 간대."
"정말?? o_o"
나는 서둘러 은지를 데리고 학교를 나섰다.
"너 거기서 한 발이라도 나서면 뒈진데이! -0-!"
아무것도 안보여. 아무것도 안 들려.
드르륵— 쾅!
"이 지지배야—!!"

"택시! 택시!!"

끼익!

"인천 국제 공항으로 가주세요!"

"지원아, 정신 좀 차려!"

몸이 심하게 떨린다. 은지가 날 붙잡고 다그치지만, 아… 이제 한 단락 마무리되는가 싶었어. 상원이의 예전 모습 볼 수 있을 거라고, 그럴 거라고. 근데 이게 뭐니? 갑자기 왜 떠나.

1시간에 걸쳐 도착한 공항. 시계 바늘은 10시 55분을 향하고 있었다. 땀을 뻘뻘 흘리며 공항 안으로 내달렸다. 우글우글 사람들이 모여 있는 곳. 그리고 들려오는 말들.

"상원이 오빠! 가지 마세요! 왜 가세요!! ㅠ_ㅠ"

밴드의 팬클럽이다. 휴휴, 다행히 안 갔나 보다.

"상원아—!!"

나는 다급하게 상원이를 불렀고 사람들의 시선은 일제히 나를 향해 꽂혔다.

"어, 지원이도 나왔네?"

상원이가 싱긋 미소 짓는다.

"에이~ 그거까진 안 바랬는데. ^-^"

상원이가 쑥스러운 듯 머리를 긁적이며 말한다. 중학교 때 모습으로 돌아온 상원이를 보니, 긴장감이 풀리면서 눈물이 왈칵 쏟아지려 한다. 상원이가 큰 가방을 옆에 세워두고 내게 걸어온다.

타박타박—

그리고는 한순간에 나를 와락 안아버렸다. 예전 상원이의 숨결이다.

"미안, 지원아. 너 정말 사랑했는데 너무 미안해. 상처만 주고 간다. 정말로 미안. 나중에 만나면 우리 아프지 말자. 웃어보자. 힘들지도 모르겠지만 그래도 웃으면서 악수하자. ^-^"

상원이의 뜨거운 눈물이 내 어깨 위로 흘러내렸다. 상원이의 눈물이 내 어깨를 적신다. 상원이는 품 안에서 나를 힘없이 놓고, 가방을 들고 저만치 사라져 간다. 이젠 더 이상 아파하지 마, 상원아. 이제 나 같은 거 사랑하지도 마. 보이지 않는, 그러나 분명히 빛나고 있다. 너무 아름다워. 느껴지지 않는 다섯 중에 두 번째.

page 38 순식간에 너무 많은 것들이… 내 가슴을 훑었다.

"끄윽! ㅠ_ㅠ 끄윽! 흡."

나는 애써 눈물을 삼키고, 삼키고, 또 삼켰다. ㅠ_ㅠ 보고 싶을 거야. 내 첫사랑 상원아. 내 어깨를 두드리는 재규.

"일어나. 언제까지 앉아 있을 거야? 가야지."

나를 번쩍 일으켜 세우는 재규.

"응."

이젠 나 마음껏 행복해도 되는 거죠? 이기적이라고 해도 좋아. 재규 곁에 있으면 행복할 거니까.

엔젤로스.

학교 땡땡이치고 여기로 피해온 깡 좋은 나. 그리고 불쌍하게도 나 같은 친구를 둬서 덩달아 학교를 빠지고 끌려온 은지.

"강우야~ 그럼 상원인 다시 안 와?"

"그런가 봐. 안 그래도 그 자식 낑낑 버티고 있던 중이었는데 그날 이후로 그 녀석도 무너져 버린 거지. 자기도 어지간히 힘들었을 테지."

"손은 다 나은 거야??"

재규가 내 손을 잡아주며 걱정스레 묻는다.

"응, 괜찮아. ^0^"

재규는 심하게 틱틱거리다가도 잘해주고… 알 수 없는 타입이다. ^-^ 그래도 좋아.

학교가 종 칠 시간쯤,

짤랑~

"은혁아아. ^0^"

하며 들어오는 이가 있었으니 지현이다.

털썩!

바닥으로 내팽개쳐지는 익숙한 가방 두 개.

"그거 내가 가져온 거야. -0- 너네 집에 초상났다고 잘 말했으니까 학교 걱정은 하지 마."

지현이가 뾰로통해서 수줍은 듯 얼굴을 붉힌다. 은혁이와 나란히 앉아 있는 지현이. 참 잘 어울린다. 행복해야 돼. 둘이서 꼭 행복해.

"그럼 이제 상원이 자리는 누가 해?"

"-_-; 구해봐야지."

다섯 중 또 하나의 자리가 비워졌다. 아, 우주!! 우주를 못 본 지도 일주일이 훨씬 지나 버렸어. 몸은 괜찮은 건가?

"저기 우주는 어때? 본 지 오래됐어."

"그냥 그렇지."

"많이 아픈 거야?"

"글쎄."

아무도 우주에 대해 말해 주질 않으니 도통 알 수가 있어야지. 나를 대기실로 쪼르르 끌고 가는 재규. -ㅁ-;

"갑자기 왜?? ㅇ_ㅇ"

갑자기 벽으로 나를 밀어버리는 재규!! 두 눈을 질끈 감아버렸다. 부드러운 게 내 입에 와 닿았다

쪽!!

"*-_-* 뽀뽀 안 한 지 오래됐단 말야."

그러더니 나가 버리는 재규. 어허허허…….

그날 저녁 지원이네.

"잘 가~"

"엉, 오빠야 간다~"

재규는 주머니에 손을 푹 쑤셔 넣고 골목귀퉁이를 돌아 사라져 간다.

끼익— 탕!

어제 뜻 모를 일로 아직도 분위기가 가라앉은 집.

"다녀왔어요."

"지원아! 너, 래원이… 래원이 어딨는 줄 아니?"

엄마가 헐레벌떡 내게 달려와 말한다.

"왜? 래원이 집에 없어??"

"흐윽… 흑!"

갑자기 바닥에 주저앉아 눈물을 떨궈내는 엄마.

"왜 그래, 엄마! 어? 무슨 일 있어? 그래??"

아빠가 엄마의 어깨를 잡아 일으킨 다음 안방으로 발걸음을 옮긴다.

"무슨 일 있는 거예요, 아빠?"

"차차 알게 될 거다. 그러니 신경 쓰지 말아라."

어째서? 무슨 일인 거지? 나는 내 방으로 향했다.

띠리리링~ 띠리리링~

때마침 핸드폰이 요란스레 울린다.

"예."

[흑! 지원아.]

"누구야? 은혜? 그치, 너 은혜지? 은혜야??"

[흑! 흐윽… 어떡해, 지원아. 나 어쩜 좋니? 이젠… 다 끝났어. 뚜―]

뭐지? 대체 무슨 일인 거지? 새벽 3시쯤 밖에서 요란스레 들리는 래원이의 목소리. 술이 많이 취한 듯싶다.

"뚱뚱뚱! 이 세계를 구하는 정의의 뚱! 뚱이 없으면~ 세상은~ 누가 지키나요~ 강래원! 뚱을 지키는 정의의 래원! 래원 없으면~ 뚱은 누가 지키나요~!!"

나는 서둘러 1층으로 내려갔다. 대문을 열어보니 래원이가 비틀비틀 걸어오고 있었다.

"강래원!!"

"어? 아하, 뚜웅! >ㅁ< 나 걱정돼서 마중 나왔구나! 아아아아앙!!"

마구마구 달려오는 래원이. 그러더니 내 어깨에 폭 하고 기대 버린다.

"누나, 누나 내 누나 맞지? 그치? 이 싸나이 강래원 누나! 똥 강지원 맞지!!"

크게 소리치는 래원이.

"그럼 니 누나지. 너 무슨 일 있었어?"

"아니이, 아무 일도오~"

"학교에서 사고쳤어?"

"내가 사고뭉치인가아, 맨날 사고 치게? 에이, 날 그렇게 봤어? >ㅁ< 아니야~ 아무 일도 없어~"

털썩!

그대로 차가운 대문턱에 주저앉아 버리는 래원이. 그러더니 눈물을 한 방울 두 방울 뚝뚝 흘린다.

"왜 그래? 래원아!!"

"흑! 흐윽… 누나, 나 너무 아프다. 흑! 누나 나 여기가… 하!"

래원이가 자신의 오른손으로 왼 가슴을 사정없이 두들기며 말한다.

"왜 그래, 래원아. 응?? 얼른 누나랑 올라가자. 응? 올라가자."

"응. 그래. 올라가."

나는 래원이를 낑낑 부축해서 래원이의 침대까지 무사히 옮겼다. 살며시 래원이에게 이불을 덮어주고 나오는데 밖에 서 계시는 아빠.

"래원이 놈 들어왔냐?"

"예, 방금요. 잠들었어요. 내일 너무 혼내진 마세요. 무슨 일이 있었나 본데."

"그래, 너도 들어가 자라."

나는 재빨리 방으로 들어왔다. 으으, 래원이 죽겠다.

담날 아침.

"으음······."

일어날 시간이 지났는데 래원이가 윽박지르지 않는다. 난 거실로 내려갔다.

"엄마, 래원인??"

"잔다."

"학교 가야지!"

"놔둬, 그냥 오늘은 너 혼자 가."

정말 정학이라도 먹은 건가? 아침부터 뻐끔뻐끔 담배 연기를 내뿜는 아빠. 도대체 답답해 미칠 노릇이다.

page 39 아주 가끔 난 꿈을 꾼다.

아침 식사를 하는데도 래원이는 일어날 기미를 보이지 않았다. 가방을 메고 래원이 방문을 열었다. 이불 속에서 꿈틀거리는 래원이.

"흐윽! 흑!"

래원이의 가는 신음 소리와 함께 흐느끼는 소리가 이불 밖으로 흘러나왔다. 래원이가 뒤척일 때마다 삐그덕거리는 침대. 밤새 들려온 소리는 래원이의 침대 소리였다.

"래원아, 오늘 학교 안 가?"

"미안, 누나. 오늘은 먼저 가."

"응."

혼자 학교에 가기위해 엄마께 인사를 하고 나왔다. 내 인사에 대답을 하는 엄마의 목소리도 그다지 유쾌하지 않으셨다. 하긴 어제 그렇게 울었는데……. 하아, 오늘 하늘 참 맑네.

세현고. 1교시 수업에 다다를 지경에도 은혜는 오지 않았다. 래원이랑 은혜, 둘 사이에 무슨 일이 있는 게 분명하다. 학교가 종 칠 때까지 은혜는 결국 머리칼 한 올도 보이지 않았다.
"은지야, 은혜네 가보자."
"응, 그러자. 은혜 몸이 아픈 건가? 은혜 성격에 지각할 리는 없구. 왜 그럴까, 지원아? 아! 저거 타구 가면 돼!"
버스에 올랐다.

오피스텔 508호.
띵동~ 띵동~
아무 기척이 없다.
쾅쾅쾅!
"은혜야!! 나야, 지원이!! 은지도 왔어! 문 열어봐! 은혜야!!"
아무 움직임도 없다.
"혹시 은혜 학생 찾으러 오셨나요??"
반대 편 집 앞에 시장 바구니를 들고 계신 아주머니께서 물으셨다.
"예? 아, 예. 은혜 친구예요. 혹시 은혜 어디 갔나요?"
"아, 그 집 비워진 지 오래예요. 은혜 학생도 본 지 오래됐는데."

"예??"

"한 달 전쯤인가?"

나는 빠르게 핸드폰을 열어 은혜의 번호를 눌렀다.

[고객 전화기가 꺼져 있으니⋯⋯.]

"그럼 그동안⋯⋯."

"뭐야? 지 혼자 멀쩡한 척 다 하고."

엔젤로스.

"그래서 결국은 못 찾았어?"

"그런 셈이지. -_-a"

"너네 친구 맞냐? 한 달 전부터 이사 간 것두 모르구."

"은혜가 말하지 않으니까."

"됐어. -_-"

재규가 벌떡 일어나 무대로 걸어간다. 휴, 도대체 어디서 뭘 하는 거지? 무슨 사고라도 당한 게 아닌가?

"아아! 마이크 테스트!! 야야, 얼른 나와. 오랜만에 돈 벌어보자고."

재규가 마이크를 손가락으로 두드린다. 재영이 오빠가 간판 스위치를 올리고, 모두 무대 위에 자리를 잡았다. 달라진 건 아무것도 없다. 다만 훌쩍 떠나 버린 상원이와 소식조차 알 수 없는 우주의 자리가 어쩐지 어색하고 엉성할 뿐이다.

짤랑~

힘찬 문소리와 함께 밀물처럼 밀려 들어오는 사람들. 북적북적하다.

"아아! 자, 오늘의 스타팅 곡은 떠나 버린 상원이가 마지막으로 작사,

작곡한 곡."

재규가 싱긋 웃자 다 뒤집어진다. -_-; 제, 제길, 웃지 마. ㅠ_ㅠ 재규야, 웃지 말어. 아무래도 나… 이상해져 버린 걸까?

둥둥— 탁! 둥둥— 탁!

엷게 깔리는 드럼 소리와 아주 조심스레 들려오는 재규 목소리. 곧 이어 흘러나오는 베이스. 와우! 멋진걸~ 역시 유명한 밴드는 다르구나.

내게 단 한 가지 소망이 있다면 그대 내게 와주길 바라는 것뿐.
그럴 수만 있다면, 그대 돌아온다면, 세상을 그대와 바꿀 수만 있다면
나 세상을 버려도 아무것도 아닌걸.
죽음과 시련은 그대가 내게 없는 것보다 힘들지 않아. 알고는 있는지.
지금 내 눈앞에서 웃고 있는 그댄 아직도 사랑스러워.
왜 그대 눈은 날 향해 있지 않은지. 내 눈은 그대만 보이는데.

재규의 멋들어진 목소리. 아아, 언제 들어도 좋아! 나를 힐끔 쳐다보는 재규. 그런 모습에서 상원이의 애처로운 눈빛이 느껴짐을 나는 감지할 수 있었다.

지원이네.

"지원아, 식용유가 떨어졌다. 좀 사다줄래?"

엄마의 힘없는 목소리와 팔랑팔랑 내 손에 쥐어지는 오천 원짜리. 나는 점퍼를 걸치고 슬리퍼를 질질 끌며 집을 나섰다.

"으흐으흐~ 추워라. ㅠ_ㅠ"

드륵!

"아줌마, 식용유 어딨어요?!"

"죠기 있구먼. -,.-"

나는 식용유를 냅름 집어 오천 원을 건넸다.

짤랑짤랑~

거스름돈이다. +_+ 꺅꺅!! 나는 기쁜 마음으로 거스름돈을 주머니에 품고 식용유를 흔들흔들거리며 집으로 향했다. 집 앞에 있는 놀이터에 다다랐을 때, 그네 소리가 온 동네에 퍼졌다.

끼익— 끼익—

"-_- 이 야밤에 누가 그네를. 젠장, 시끄럽기도 하여라."

나는 씨부렁대며 집으로 발걸음을 옮겼다.

"은혜야—!!"

울부짖음. 래원이었다. 내 동생. 나는 다급한 마음에 놀이터로 뛰어갔다. 역시나 그네에 앉아서 흔들거리며 소주를 병나발부는 래원이가 눈에 잡혔다.

"래원아! 뭐 하는 거야!"

"ㅋㅋ 아, 씨발. 이래서 사랑 같은 거 안 하려고 한 건데. 미친… 짝사랑으로 끝내려고 했는데. 병신… 거기까진 왜 갔냐? 강래원, 엄청 추해."

래원이가 계속 눈물을 흘렸다.

"너, 이거… 다 니가 마신 거야?"

아무 말 없이 고개를 끄덕이는 래원이.

"춥지도 않아? 얼른 들어와!"

"하하. 은혜 어땠어, 오늘?"

"학교 안 왔어. 무슨 일 있는 거 맞지? 그치? 맞지!! 은혜네 집에 가니까 이사 갔대. 은지랑 난 그런 얘기 듣지도 못했어."

"뭐?"

"너 몰랐어? 은혜 이사한 지 한 달이나 됐다던데 . 그동안 어디서 지낸 건지."

"은혜 지금 어딨는 거야?"

"모르지, 내가 어떻게 아냐? 애인인 너도 모르는데."

"애인? 킥! 아직도 그런 건가?"

래원이가 낄낄댄다. 그러더니 들고 있던 소주병을 미끄럼틀에 던져 버린다.

쨍그랑!

소주병이 깨져서 미끄럼틀을 타고 쭉 내려온다.

"하하. 씨발, 애인이래. 미친……."

래원이가 주머니에 손을 쑤셔 넣고 놀이터를 나가 버린다.

"강래원!!"

헐레벌떡 집으로 쫓아온 나.

끼익— 철컹!

"래원아!!"

엄마가 다급히 래원이를 불렀지만 래원이는 힐끔 바라보고 다시 눈길을 돌려 방으로 올라가 버린다.

page 40 그래서 슬픈 건 언제나 사랑하는 쪽인가 봐요.

"야! 강래원!!"

나는 식용유를 냅다 던져 버리고 래원이를 따라 올라갔다.

"너 도대체 왜 그래? 왜 그러는 거야! 무슨 일인지 말해! 답답하게 다들 왜 그러는 거야?!"

내가 답답한 듯 소리치자 래원이가 뒤돌아보곤 내 쪽으로 걸어와 어깨에 양손을 올려놓는다.

"어디 가서 기죽지 마. 어디 가서 꿀리지 말고, 또 질질 짜지도 말고. 괜히 쫄아서 쪼다같이 굴지도 마, 알았지? 그리고 누가 괴롭히면 강래원 누나라고 말해."

래원이가 진지한 눈빛으로 나를 쳐다본다.

"그리고 승관이가 도와줄 거니까 걱정 마. 승관이가 앞으로 나 대신 누나 지켜줄 거야. ^-^*"

승관이라 함은… 래원이 친군데. 누가 누굴 지켜준다고?

"나 좀 잘게. 힘들어."

방으로 힘없이 들어가 버리는 래원이.

쨍그랑!!

"ㅇ_ㅇ!!"

래원이 방문을 열었다. 액자를 깨버린 래원이의 손. 래원이 발등에서 피가 흐르고 있었고 주위에 유리 파편들이 널브러져 있었다. 그 파편들은 이내 래원이를 감싸고, 래원이 곁으로 다가갈 수 없게 만들어 버렸다. 그리고 훌쩍이는 래원이.

"이젠 다 추억인 거야."

래원이의 한마디. 나는 조용히 문을 닫았다. 아무래도 은혜랑 무슨 일이 있긴 단단히 있는 듯 마침 울리는 벨소리.

"여보세요?"

[……]

아무 말도 않는 전화. 항상 요맘때쯤 전화가 걸려온다.

"누구세요? -_-^"

[지.]

지? O_O?

[후…….]

전화기에서 들려오는 긴 한숨 소리. 익숙한 숨소리. 낯익은 음성.

"우주야!!"

[…….]

"우주 맞지!! 우주야!! 우주지? 그치!"

[엉. ^O^ 나야. 잘 지냈어?]

"이젠 괜찮은 거야? O_O"

[나야 처음부터 괜찮았지. 그냥 학교 가기 싫어 버틴 거야. >ㅁ<]

"우주 본 지 오래됐네."

[오지 마. 그냥 병원 오지 마.]

"왜? 무슨 일 있는 거야?"

[아니야. 그냥 오지 마. 나 괜찮아. ㅋㅋ 죽을병 걸린 것두 아니고 우리 병원에 이름 모를 바이러스가 퍼졌거든. >ㅁ< 꺄악! 전염되니까 오지 마!]

"ㅠㅁㅠ 그럼 얼른 퇴원해! 바부야, 보고 싶잖아~"
"^^ 응. 지원이 보러 빨리 퇴원해야지~"

우주랑 30여 분간 통화를 했다. 요즘 우주를 안 본 지 정말 오래됐다. ㅠ_ㅠ 우주의 힘찬 미소가 필요해. 흑! 내가 우주의 병원에 가지 못한 이유가 있다.

"재규야, 오늘은 우주 병원에 가자~ 우주 간호해 줄 사람 없잖아. 응??"
"가지 마."
"왜에~~"
"그냥 가지 마!! 너 가기만 해라. -_-^ 앙??"
"왜에! 우주 보고 싶은데."
"아씨! 그 새끼 금방 날 거야!"
"ㅠ_ㅠ 응."

언제나 똑같다. 이유도 말해 주지 않고 무조건 우주 병원 출입을 막는 재규. 아아, 오늘은 우주랑 통화도 했으니 내일은 꼭 가보자!

담날 아침.
"끄아아! 래원이 오늘도 안 인났나?? -_-a"

오늘도 래원이는 고래고래 소리 지르며 날 깨우러 오지 않았다. -_- 나는 머리를 긁적이며 래원이 방문을 열었다. 방바닥에 나뒹구는 유리 파편들 사이에 쪼그려 잠이 든 래원이. 래원이 발과 손에 유리 파편이 박혀 있음을 햇빛이 말해 주었다. 저러다 움직이기라도 하면 다칠 텐데……. 나는 래원이를 침대로 옮기고 서둘러 유리 조각들을 쓸어냈다. 흠집이 나버린 은혜의 웃고 있는 사진. 그리고 반쪽으로 두 동강 나버린 래원이의 모습.

투둑!

내 손등 위로 떨어진 래원이의 따스한 눈물.

"래원아, 너 안 자니?"

래원이는 눈을 감은 채 그대로 힘없이 고개를 끄덕인다.

"이제 보니 내 동생 잘생겼는데?? 못난 얼굴로 변하게 왜 자꾸 울어."

나는 래원이의 머리를 쓸어 넘기며 말했다. 슬쩍 미소 지으며 입을 여는 래원이.

"바보. 이제야 알았어? 당신 동생 세명고 베스트 킹카야."

"그래그래, 우리 래원인 여자들 많이 울리겠다. 은혜는 참 좋겠네."

주륵—

은혜라는 말이 나오자 눈물 한줄기가 래원이의 뺨을 타고 흘러내렸다. 거 봐, 무슨 일 있는 거 맞아. 분명해.

"누나, 미안한데 오늘도 먼저 가."

"응, 그래. 발에 약 발라야지."

발등에 피가 고여 굳어버렸다. 어제 액자가 깨진 탓이다.

"아냐, 누나. 그냥 나가. 내가 바를게."

"1층 TV 서랍장에 있다."

"응."

불쌍한 내 동생. 나는 서둘러 집을 나섰다.

"^-^ 안녕하세요?"

대문 앞에서 입김을 호호 불며 웃으며 나를 반기는 래원이 친구 승관이.

"승관아, 래원이 방에 있어. 들어가 봐."

"아! 아니에요. 래원이한테 누나 지켜주라고 부탁받았어요. ^o^"

씨익 웃으며 V 자를 그리는 승관이.

"래원아아!! ^0^!!"

래원이 방 창으로 손을 붕붕 흔드는 승관이. 래원이가 창문에서 살짝 미소 지으며 손짓한다. 내 손을 덥석 잡는 승관이.

"누나! 얼른 가요!!"

"o_oa 어어? 응!!"

승관이는 래원이의 친구다. 승관이와 나는 버스에 올랐다.

"래원이 많이 힘들어하죠?"

내게 조심스레 묻는 승관이.

"응? 응. 왜 그러는진 나도 잘 모르지만. 혹시 너 아는 거 있어? o_o"

"예?? 래원이가 말 안 했어요?? o_o"

"o_oa 전혀."

"말해도 되나?"

승관이는 난처한 듯 입술을 매만진다.

"말해 봐! 응??"

나는 승관이의 어깨를 잡고 마구잡이로 흔들었다. -_-;

세현고.

드르륵—

"민은혜—!!"

"나 학교 왔어. 이쁘지?"

은혜가 있다. 은혜가… 은혜가… 나는 달려가 은혜를 와락 안았다.

"왜 그래? 징그러워. 내가 그렇게 좋니?"

"도대체가 너 무슨 생각인 거야?"

"뭐가?"

"너 도대체 무슨 생각으로 헤어진 건데!!"

"이제 알았냐? 으유~ 이 바보야, 좀 일찍 알아야지! 그래야 내가 위로 좀 받지. -_-^ 흥!"

"너 집은 또 어쨌어? 오피스텔 한 달 전에 비웠다며! 엄마가 그러래? 엄마, 아빠. 재혼하신대?"

"재혼은 무슨. 지금 어디서 사는지도 몰라~"

"그때 만났다며?"

"엉, 만났지. 그날로 아빠 호적에서 엄마 이름, 내 이름 다 파버렸어. ㅋㅋ 엄마도, 나도, 아빠도 이제 자기 갈 길 가기로 한 거지."

"래원인? 래원인 그거랑 무슨 상관인데!"

"다 뻔한 거잖아. 비극이 될 바엔 차라리 애초에 시작 안 하는 게 나아."

"야!!"

"-0- 아우씨! 왜 소릴 질러! 나 귀 안 먹었어! 뭔 기집애가 목소리가 이렇게 커! 기차 화통을 삶아 잡쉈나!"

하하! 은혜야, 그렇게 쉬운 게 아니잖아. 벌써 래원인… 시작해 버렸는 걸. 내 동생 래원인……

"일주일 전에 래원이랑 사귀던 누나 아시죠? 은혜 누나라구, 누나 친구라면서요? 그 누나가 래원이한테 헤어지자고 했나 봐요. 그날 이후로 래원이는 학교도 다 뒤집어엎구요, 학교도 잘 안 나왔어요. 아직도 그렇게 빌빌댈 줄은 몰랐죠. 많이 힘들어했어요, 래원이. 학교 끝나면 울면서 술을 달고 살았어요. 바보 같은 자식… 적어도 래원이한테는 첫사랑이었으니까요. 그 자식 인기는 많아도 누굴 꼬집어 좋아하거나 하진 않았거든요."

승관이에게 전해 들은 은혜와 래원이의 이별. 어째서 또 하나가 터져 버린 걸까?

page 41 곁에 두고도, 언제나 저 먼 곳을 헤매죠.

점심 시간.
"지원아, 은혜 어딨는 줄 알아? O_O 선도부 다 모이라는데."
"엉? -,.- 없네? 아까 점심 생각 없다고 그래서 모르겠는데."
"그래? 그럼 내가 찾아볼게. ^^"
우리 반 순댕이 반장 진순이가 은혜를 찾으러 나섰다. -0- 아휴, 이 기집애는 어딨는 거야? =_=^ 휴휴휴~ 혼자서 또 얼마나 힘들어했는지. 나도 진순이가 나가자마자 바로 은혜를 찾으러 나섰다. 음악실을 지나가는데 작은 흐느낌이 새어 나온다.
"민은혜!!"
드르륵—!!

"흑! 흐읍. 흑! 흑!"

은혜 곁으로 다가갔을 때, 은혜는 래원이와 같이 찍은, 내가 오늘 아침에 쓸어버린 똑같은 사진 위로 눈물을 흘리고 있다. 두 손으로 입을 꽉 틀어막고 쪼그려 앉아 있는 게 영락없는 물에 빠진 생쥐 꼴이다. 나는 아무 말 없이 은혜의 머리를 쓰다듬었다.

"흑! 흐윽. 지원아, 나 어떡하면 좋아. 래원이 없이 못사는데, 래원이 없는 거 상상도 못했는데……."

"바보야, 그러면서 왜 헤어지자고 해. 왜 그런 바보 같은 소릴 했어."

"흐윽! 래원이가 더 힘들어했어. 엄마, 아빠 이혼하고, 나 힘들어할 때 래원이 바보 자식이 더 슬퍼했단 말야. 이렇게 가다간 래원이 슬프게만 할 거야. 그럴 거 내가 알아서… 래원이를 내가 잘 알아서… 그래서 그랬어."

서럽게 엉엉 우는 은혜. 나는 아무 말도 못해주고 그저 은혜를 토닥여주었다. 정말 이럴 땐 아픈 사랑, 슬픈 사랑 싫다. 하아.

"래원아—!!"

혼자서 서러운 가슴앓이를 하다가 끙끙 앓던 응어리를 다 풀어내는 은혜.

"은혜야, 래원이 사랑해?"

세차게 머리를 위아래로 흔드는 은혜.

"그럼 지금 당장 되돌려."

은혜는 고개를 가로젓는다.

"내 동생 래원이 아파하는 거, 나 그런 거 싫어."

"어떻게 할 수 없을까? 응? 지원아, 응?"

내게 매달리는 은혜. 은혜는 내 눈시울마저 붉게 물들였다.

page 42 언제나 내 앞에만은……

"이 가스나들이 미칫나!! -0-!! 여가 놀이터가? 핵교다, 핵교!! 니네 공부시키는 핵교!! 두 시간이나 빠지믄 공부는 언제 할 낀데? 앙??"
지금은 호되게 혼나는 중. 아예 3교시까지 들어오지 말걸. -_-;
학교가 끝났다.
"너! 넌 나 안 보고 싶었냐?! -0-"
지현이가 은혜의 책상 앞에 와서 윽박지른다.
"아씨, 귀 따가워! -0-"
"그, 그, 그니까 걱정되게 학교 빠지지 말란 말야!!"
하더니 문짝이 부서질 듯 문을 열고 나가 버린다. 유별난 지현이의 사랑 표현법. 가방을 슥슥 챙기는 은혜.
"나 먼저 간다. 조심해서 들어가라!"
또 어딘가에서 혼자서 끙끙대며 울겠지? 은지와 손을 잡고, 학교를 빠져나오는 길.
"은지야! 우리 우주 병원 갈래?"
은지가 갑자기 난처한 얼굴 표정을 짓는다.
"왜? o_o 약속있어??"
"아, 아니, 그런 건 아니지만 그냥… 가지 말자. ^-^"
"왜? 벌써 안 본 지두 몇 주가 지났어. ㅠoㅠ"

"재규가 가지 말라고 했잖아."
"아아앙~ 그래도~"
"나중에 가자. ^-^ 강우랑, 애들이랑."
"ㅠ_ㅠ"
나는 은지 손에 끌려가듯 엔젤로스로 향했다.

엔젤로스.
짤랑~
"은지야! >ㅁ<"
반갑게 은지를 껴안는 강우. 저렇게 행복하게 사귈 순 없을까? 재규랑 나는 매일, 언제나 똑같은 표정이야. -_-^
"재규는요? ㅇ_ㅇ"
미니 오락기를 가지고 연실 뿅뿅거리는 재영 오빠에게 재규의 행방을 물었다.
"어? -0-! 제수씨 왔어? 아참, 나 할 말 있어."
"예?? ㅇ_ㅇ"
재영 오빠와 엔젤로스를 나와 다른 카페로 자리를 옮겼다.

파란.
카페가 이쁘다. 낙서로 도배되어 있는 재규네랑은 전혀 다른 분위기의 카페. -_-; 어쩐지 매우 적응 안 된다.
"제수씨, 아니, 지원아. 재규랑 사귀니까 행복해? ㅇ_ㅇ"
턱을 괴고 오렌지 주스에 꽂힌 빨대로 얼음을 빙글빙글 돌리며 내게 말하는 재영 오빠.

"아, 네에. ★^-^★"

나는 수줍게 대답한 말을 해버렸다.

"^-^ 다행이네. 아, 저 근데 말야… 그게……."

갑자기 재영 오빠가 눈을 다른 곳으로 피하기 시작한다. 그러고는 자신의 손으로 얼굴을 마구마구 비비기 시작했다. 꼭 할 말이 있는데 곤란해하는 듯.

"이런 말을 하는 거 제대로 된 건지 모르겠는데… 후……."

                *   *   *

엔젤로스.

대기실에서 나오는 재규.

"어? 야, 강지원은 어디로 내뺐어!"

재규가 은지를 보며 말한다.

"어? 같이 왔는데?"

드럼 스틱으로 테이블을 톡톡 치면서 은혁이가 말한다.

"아까 재영이 형이 데리고 나가는 것 같던데."

"뭐? 이 자식 이젠 동생 여자한테까지 손대냐!! -0-"

"야야, 그런 건 아니라고 본다."

은혁이가 한심하다는 듯이 드럼 스틱을 재규에게 내던지고 대기실로 들어가 버린다.

"아~ 진짜! 은재영!!"

"저기 재규야."

"왜?"

"지원이 언제까지 우주 병원 안 보낼 거야?"

"그건 왜?"

"지원이… 우주 보고 싶어하는 것 같은데. 언제까지 숨긴다고 될 일도 아니구."

"맞아. 내 생각두 그렇다."

강우가 은지에게 어깨동무를 하며 말한다.

"후… 우주가 부탁한 거야. 어쩔 수 없어."

빨래랠랭~ 빨래랠랭~

다급하게 울리는 카페 전화기.

"예."

강우가 수화기를 들었다.

"신우주 군 보호자 분인가요??"

"예? 아, 예!"

"갑자기 또 발작이 심하게 일어나서 예정보다 빨리 수술을 진행해야 할 것 같아요! 어서 병원으로 와주세요!!"

간호원의 다급한 목소리.

탕!!

수화기를 집어 던진 강우.

"왜 그래??"

"우, 우주, 우주, 수술 빨리 진행해야 된대, 지금 발작 일으켰다나 봐."

강우의 떨리는 목소리. 재규가 대기실로 빠르게 들어가 버렸다. 이어폰을 귀에 꽂고 흥얼대는 은혁이.

"우주 병원 가야 돼."

"뭐?"

"발작 일어났나 봐. 수술 빨리 진행해야 한대."

은혁이가 mp3를 집어 던지고 점퍼를 휙 둘렀다.

"너네 먼저 가라. 난 카페 셔터 내리고 은지랑 뒤쫓아갈게."

"어떡해, 강우야."

은지가 눈물을 글썽인다.

"빨리 와라. 그리고 강지원은 부르지 마라. 이은지, 너 말하지 마."

재규는 말을 마치고 은혁이와 다급한 마음으로 병원으로 향했다.

page 43 원인을 찾아봐. 그곳엔 니가 서 있을 테니.

가끔 눈물이 앞을 가릴 땐 하늘을 쳐다봐. 그럼 눈물이 다시 흘러 들어갈 테니. 가끔 슬픔이 앞을 가릴 땐 TV를 켜봐. 그럼 재밌는 것들이 아주 많을 테니.

　　　　　*　　　*　　　*

우주 병실.

"으아악—!! 허억! 아악!!"

은혁이와 재규가 우주 병실 앞에 다다랐을 때, 우주는 뼛속까지 사무치는 고통을 토해내고 있었다.

딸칵딸칵!!

재규가 문고리를 잡았을 때, 이미 문은 굳게 잠겨 있었고 병실 안에선 급박한 상황을 연출하듯 간호원들과 의사들의 다급한 목소리가 들려온다.

쾅쾅쾅!!

"문 열어!! 우주야!! 신우주! 야! 나 왔어!! 재규 왔다고—!!"

재규의 눈에선 눈물이 흘러내리고 손이 퉁퉁 붓도록 문을 두드리고 또 두드렸다.

"흐읍, 우주야!! 신우주!! 나 왔다고 병신아. 병신 자식아, 일어나."

털썩!

그대로 병실 앞에 주저앉아 버린 재규.

"재규야, 좀 진정해. 응??"

은혁이가 재규를 감싼다.

"우주 죽으면 다 내 탓이야. 다 내가, 내가 지원이 뺏어서 이런 거잖아. 다 내가 죽일 놈이야."

"아니야, 아냐. 재규야, 그런 거 아냐. 괜찮아. 지원이가 행복해하면 재규 너든, 누구든, 우주도 행복해할 거야. 그러니까 이제 그만 해, 응? 일어나."

*　　　　*　　　　*

파란.

"아, 그래요."

갑자기 눈물이 흘렀다. 이럴 이유가 없는데, 내겐 울 필요도 없는데.

"괜찮을 거야. 지원아, 재규 믿어줘. 지원아, 아무리 내 동생이라지만 재규… 남자가 봐도 멋진 녀석이야. 한번 믿어봐."

"예."

재영이 오빠와 파란을 나왔다.

비틀!

"어우!! 정말 괜찮겠어?"

"아, 네. 괜찮아요. ^-^"

"미안. 괜한 소릴 한 것 같네."

"아니에요. ^^"

"아, 나 이 근처에서 약속이 있어. 먼저 갈래?"

"예, 그럼 안녕히 가세요."

재영 오빠와 헤어진 뒤 나는 비틀거리는 몸을 힘겹게 지탱하며 번쩍번쩍한 간판으로 가득 찬 번화가를 걸었다. 더 이상 지탱할 힘이 없었다. 내 가슴이 많이 두렵고 불안하다. 갑자기 눈앞이… 아, 희미해진다.

"어? 누나! o_o"

"아, 승관아. ^-^"

스륵─

"누나!!"

아, 시원해.

"누나, 괜찮으세요??"

힘겹게 눈을 떠보니 승관이가 물수건에서 물을 쭉쭉 짜내며 안절부절 못하는 표정으로 날 바라보고 있었다.

"어, 승관아. -_-"

"누나, 어디 아프세요?? 갑자기 길거리에서 쓰러지셨어요."

"아, 많이 무거웠겠구나. -ㅁ-"

"아니요. ^-^* 되게 가볍던데요??"

"그, 그래? -_-; 후우……."

나는 힘겹게 머리를 한번 쓸어 올렸다.

"누나."

"엉? -0-"

"아니에요. ^^"

나는 몸을 반쯤 세워 일으켰다. 이런, 어지럽구나.

"누워 계세요."

눈이 정말 큰 승관이. >_< 오래전부터 생각해 온 거지만 승관이 피부가 부럽다아. 아, 승관이는 래원이 다음인 넘버 투지? 맞아, 래원이가 전에 그랬지. -_-a

"저기, 승관아. 나 아무래도 집에 가야 할 것 같다."

"지금 밤 11시예요. 혼자 가실 수 있어요??"

"뭐어? 젠장, 난 죽었어!!"

"괜찮아요. 제가 집에 전화 드렸어요."

"그런데 데리러 오지도 않다니. 쳇, 너무하는 거 아냐?? ㅠ_ㅠ"

"^-^ 제가 데려다 드릴게요."

밝게 웃는 승관이. 아흑! 고맙구나, 승관아. 차고에서 파란색과 하얀색이 어우러진 오토바이를 꺼내오는 승관이. 저 오토바이… 그때 래원이가 학교에 끌고 온 오토바이와 많이 유사하다. 승관이네 집도 넓네! 집 밖으로 오토바이를 끌고 나가는 승관이. 그러더니 내게 손짓한다.

"누나, 타세요!!"

"어엉."

나는 오토바이에 폴짝 올라탔다. 그때 우주 오토바이 타고 약간 고생했는데…… 괜찮겠지?

"누나, 가요!! 꽉 잡으세요!!"

πOπ 우어우어. 바람이 눈앞을 가린다. 눈물콧물이 주륵주륵. 머리 칼이 휘날린다. 으윽! 스타일 다 구겼군(네게 애초부터 그 따위 것은 없었어! -0-).

끼이익!!

30여 분 동안 달려서 도착한 우리 집.

"허억! 우리 집이 춤을 춘다아!! 꿈틀꿈틀~"

"누나누나! 괜찮으세요??"

"우, 우웩!"

나는 잘생긴 승관이 앞에서 실수를 저질러 버렸다. 전봇대를 붙잡고 씨름중이다. -π 엉엉! 이게 무슨 개망신이람?

철커덩!

"헉, 누나!! -0-"

래원이가 반갑게(?) 나를 맞이한다.

"^-^; 오토바이 타고 왔는데 멀미하시나 봐."

승관이가 멋쩍다는 듯 머리를 긁적이며 식은땀을 삐질 흘린다.

"아, 고맙다. -0-"

나는 래원이 손에 넘겨졌다.

"우웁!!"

"뚱—!!"
래원이의 고함 소리에 나는 맨바닥에 내동댕이쳐졌고,
"누나!!"
승관이의 재빠른 스피드로 나는 무사히 아스팔트와 뽀뽀를 면했다.
"어서 누나 데리고 올라가. 나 간다!"
승관이가 오토바이 위에 올라타고 손을 휘저으며 저 멀리 사라져 간다. 우, 멋진 놈이군. 아아, 미남아, 안녀엉~ 에헤헤. 그래도 우리 재규보단 못났다.
"얼른 올라가자, 뚱! 진짜 쪽팔리게!! 증말!!"
래원이가 나를 들쳐 업고 집으로 들어섰다.
"으음… 우주야."

수술실.
"하아… 하아."
자신의 얼굴만한 산소 호흡기에 목숨을 지탱하는 우주. 재빠르게 움직이는 의사들의 손놀림. 수술 도구들이 우주 위에서 왔다 갔다 한다. 한편 수술실 밖에선 재규가 쉴 새 없이 눈물을 닦아낸다.
"내가 다 그 녀석한테 뺏어버렸어. 민경이도, 지원이도… 하하, 다 내가 뺏어버렸어."
계속 같은 말만 되풀이하며 간절히 기도하고 있는 재규의 마주 잡은 두 손. 은혁이는 허공을 바라보며 쓴 담배만 태운다. 강우와 은지는 부둥켜안고 슬픔을 삭힌다.
……

부디, 하늘에서 내려온 천사에게 자비를 베풀어 조금만 더 이 세계에서 웃을 수 있도록. 하늘이여, 당신께서 내려 보낸 천사를 새하얀 날개를 숨겨 버린 천사가 사랑하는 그녀를 위해서라도 조금만 더 웃을 시간과 기회를 주시길. 두 손 모아 기도하는 그들은 간절히 원할 뿐이다.

page 44 뭘 바라고 있는 거니……?

3시간의 수술이 끝나고 의사가 마스크를 벗으며 당차게 수술실 문을 열었다. 벌떡 일어나 의사에게 달려가는 재규.

"우리 우주!! 우주 어때요?"

"1차 수술은 다행히도 잘 넘어가 준 듯합니다."

밝게 웃는 의사.

"1차라니? 그럼 2차도 있는 거야?"

모두들 멍한 표정으로 의사를 바라보고 재규가 의사를 향해 물었다.

"도대체 무슨 소리예요? 1차라니?"

"금방 해결될 일이라면 우주 군도 저렇게 힘들어하진 않을 겁니다. 회복실로 옮기면 이제 곧 깨어날 겁니다."

"하아."

깊은 한숨을 내쉬는 재규.

터벅터벅—

병동 끝으로 사라져 버리는 의사. 그리고 줄줄이 나오는 의사와 간호사. 덜커덕대며 침대에 실려 나오는 우주의 새하얀 얼굴. 아직도 눈을 감고 있다.

"마취가 덜 풀렸어요. 조금만 더 기다리세요."

병실로 옮겨진 우주. 우주의 얼굴에 선명히 찍혀 있는 눈물 자국. 그리고 마구잡이로 흔들어댔는지 머리가 많이 헝클어져 있다.

"절대 안정이 필요해요."

간호원이 짤막한 말을 남긴 뒤 차트를 뒤적이며 병실을 나간다. 순간 무거운 침묵이 병실 안을 맴돌고 우주의 숨소리만이 가늘게 섞인다.

"야, 너흰 가봐라."

은혁이가 강우와 은지를 보며 말한다.

"어떻게 그러냐? 아무리 그래도 우주 눈뜨는 거라도 보고 가야지."

"아냐, 그냥 가라. 벌써 12시 지났어. 너 그렇게 아끼는 마누라, 부모님한테 맞아 죽어. -_-"

은혁이가 은지를 가리키며 강우와 은지를 병실 밖으로 밀어내듯 내보낸다.

"괜찮겠냐, 둘이?"

강우가 걱정스레 말하고 은혁이가 강우의 어깨를 툭 치며,

"우주 녀석 쉽게 안 죽는 거 알잖나. 생명력이 강한 동물이야. 죽었을 거면 벌써 죽었지. -_-"

은혁이가 장난스레 말하자 그제야 바싹 긴장했던 맘이 풀리는지 강우가 은지 어깨에 팔을 두르고 엘리베이터에 올랐다. 우주의 차가운 손을 놓을 줄 모르는 재규.

"누가 보면 니들 둘이 사귀는 줄 알겠다. -_-"

은혁이가 재규에게 장난을 걸며 피곤한 듯 의자에 기대앉는다.

"윽."

살며시 힘겹게 눈을 뜨는 우주. 우주의 입에서 작은 신음 소리가 흘러나온다.

"우주야!"

재규가 놀라 소리치고, 은혁이는 당연하다는 듯이 고개를 설레설레 젓는다.

"어우, 뭐야! 너네 또! 왔냐? 아씨, 간호사 새끼는 왜 애들을 부르고 지랄이래냐?"

우주의 장난 섞인 목소리.

"이놈아, 얼마나 힘들었냐? 얘기라도 해야지. 전화라도 해야지. 무조건 오지 말라 그럼 다냐? 씨발, 어디서 또 본 건 있어가지고."

갑자기 태도가 변하는 재규.

"멋있잖냐. -0-"

우주가 몸을 일으키려 하자 재규가 벌러덩 뒤로 눕혀 버린다. -_-

"왜 그래!"

"또 꼬꾸라져서 수술실 앞에서 죽치고 있게 하지 마. 징그러워."

"키킥, 걱정됐어? 그랬어요? 아이구~ 착하네~"

"장난하는 거 아냐!"

"야야야, 니들 둘 연애질 그만 해!"

은혁이가 재규와 우주에게 소리치자 은혁이를 죽을 듯이 노려보는 재규와 우주.

   *   *   *

다음날 아침.

끼익—

지원이의 방문이 조심스레 열리고,

"누나야, 죽 먹을래??"

래원이가 쟁반에 김이 모락모락나는 죽을 가지고 들어온다. 내 머리에선 열이 들끓는다. 아, 어지럽다.

"아냐, 안 먹을래. 생각없어."

나는 이불을 푹 뒤집어쓴 채 머리를 도리도리 흔들었다.

"아, 도대체 뭐 하자는 짓이야! 아픈 사람이 암것두 안 먹으면 살아나냐? 살아나? 학교 가기 싫어서 그러지!"

"그런 거 아니야! -_-;"

"아씨, 그럼 제발 좀 먹으라구. ㅠ_ㅠ"

래원이가 이불을 확 젖혀 버리고 나를 일으킨다. 마구마구 뻗쳐 버린 내 머리. -0-

"헛!"

래원이가 흠칫 놀라 한 발 뒤로 물러서 버린다. 흉악스러운 내 몰골. 정말 놀랄 만도 하다. 죽을 떠서 내 입으로 가져오는 래원이.

"이거 니가 한 거야? o_o"

내가 조심스레 묻자 얼굴을 붉히며 말하는 래원이.

"그래, 내가 한 거다!"

"윽!"

"그 표정은 뭐냐아! 엄마, 아빠 없어서 내가 만들어봤어! 떫냐? 은혜한테 배……."

갑자기 죽을 떠서 들고 있던 숟가락을 휙 내팽개치는 래원이.

"됐어! 혼자 먹든지 말든지! 니 맘대로 해!"

끼익— 탕!

바보 새끼. 나는 래원이가 옆에 내려놓고 나간 죽을 들고 퍼먹기 시작했다.

"와우, 맛있다. 에헤헤."

나는 한 숟가락도 남기지 않고 그릇째 들이부었다. -0-;

1시간 후.

끙끙대며 이불과 씨름하고 있을 찰나 래원이가 방문을 빠끔히 열고 내게 말한다.

끼익—

"뚱! 나 애들 만나고 올게."

"야, 너 아직도 학교 안 갔어? 뭐, 애들을 만나?! 학교는 안 가?!"

"아, 몰라."

하더니 나가 버리는 래원이. 정말이지, 대책없는 놈일세. 이내 밖에서 큰 고함 소리가 들린다.

"뚜웅—!!"

하고 래원이의 우렁찬 목소리가 들린다. -0-

"왜!"

"승관이 30분 후에 올 거야! 승관이가 나 대신 간호해 줄 거니까 기다리고 있어라!! 와~ 미남이 간호도 해주고 좋겠네!!"

하더니 자기를 데리러 온 친구 놈의 오토바이에 펄쩍 뛰어올라 부릉부릉 멀리 사라져 가는 래원이. 제길! 이 몰골을 보여줄 순 없잖아!! 나는 헐레벌떡 화장실로 달려가 퉁퉁 부어 있는 내 얼굴과 눈을 어루만지다가 물을 틀었다.

어푸어푸! 어푸어푸어푸!

10분 만에 몸 전체를 깨끗이 씻고 머리도 감았다. -_-v 머리를 감고 나니까 어질거린다. @_@ 나는 온도계를 끼고 청승맞게 거실에 혼자 앉았다.

삐비비빅!!

그제야 울리는 온도계.

38도… 아아, 조금 나아졌군. 나는 카디건을 걸치고 거실로 내려가 TV 앞에 앉아 래원이 방에 쌓여 있던 과자 한 봉지를 슬쩍해서 우물우물 먹기 시작했다. 래원이가 나간 지 정확히 30분이 지났으려나?

띵동~

"누구셔요(다 알면서 묻고 있다)? -,.-"

나의 코맹맹이 소리.

[누나! 승관이요! ^-^]

밝게 들리는 승관이의 목소리.

"오오오냐."

딸칵!

"아, 괜찮으세요? 아프시다면서요!"

얼굴이 빨개진 승관이. 차가운 손으로 내 손을 문지른다. 내 얼굴 여기저기를 뜯어보더니,

"열 많이 내린 것 같네요. 아침에 고열이 나셨다면서요!"

"엉."

"^-^ 뭐 드셨어요??"

"어? 응. 래원이가 끓인 죽 좀 먹었지."

"잠깐만요!"

하더니 밖으로 후닥닥 나가 버린 승관이. 잠시 후 양손에 댑따 큰 봉지를 한 개씩 들고 낑낑거리며 들어온 승관이.

"이게 다 뭐야?"

"맛있는 거 사 왔어요. 래원이한테 물어봐서 사 온 거예요. 다 누나가 좋아하는 거예요. 냉장고에 넣어둘게요!"

하더니 주방으로 들어가 버리는 승관이. 허허허!

툭—!

승관이가 들고 온 봉투 속에서 떨어진 괴이한 젤리. 슈퍼 젤리. 래원이 이 자식! 지가 좋아하는 것만 사 오랬구만!

뺄랠래랠랭~ 뺄랠래랠랭~

수화기에 손을 뻗으려 하자 갑자기 주방에서 튀어나온 승관이. -_-

"누나! 제가 받을게요! 여보세요?"

아이구, 잘생겨서 인사성도 좋지요. >ㅁ< 수화기 저편에서 쩌렁쩌렁 울리는 재규 목소리.

[너 누구냐아!!]

"지원이 누나 동생 래원이의 친구 승관인데요."

[뭐야? 최승관?]

"절 아세요?"

갑자기 표정이 바뀌는 승관이. 저런 표정도 멋지다. -0-

[은재규라고 아냐?!]

"ㅇ_ㅇ 재규 선배!"

[-_- 너, 너! 니가 왜 거기 있냐?]

"래원이 부탁받고 지원이 누나 간호하러 온 건데요?"

어째… 둘이 싸우는 분위기 같아.

[강지원 아프냐?]

"예. 어? 끊겼네? ㅇ_ㅇ"

하더니 다시 룰루룰루하며 주방으로 사라진 승관이. 앗참! 승관이… 앞치마를 두르고 있었던 건가? -0-;

쾅쾅쾅!!

"누구세요!"

하더니 재빠르게 튀어나가는 승관이.

벌컥!!

"야! 강지원! 남편 왔어!!"

갑자기 박력있어진 재규.

"아, 재규 왔구나."

"뭐야! 아프다며!!"

"그래, 나 아파. ㅠㅠ 근데 많이 나아졌어."

찌릿찌릿! 눈을 동그랗게 뜨고 있는 승관이를 매우 매섭게 째려보는 재규.

"뭐야, 니들 둘이 뭐 했어!!"

"뭘 하다니, 승관이가 나 간호해 주러 온 거야. ^-^"

재규의 저런 행동이 도대체 어리벙벙할 뿐이다. 그런데 재규가 갑자기 승관이 앞에서 날 확 끌어안는다.

"재규야, 너 왜 이러니?"

아무 말 없이 그저 승관이만 계속 째려볼 뿐이다.

"근데 형, 학교 안 가셨어요? ㅇ_ㅇ"

"학교에서 온 거야. 마누라 아프니까."

"-ㅇ- 오우, 멋지시군요!"

하더니 룰루룰루하며 또 들어가 버리는 승관이.

"뭐 했냐고, 둘이!"

분한 듯 버럭 소리를 지르는 재규. -ㅠ

"아무것도 안 했단 말야. 아무것도 안 했어!"

갑자기 머리를 좌우로 설레설레 흔들더니 나를 꽈악 안아주는 재규.

"아, 어제 못 잤더니 피곤해. 나 좀 재워줘."

"^ㅇ^ 그래!"

재규가 내 무릎을 베고 누워 잠을 청하려 하자, 또 벼락같이 튀어나오는 승관이.

"형! 뭐 하세요! 지금 환자한테!!"

한 손엔 국자, 한 손에 뒤집개를 들고 나타난 승관이.

"-_- 뭐야?"

"누난 환자예요!"

"알아!"

"지금 그게 환자한테 하실 짓입니까?!"

티격태격하는 둘. 둘은 서로 인정하고 싶지 않을 테지만, 내가 보기엔 많이 닮아 있다. -_-;

page 45 언젠가 네 꿈속의 '그것'을 본 적 있니?

"뭐야! 너 강지원 좋아하냐?!"

갑자기 승관이한테 버럭 소리치는 재규.

"그만 해, 재규야. 승관이 나 간호해 주려고 온 거잖아."

"어쭈? 야야, 이거 말 안 하는 거 봐라? 고새 얼굴 빨개졌네! 야! 니가 문어 새끼냐? 야야야! 말해 봐!"

갑자기 휙 돌아서 주방으로 들어가 버리는 승관이.

"왜 애들 상대로 싸우니? 승관인 래원이 친구란다."

"-O- 아씨, 저 새끼 꼬박꼬박 말대답하는 거 봐! 아우, 짜증나!"

"^-^; 그만 하자, 재규야."

"아우, 씨!"

그리하여 재규와 나는 소파에 덩그러니 앉았다.

"재규야, 너 나 좋아해?"

"뭐?"

놀란 눈으로 나를 쳐다보는 재규. 나도 재규 쪽으로 눈을 돌렸다.

"뭐, 뭐 하는 짓이야? 갑자기 많이 아픈가 보군."

재규가 손으로 내 이마를 짚는다.

"난 그런 거 아냐. 진지하니까 대답해 줘, 응? 나 좋아해??"

얼굴이 뻘겋게 달아오르는 재규. 그러더니 민망한 듯 손으로 입을 가린다.

"어? 좋아해??"

"엉, 좋아."

"얼마만큼?"

"엄청 많이."

재규의 얼굴이 더 빨개진다.

"에이, 나는 우주만큼 좋아하는데."

"뭐!!"

하더니 벌떡 일어서는 재규.

"왜 그래? O_O"

"역시 그런 거였냐? 너 신우주 좋아하지?"

"무, 무슨 소리야?! -0-"

"우주만큼 좋아한다며!"

"-_-;; 우주가 그 우주가 아니라 다른 우주잖아."

갑자기 깨달았다는 표정으로 눈이 커지는 재규. 조용히 자리에 앉아 내 손을 잡는다.

"것보다 더."

"킥! 그럼 됐어."

"뭐가? -_-^"

나를 이상한 X 보듯 훑어보더니 이내 소파에 기대 잠이 든 재규. 나는 그런 재규를 내 무릎에 뉘었다. 이번엔 후라이 팬을 들고, 한쪽엔 핫케이크 가루를 덜렁덜렁 들고 나온 승관이. 승관이가 저런 이미지가 아니었는데. =_=;

"혀엉!!"

나는 손가락으로 쉿! 하는 제스처를 취했고, 승관이는 난처한 듯 다시 주방으로 들어가 버렸다. 허걱! 혹시 승관이 너… 주방을 사랑하니?

그렇게 30분. 나도 같이 잠들었었나 보다. 눈을 뜨니 나는 재규의 품에서 잠들어 있었다. 날 내려다보는 재규.

"하여간 기집애가 머리통만 무거워서. -_-"

"ㅠ- 아, 미안."

"뭐가 미안해. 잘 잤어? ^-^"

"으응."

"야, 아까 그 문어 자식이 뭐 만들어놓고 가던데? 너 일어나면 잘 보살펴 주래."

"승관이 간 거야?"

"어, 아까~ 아까~ 갔어."

"니가 내쫓았지?"

"아냐! 내가 뺑덕 할멈이냐!"

"뺑덕 어멈이겠지."

"그거든! 그거든!!"

"알았어요, 알았어~ 먹을 게 뭐야?"

나는 흐느적흐느적 주방으로 향했다. 벌떡 쫓아오는 재규.

"와아!!"

식탁 위에 이쁘게 차려져 있는 핫케이크와 샐러드. 와우! 재규와 마주 앉은 나. 여기 우리 집 같지 않다. 레스토랑 같아! +_+

"야, 이거 혹시 독 탄 거 아냐? -_-^"

재규가 포크로 핫케이크를 쿡 찌른다.

"하압!"

나는 벌써 덥석 한입 베어 문 뒤였다.

"우물우물우물~ 꿀떡!"

"뭐야아! 독 탔으면 어쩔 건데!!"

"와아~ 맛있다!"

"쳇, 나도 이런 것쯤 할 수 있어! -0-^"

킥! 어리광 피우는 재규가 귀여울 따름이다. 헛! 나 아무래도 이상해진 건가? 재규가 드디어 핫케이크로 가져가며,

"우주 보러 갈래?"

"앗, 뜨뜨뜨뜨!!"

재규의 말에 입을 데어버린 나. ㅠ_ㅠ 벌떡 일어나 내게 달려오는 재규. 물을 먹여준다.

"괜찮아?"

"엉. 헤헤."

"-_- 사람 놀라게 하는 일 좀 작작해라, 앙??"

"^O^ 히히. 응."

"우주 보러 갈래??"

"O_O 진짜??"

"내가 거짓말하겠냐?"

"응응! 보러 갈래!!"

"-_- 후우… 이거 먹고 가자. 옷 갈아입어."

"응!!"

나는 서둘러 옷을 갈아입었다. 재규는 현관 앞에 쭈그려 앉아 담배를 피우고 있었다.

"나 다 입었어! ^O^"

담배를 끄는 재규.

"그렇게 좋냐?"

"응! 오랜만에 보잖아!"

"나보다 좋냐?"

"O_O 엉??"

"아니야."

재규가 내 손을 잡고 나선다. 헤헤헤, 우주 이제 몸도 많이 나아졌겠지? 아아아, 너무 오랜만이라서 떨려. 어디론가 전화를 거는 재규.

"어, 나 재규다. 엉. 지금 데려가는 중… 어? 야야야! 말하지 마. 그냥. 엉, 그 자식 또 어디로 도망갈라. 알았어."

핸드폰을 주머니에 넣는 재규.

"누군데?"

나를 더 끌어당기며,

"됐어. 얼른 걷기나 해."

"^O^ 웅!"

버스 정류장.

끼익!

병원으로 향하는 버스가 오고, 나와 재규는 버스에 올랐다.

"어머! 재규 오빠다!! 이 시간에 버스에? 봉 잡았어. >_<"

"어? 웬 여자랑 있는데?"

"뭐야? 애인이야? -_-^"

"설마~ 저게?"

찌릿찌릿 느껴오는 따가운 눈총들. 나는 재규의 손을 더 꽉 쥐었고, 재규가 놀라서 날 내려다본다.

"왜 그래?"

"아니야. ㅠ_ㅠ"

"눈 돌려!!"

재규가 소리치자 조용해진 버스. 수군수군대며 고개를 돌리는 여자들.

"-_- 저런 것들 신경 쓰지 마."

하더니 내 어깨를 꽉 감싸는 재규.

치이익—

답답한 버스에서 내리고 재규와 난 나란히 우주 병원으로 향했다.

"근데 재규야, 너 학교 안 들어가 봐도 돼? o_o"

"됐어."

우주 병실 앞.

이 문만 열면 우주가 방긋 ^-^ 하고 웃겠지?

끼이—

"어이~ 형님 왔다!"

재규가 소리치자 우주가 반가운 듯 고개를 획 돌린다.

"^-^ 왔……."

놀란 듯 눈을 크게 뜨는 우주.

"^-^ 우주야!!"

나는 우주에게 달려가 우주 손을 잡고 폴짝폴짝 뛰었다. 우주가 재규를 째려본다. 시선을 피하는 재규. 헉! 갑자기 날 자신의 품에 확 안아 넣는 우주.

"야!! 신우주!"

"그러니까 은재규 너, 내가 데려오지 말랬지? -_-^"

"우주야, 뭐라구?"

"아냐. 오랜만이네. 그동안 더 이뻐졌네? ㅋㅋ"

방긋 웃어주는 우주. 그리웠어. ㅠ_ㅠ 으엉엉!

"우주야, 언제 퇴원해??"

갑자기 삐질삐질 땀을 흘리는 우주.

"어, 글쎄… 간호사들이 날 너~무 좋아해서 말이지. 도무지 놔줄 생각을 안 하네~"

"아~ 무진장 심심하단 말야. ㅠ_ㅠ"

"야! 내가 놀아주잖아!!"

재규가 난리난리 소리친다.

"우주처럼 안 웃어주잖아!"

"^-^ 됐냐? -_- 제길, 이런 짓이나 하고."

"거봐! 또 욕하면서. ㅠ_ㅠ"

내 시선을 피해 고개를 돌려 버리는 재규.

"얼굴이 작아졌어, 우주야. ㅠ_ㅠ"

"넌 얼굴이 뜨거워. -0-"

"너무 반가워."

나를 더 세게 끌어안는 우주. 아~ 편안해. 으허허.

"그만 좀 안아! 강지원, 넌 왜 그렇게 헤벌쭉이냐!"

"누, 누가 헤벌쭉했어!"

"허허! 왜 말을 더듬으시나? 엉엉?"

"키키킥! 재규 너 왜 지원이한테 시비냐?"

"맞아, 왜 시비야! 내가 언제 헤벌쭉 그랬어어! >0<"

"솔직히 좋았지? 그치그치!!"

오랜만에 찾아온 즐거움 속에 남모를 사랑… 천사가 웃었다. 하하 하고 미소 지었다. 하늘도 웃었다. 질리도록 새파랗게 변한 하늘. 당신의 하늘은?

page 46 새로운 시작 앞엔 언제나…….

병실에 있는 내내 우주가 젤루 행복하게 밝게 웃어주었다. ^-^*

"이제 가자. 벌써 5시야. 너도 아프다며."

재규가 우주 손을 꼬옥 부여잡고 있는 나를 툭툭 건든다.

"아아아아, 우주랑 조금만 더 있으면 안 돼?"

"아주 남편까지 팽개쳐라. -_-^"

재규가 이를 부득부득 간다. 재규 말 안 들으면 저 날카로운 이빨에 깨물릴지도 몰라! 그렇지만 우주는 너무 편한걸. ㅠ_ㅠ

"야야야, 일어나라구!"

마침내 재규가 소리를 지르고. 나는 벌떡 일어났다. 그러나 우주의 손은 아직도 차갑다.

"지원아, 재규 질투한다. 손 놔야겠다아."

은혁이가 신문을 휙휙 넘기며 말한다. 뜨끔하는 재규. 후훗. -_-^
"그럼 우주야, 내가 내일 또 올게!! 내일까지 잘 있어!! >_<)/"
붕붕 휘두르는 내 한쪽 손을 잡고 성큼성큼 나와 버린 재규. ㅠ_ㅠ
"왜 그래, 재규야? ㅠ_ㅠ"
"-_- 너 너무 헤벌레거리는 거 아냐?"
"친한 친구랑 손 좀 잡은 게 어때서!"
"야! 우주랑 넌!!"
말을 멈추는 재규.
"우주랑 나는 뭐!!"
"됐어. 그만 짜. 집에 가자. 조금 더 있으면 추워져."
먼저 가버리는 재규. 이, 이, 은재규 바보 새끼!!
"은재규 바보—!!"
나는 재규 뒤통수에 소리를 내지르고 반대쪽으로 죽어라 내달렸다.
"야야! 강지원!! 거기 안 서?! 야! 지원아! 강지원!!"
병원 복도에서 우렁차게 내 이름을 마구마구 부르는 재규. 재규의 발걸음이 가까워질수록 나는 마구마구 내달렸다.

버스 정류장.
"허억! 허… 억!"
나는 겨우겨우 버스 정류장에 도착하고, 거친 숨을 몰아쉬었다.
"강지워언—!!"
반대 편 정류장에서 나를 발견하고 고래고래 소리 지르는 재규.
"너 거기 꼼짝 말구 있어! 어디 가면 죽어!!"

하더니 육교로 막 뛰어 올라가는 재규.

"허억! 헉! 강지원! 너 왜 도망가!"

내 팔목을 꾸욱 잡고 숨을 고르는 재규.

"바보야!! 이, 이, 이… 몰라아!!"

"-_- 이, 이, 뭐! 말을 해!!"

"몰라아. ㅠ_ㅠ!!"

냅다 돌아서는 나를 꽈악 안아주는 재규. 우씨, 은재규 바보. 나 마음 약해지잖아.

"돌아서지 마. 제발 니 뒷모습 보게 하지 마. 제발, 제발… 세상에서 제일 무서운 게 니 뒷모습이니까. 알아들어?"

재규가 힘겨운 목소리로 말한다.

"ㅠ_ㅠ 몰라, 바보야. 니가 자꾸만 나 헤벌레거렸다고 그러잖아! 난, 난 정말로 우주가 정말로 편해. 정말로, 정말로 많이 편하단 말야! 너한테 안겼을 때처럼 두근두근하는 게 아니라 편안해서 잠이 오려고 하는 거란 말야!!"

눈을 심각할 정도로 크게 뜨는 재규. ㅇ_ㅇ

"머, 멍청아!! 누, 누가 그런 말을 막 하랬냐!"

얼굴이 붉게 상기된 재규. 창피한 듯 손으로 얼굴을 두어 번 쓱쓱 문지르더니 정류장 의자에 앉는다. 나는 어벙한 표정으로 재규를 쳐다보고 있었다. 내 손을 잡아 옆에 앉히는 재규. 그러더니 내 머리를 자신의 어깨에 기댄다.

"그래, 나만 좋아해. 아무도 안 말릴 거니까 계속 나만 좋아해야 돼."

"응."

"그만 울고."

재규가 눈물을 닦아준다. 행복해. 그냥 이대로 좋아하면 안 되는 거겠지? 그렇지만 재규랑 함께 있으면 마음이 행복할걸. 가슴이 행복해지는걸.

"잘 가!!"

나의 간곡한 부탁으로 인해 재규는 아슬아슬한 뒷걸음질을 치며, 웃으며, 손을 붕붕 휘두르며 골목을 빠져나갔다. -_-;

10분 전.

"나도 니 뒷모습 보는 거 싫어! 항상 나 데려다 주구 갈 때면 왠지 쓸쓸해."

"그럼 난들 어쩌라고?"

"이제부터 헤어질 때는 뒷걸음질치자. ^o^ 우리 둘 다! 손은 크게 흔들고 웃으면서 헤어지기!!"

"뒷걸음질치다 넘어지면 어쩌자고?"

"몰라몰라! >0<"

"정말 대책없는 아줌마군. =_=^"

졌다는 표정으로 고개를 설레설레 흔들던 재규는 이내 고개를 끄덕인다. 아이구, 착하기도 하지요. 우리 재규! >_<

끼익— 철컹!

집에 들어가니 래원이가 거실 소파에 쪼그리고 앉아 TV 리모콘을 입에 물고 측은한 눈빛으로 나를 바라본다.

"누나아!!"

"왜, 왜 그래?"

"ㅠㅁㅠ 배고파아~"

"그래, 밥 해줄게."

승관이에겐 미안하지만 나는 승관이가 사다놓은 재료로 래원이에게 볶음밥을 해주었다. 래원이가 침을 질질 흘리며 볶음밥을 우물우물거린다.

"래원아, 너 은혜랑 헤어졌지?"

"풉!! 캑캑! 콜록콜록!"

"-_-; 자자, 물."

"꿀꺽꿀꺽! 캑캑!"

나는 가만히 턱을 괴고 래원이를 응시했다.

"-_- 말해 보시죠, 동생님. 이제 연극은 그만 해."

"몰라."

하더니 그 뜨거운 볶음밥을 입에 몽땅 털어 넣는 래원이.

"안 뜨겁니? O_O"

"어버어버버……. ㅠ_ㅠ"

나는 물 한 컵을 래원이에게 떠주었다. 단숨에 물을 원샷하는 래원이. 나는 그릇을 싱크대로 옮기며 래원이에게 한 번 더 물었다.

"래원아, 말해 봐. 엉?"

토옥—

내 어깨 위로 흘러내린 래원이의 뜨거운 눈물. 래원이가 내 어깨에 자기의 얼굴을 묻은 채 기대 있다.

"나 무지 힘들어. 하아… 이럴 줄 알았어. 그래서 그냥 지나치려고 했단 말야. 그냥 예쁜 추억으로 만들려고 했단 말야. 이런 것보다 그저 아주 어린 추억으로 남는 게 더 좋았을지도 몰라."

"래원아."

"누나, 근데 나 있지… 나 말야."

"응, 말해."

"내가 만약에 누나 동……."

뺄랠랠랠래랭~!!

"전화 왔네? 내가 받을게."

래원이가 손등으로 눈물을 훔쳐 내고 거실로 달려간다.

"여보세요? 아, 응. 몸 괜찮아! 그럼 곧 만나겠다. ^-^ 보고 싶어. 응. 동생? 진짜? 우와 이쁘겠다! 응. 몸 건강하세요. 응."

딸칵!

"래원아, 누구야?"

"어? 아는 사람."

힘없이 계단을 오르는 래원이.

나는 설거지를 마치고 아무 소리도 안 나는 래원이의 방문을 열었다. 이불을 머리끝까지 뒤집어쓰고 흐느끼는 래원이.

"래원아."

나는 래원이 침대에 걸터앉았다.

"흐윽! 흡! 읍! 하, 나 병신 같지? 누나, 나… 누나 동생 강래원인데… 나 강래원 맞는 건데… 왜 눈물이 나지?"

나는 엎어져 있는 래원이의 등을 어루만졌다.

"괜찮아. 시간이, 세월이, 다 잊게 해줄 거야. 멋있는 우리 동생, 또 다른 멋진 여자가 와서 데려갈 거야. ^-^"

나도 모르게 눈물이 흘렀다. 이제 곧 나도 래원이처럼 눈물을 흘려야 한다는 것을 잘 알기에… 누구보다도 이별의 슬픔을 너무 잘 알고 있기에… 래원이가 더 안타까워 보이고 더 슬퍼지는지도 모른다.

 page 47 언제나 결과엔 '후회'란 리플이 따라붙는걸.

담날 아침.
오랜만에 래원이도 학교를 간단다. 엄마는 무슨 이유인지 학교 간다는 래원이를 극구 말리고 또 말린다. 쳇, 나도 좀 말려주지. ㅠ_ㅠ
"엄마엄마, 그럼 내가 학교 안 갈게! 래원이가 가고 내가 있을게!"
"래원아, 그냥 학교 가지 마. 응? 그냥 집에 있어, 응??"
엄마가 래원이의 팔을 붙잡고 늘어진다(나는 완전 무시).
"엄마! 나 애들한테 인사해야 돼! 안 그럼 나 왕따당한다니까!!"
래원이가 엄마를 진정시키고 나와 집을 나섰다.
"아싸아! 오랜만에 가는 학교다! 키킥, 짜식들, 내가 가서 뽀뽀해 줘야지. ^O^"
래원이가 저 멀리 껑충껑충 달려간다. 학교 가는 게 그리 좋을까?
"누나아~ 집에서 봐!!"
"어머, 래원 오빠야! 야, 얼른 타! 얼른!! 버스 출발한다!"
"래원 오빠 누난가 봐. O_O"
웅성대는 사람들. 나는 래원이에게 손짓을 하며 고개를 숙이고 재빨리 교실로 쏘옥 들어와 버렸다.

드륵!

"아줌씨, 왜 이렇게 일찍 왔수?"

은혜가 능청스레 내게 말을 건넨다.

"……."

나는 아무 말도 않고 그 자리에 서서 은혜를 뚫어져라 쳐다보았다. 빨개진 눈, 부어버린 눈꺼풀, 말라버린 입술. 하루 만에 얼굴이 반이 되어버렸다.

"야, 나 뚫려!! 왜 그렇게 봐?"

"래원인 지금 어떤 줄 알아?"

"……."

아랫입술을 잘근 깨무는 은혜. 몹시 초조해 보인다.

"변했어. 우리 래원이 변해 버렸어. 그거 알아? 우리 밝고 예쁜 래원이, 너 땜에 이젠 맨날 울기만 하고 학교도 안 나가. 지금 내 눈엔 아무렇지 않은 니 모습이 너무 미워."

"……."

가만히 고개를 숙이고 눈물을 흘리는 은혜.

"울어봤자 소용없잖아. 니가 헤어지자고 한 거잖아. 왜 그러니? 너희 둘 그렇게 사랑하면서 왜 자꾸만 멀어지니? 아니, 왜 밀어내니?"

털썩!!

"흐윽! 흑!"

왜 너흰 이렇게 똑같니? 왜 똑같이 울고, 똑같이 바보같이 구는 거니? 반 애들이 수군거리기 시작한다.

"뭘 봐, 이 새끼들아!!"

지현이의 고함 소리. 뒷문에서 늦게 도착했는지 헥헥대는 지현이. 은지가 아무 말 없이 은혜 곁에 와서 어깨를 토닥인다.

"…흐윽! 흑!"

두 손으로 입을 막고 애써 눈물을 삼키는 은혜. 교실을 뛰쳐나간다. 이별은… 어리석은 놀이.

"은지야, 니가 좀 가볼래? 미안."

"응, 내가 가볼게."

타다다닥!!

은지가 뒤쫓아 나가고 나는 힘없이 책상 위에 살포시 엎드렸다. 갑자기 내 옆에 와 옆구리를 찌르는 지현이.

"괜찮아?"

지현이가 내게 묻는다.

"응, 괜찮아."

"은혜… 니 동생이랑 깨진 거라며."

"엉."

"휴……."

"은혁이랑은 잘돼가?"

"응? 응, 아주 좋아."

"다행이야."

학교가 끝났다. 은혜는 먼저 조퇴해 버렸다.

"오늘은 지현이도 같이 카페에 가기로 했어. ^-^"

"은지야, 미안. 나 래원이한테 가봐야 할 것 같아."

"뭐?"

"미안. 먼저 가."
나는 다급히 버스에 올라 세명고로 향했다.

세명고.
지금 막 수업이 끝난 듯싶다. 교복을 입은 학생들이 우르르 몰려나온다. 래원인 머리가 노란색이니까 확 튈 거야. 그러나 내 눈에 들어와 버린 건 갖가지 색깔의 머리통. 특히 빛나는 저 은빛 백중백발… 재규다. -0-
"누나?"
래원이가 저쪽에서 눈을 찌푸리며 내게 가까이 다가온다.
"맞네? 어, 여긴 웬일이야??"
래원이가 눈을 동그랗게 뜨고 내게 말한다.
"어? 지원이 누나."
저쪽 래원이가 몰려 있던 패거리들 중에서 승관이가 달려온다.
"괜찮은 거지?"
"갑자기 무슨 개풀 뜯어먹는 소리야? -0-^"
"갑자기 걱정이 돼서."
"-_- 누나, 너무 날 아끼는데?"
"^-^ 누나! 저희랑 놀러가실래요?"
"야, 안 돼! 그냥 집에서 봐."
"은혜 많이 힘들어해, 래원아!"
뒤돌아선 래원이가 멈춘다. 그러더니 고개를 돌려 방긋 웃으며 말하는 래원이.
"안 들려. ^-^"

"래원아!"

"얼른 집에나 들어가! 이런 데 여자가 교복 입고 서 있음 보쌈해 간다. >0<"

그러더니 래원이가 저쪽에 몰려 있는 무리 속으로 파고든다.

"누나, 래원이 오늘 계속 양호실에 누워 있었어요. 계속 빌빌대기만 해요."

승관이가 걱정스런 표정으로 내게 말한다. 나는 승관이의 손을 덥석 잡았다.

"승관아, 우리 래원이 부탁 좀 할게. 너밖에 부탁할 사람이 없어 그래, 응? 래원이… 약하잖아."

"*-0-* 예!"

하더니 꾸벅 인사를 하고 그 무리 속으로 사라진다. 휴우… 래원이 무리가 사라질 때까지 서 있다 뒤를 돌아섰는데… 떡하니 버티고 있는 은혁이와 강우, 재규, 재영 오빠.

"뭐야? 남편 학교 와서 다른 남자랑 손 붙들고 있냐? -_-^"

재규가 이맛살을 찌푸리며 말한다. =_=

"아… 저, 그게……."

재규가 내 어깨를 감싼다.

"왜 그래?"

"내 꺼라고 표시할라 그런다, 왜?!"

"아, 아니. -ㅠ"

page 48 내게 1억을 준다고 해도, 사랑 따윈 절대 안 해.

카페로 가는 길. -_- 나는 수많은 여자들의 눈총을 받으며 번화가를 걸었다.

"어? 야, 저거 니 친구 아니냐?"

재규가 턱으로 가리킨 곳엔 은혜가 카페 안에 혼자 앉아서 홀짝홀짝 술을 들이키고 있었다. 나는 서둘러 호프집 안으로 들어섰다.

"은혜야!!"

"어? 지원이 왔구나!! 이리 와서 너도 마시렴. >_<"

"우와… 니 친구 술 엄청 세다."

벌써 맥주와 고급 술병들이 비워져 있었다. 입이 고급이라 소주는 못 마신다. 특히 포장마차는 절대 못 간다.

"은혜야."

"일루 와 마시라니까? >_<"

나는 래원이에게 전화를 걸었다.

[여보세요? 누나!]

"어, 래원아, 누나야. 너 지금 XX 호프집으로 올래?"

[왜? 술 사주게? O_O]

"은혜가 많이 취했다."

[어쩌라구.]

"래원아."

[꺄오!! 간다!! 누나, 나중에 봐!!]

뚝!

"뭐야? -_-"

"어? 아냐, 아무것도."

나는 재규를 데리고 나와 버렸다.

"야, 니 친구 혼자 놔둘 거야?"

"아니야."

나는 호프집 옆 건물에 쪼그려 앉았다.

"뭐 해, 여기서?"

"나 여기서 기다릴 사람 있어."

"누구? 남자?"

"동생."

"동생? 아, 그 노란 머리! 왜?"

"그럴 일이 있어!"

"-_- 휴……."

내 옆에 털석 앉는 재규. 내 어깨에 머리를 기댄다.

"정말 사람 가지가지 피곤하게 만드네. 강지원… 하여간 못 말린다니까."

30분쯤 지났을까? 여전히 은혜는 술병을 휘두르고,

부아아앙!! 끼익!

승관이의 오토바이다! 오토바이는 호프집 앞에 세워지고 오토바이에서 뛰어내린 건 래원이. 나는 재규와 호프집을 들여다보았다. 래원이가 은혜의 테이블 앞에 서 있다. 우왓! 만났어!!

"-_- 이제 가자."

"엉!"
"에이씨, 차가운 데 오래 앉아 있었더니 엉덩이가 시렵잖아. -_-^"
"아이구, 그래요?"
나는 재규 엉덩이를 툭툭 두드렸다.
"아, 뭐 하는 거야!!"

*　　　*　　　*

XX 호프집.
"뭐 하는 거야?"
래원이가 은혜를 내려다보며 말한다. 은혜는 래원이를 한 번 올려다보고 피식 웃고는 다시 술잔에 술을 채운다. 래원이가 술병을 휙 잡아 뺏는다.
"이리 줘!!"
"그만 마셔!! 벌써 몇 병째야? 여자애가 대낮에 혼자 뭐 하는 짓이야!"
"뭔 상관인데!!"
"아, 그래. 나도 참, 뭔 상관이지? 씨발, 몰라. 니 혼자서 북 치고 장구 치고 다 해라. 민은혜! 너 혼자 다 하라고!!"
래원이가 뒤돌아서자 은혜가 울음을 터뜨린다.
"가지 마, 강래원. 래원아, 가지 마."
"민은혜."
"흑! 미안. 래원아, 미안해. 너무너무 보고 싶었어. 보고 싶었단 말야. 너무 힘들었어. 너랑 그렇게 헤어지고 나서 나 죽을 만큼 힘들어. 래원아."
"바보. 이제 와서 뭘 어쩔 건데?"

"래원아… 흑!"

"집 비웠다며?"

"집 구할 때까지 이모네 있을 거야."

"야, 은혜야."

"응?"

"한 번만 사랑한다고 말해 주면 안 돼? 나 그러면 이제 니 곁에서 맴돌지 않을게. 제발 사랑한단 말 한마디만 해줘. 그러면 이제 너 잊을 수 있을 것 같은데."

래원이가 말한다.

"사랑해… 래원아."

"하하. 그래. 거짓이라도 들으니까 기분은 좋네. 술 그만 마셔. 여자가 혼자 취해서 뭐 하는 거야."

"래원아."

"나 갈게. ^-^ 잘 지내. 몸 건강하구. 이게 마지막이네."

래원이가 주머니에 손을 찔러 넣고 호프집을 나선다. 그러곤 오토바이에 올라타 멀리멀리 사라져 가는 래원이. 은혜는 그대로 호프집을 뛰쳐나왔다. 길거리에 주저앉아 눈물을 펑펑 쏟아낸다.

"래원아!! 강래원!! 흑! 흐윽… 래원아."

"애기야, 여기서 뭐 해? 우리랑 놀까??"

"뭐야? 절루 꺼져."

"야, 앙탈부리는 거 진짜 귀엽다. 오늘은 애로 끝내 버릴까?"

"그래, 찾으러 다니기도 귀찮은데. 뭐, 꽤 반반하네."

힘이 빠져 버린 은혜를 양쪽에서 들어올린 후, 인적이 드문 골목으로 데려가는 사내 둘.

"뭐야아아!! 이거 놔!! 이거 못 놔?!"

"와, 열 내니까 더 귀엽네. ^^"

"오늘 오빠들이 이뻐해 줄게. ^-^"

"흐윽! 래원아… 흑!"

"조용히 해야지."

"아악!! 저리 꺼져―!!"

짜악!!

"조용조용하자구. 그래야 너도 좋구, 우리도 좋잖아?"

사내 하나가 은혜의 입을 막고 팔을 제압시켰다. 그리고 나머지 사내 하나가 은혜의 교복 블라우스 단추를 푸르기 시작했다.

"우우우웁!!"

눈물이 쉴 새 없이 흐른다. 그칠 줄 모르는 눈물과 래원이의 이름이 섞여 볼을 타고 흘러내린다.

"뭐야, 거기."

낮은 음성. 익숙한 발걸음.

"신경 끄고 가던 길이나 마저 가지."

입을 막고 있던 사내 하나가 말한다.

"그렇게는 못하겠는데?"

"하하. 이게 어디서 굴러먹다 온… 윽!!"

퍼억―!!

노란 머리를 찰랑거리며 주먹을 날리는 래원이.

"꺄악! 래원아!!"

은혜가 울부짖으며 래원이를 부른다.

"뭐야. 씨발. 너 허태형 아니냐? 누가 마음대로 우리 구역에서 놀래! 개자식아, 깨끗하게 없애주리?"

래원이가 주먹을 꽉 쥐었다.

"래원아. 아, 미안. 래원아, 일부러 그런 게 아니라··· 지나다가 그냥······."

"이 여자가 누군 줄 알아?"

좌우로 고개를 세차게 흔드는 허태형.

"이 여잔··· 이 여자는······."

망설이던 래원이는 눈물콧물 범벅이 되어선 몸을 웅크리고 있는 은혜를 보더니,

"이 여잔 우리 누나 친구야."

"미안! 래원아, 정말 미안!! 정말 미안해!! 다시는 안 그럴게. 용서해줘!"

"5초 센다. 그전에 꺼져."

"알았어! 잘 있어! 저기요, 죄송합니다!!"

하더니 쓰러진 사내를 업고 가버리는 허태형.

"흐윽··· 흑!"

소리 내어 울기 시작하는 은혜. 래원이는 은혜를 일으킨 다음 블라우스 단추를 채워준다. 그리고 은혜 얼굴에 흙을 털어내고 주머니에서 밴드를 꺼내 상처난 곳에 붙여주는 래원이.

"킥! 밴드 붙이니까 패싸움한 것 같잖아. 안 이쁘다. 그러게 누가 혼자서 술 마시래."

"흐윽! 래원아… 흑."

"한 번만 안아도 돼?"

끄덕끄덕―

센 힘으로 은혜를 품는 래원이. 그리고 은혜 몰래 눈물을 흘리는 래원이.

"내가 너무 사랑해서 미안해. 내가 널 너무 사랑해서 미안해. 너 못 잊어서 미안해. 포기 못해서 다 미안해."

래원이가 은혜의 머리를 쓰다듬으며 작은 소리로 속삭인다.

"흐윽! 래원아, 정말……."

"아무 말도 하지 마. 지금 내 귀엔 아무것도 안 들리니까, 나 더 이상 병신 만들지 마. 다시는 혼자서 술 마시고 돌아다니지 마. 바보같이. 세명고 1학년 6반 강래원 안다고 말해. 다시는, 다시는 내 맘 아프게 이런 꼴 당하지 마."

래원이는 은혜에게서 떨어져 은혜 손에 조그마한 열쇠 고리를 쥐어준다. 그러고는 메인 목소리로,

"전부터 주려던 건데 이젠 정말 마지막이네. 결국 이런 꼴로 헤어지네. 은혜야, 행복해. 내가 못해준 거 다른 좋은 놈 찾아서 다 충족시켜."

그러고는 점점 멀어져 갔다. 손을 펴본 은혜는 크게 놀라 입을 가렸다. 뚜껑을 열어보니 은혜와 래원이의 사진이 들어 있는 하트 모양의 열쇠고리다. 그리고 뒤편엔,

「은혜는 래원이 꺼. 영원히 사랑해.」

라고 쓰여져 있었다. 날짜는 정확히 헤어지기 바로 2일 전. 은혜는 그 자리에서 3시간가량을 목놓아 울었다.

page 49 내가 슬픈 이유……

지원이네.

끼익—

힘든 표정으로 몸을 가누며 신발을 벗는 래원이.

"왔네. 저녁은?"

"안 먹어요."

래원이가 곧장 2층으로 올라간다. 난 또 조심스레 래원이 뒤를 따른다.

"래원아, 은혜… 어떻게 됐어?"

"쫑났어. 묻지 마. 이제 아무것도 묻지 말고, 아무 말도 하지 마. 이제 민은혜란 사람은 누나 친구일 뿐이야. 내겐 아무 사람도 아냐. 더 이상 나랑 관련 짓지 마."

끼익— 탕!

이렇게 끝내기엔 둘이 너무 사랑하는데…….

그날 새벽.

지이이잉— 지이이잉—

내 머리맡에서 징징거리는 핸드폰. -_-

"여보셔요? 지금은 새벽이랍니다."

[나야.]

재규의 잠긴 목소리.

"웬일이야?"

[마누라 폰에 전화하는데 웬일이긴.]

"재규야, 지금 새벽이야."

[나 잠이 안 와.]

"뭐? ㅇ_ㅇ"

[잠 안 와. 못 자겠어. 사다놓은 수면제도 없어. 나 좀 재워줘. 니 목소리 들으면 잘 수 있을 것 같아서 전화했어.]

"내가 자장가 불러주까? ^-^"

[응.]

"자장~ 자장~ 우리 아가~ 우리 아가 잘도 잔다~ 꼬꼬닭아, 울지 마라~ 우리 아가 잘도 잔다. 잘 자라, 우리 아가~"

[아, 드럽게 못 부르네. 그래도 유명한 밴드 보컬 마누란데.]

"뭬라!! -ㅇ-"

[하하, 아… 조금씩 졸려워.]

"^-^ 잘 자, 재규야."

[사랑한다고 해줘.]

"뭐?"

[빨랑.]

"사랑해."

[나두.]

헉! 말을 하기도 전에 끊어버리다니. -ㅠ

스르르—

재규의 부드러운 목소리를 떠올리며 나도 몰래 잠이 들었다.

담날 아침. 일요일.
"후아아암!!"
나른한 늦잠. 꺄욱! 이제 일어납세! 나는 몸 이곳저곳을 긁적이며 1층 거실로 내려갔다. 아빠와 래원이, 엄마가 모여 있다.
"뭐 해요, 아침부터?"
"흠흠, 지원이도 여기 앉아라."
"예? o_o"
나는 어리둥절할 수밖에 없었고, 나와 래원이는 엄마, 아빠 맞은편에 나란히 앉았다.
"당신이 말해요! 난 못해!!"
아빠가 안경을 조용히 치켜올리신다. 갑자기 내 손을 덥석 잡는 래원이.
"내가 말할게요! 누나, 나 일본으로 가!"
"뭐? 갑자기 왜?!"
"^-^ 히히히! 좋겠지이? >_<"
"왜! 왜 가는데! 너 은혜!! 아니, 정말이야?!"
"내가 바보야? 그것 땜에 가게. 그냥그냥 갈 거야아. 좋겠지이~"
"야! 왜 가! 못 가! 가지 마! 엄마, 아빠가 얘 좀 말려봐요! 얘 왜 이래요?! 너 정말 퇴학이야? 너 왜 그러는데!"
갑자기 진지해지는 래원이의 목소리. 내 손을 잡고 간절히 말한다.
"누나, 이제부터 잘 들어. 어? 잘 들으라구. 이 얼빵이 강지원 씨!"

"알아! 잘 듣구 있어. -0-"

"나, 싸나이 강래원… 강지원 동생 아니랍니다. ^-^"

page 50 내 둥지는 어딘가에……

"뭐야? 왜 갑자기 장난이야?"

"정말이야. ^-^"

나는 재빨리 엄마, 아빠를 쳐다보았고, 엄마, 아빠는 내 시선을 피해 고개를 돌렸다.

"뭐야! 정말? 그럴 리가… 왜!"

"쉿쉿! 진정해. 쿄우하마 히데가 내 본명이래. 멋있지이! 히데히데! 멋있지! 우리 엄마는 일본에 계세요. ^O^"

"하하. 장난하지 마. 참으로도 웃기는구나. 이름은 또 어디서 주워들었니? 쓸데없는 소리 할 거면 이거 놔. 나 배고파. -0-"

"진짜야!! 진짜라고. 내 말 좀 믿어. 누나, 그동안 하하! 참말로 고마웠어. >_< 아빠도! 엄마도! 누나도! 내가내가 다! 아주 많이많이 사랑해."

하더니 내 손을 스륵 놓고 2층으로 올라가 버리는 래원이.

"야! 강래원!!"

아무 대꾸 없는 래원이.

"엄마! 아빠!"

"인정하고 싶진 않겠지만, 래원이는 태어나기 전부터 입양되도록 결정되어 있던 아이야. 그런데 래원이 생모의 부탁으로 일본에서 약간 성장한

다음 데려온 거지. 너희에겐 말 안 하는 게 나을 거라 생각했다. 래원이는 내 아들이나 마찬가지다."

아빠의 입에서 흘러나오는 무뚝뚝한 한마디. 하하, 웃기시군요. 무슨 소리예요?? 강지원 동생 강래원을 뭐? 쿄우하마 히데? 웃기지 마. 하하. 하하. 하.

"차라리 평생 모른 척하시지 그랬어요! 래원… 래원아!!"

나는 서둘러 래원이의 방으로 뛰어올라 갔다. 굳게 잠겨 버린 래원이의 방.

쾅쾅쾅!!

"래원아! 강래원!! 야! 바보 새끼야!! 넌 내 동생이야!! 어딜 가! 일본? 니 고향은 한국이란 말야!! 니가 살 곳은 여기라구!!"

찰칵찰칵!

"문 열어봐! 누나랑 얘기 좀 해! 래원아! 강래원!!"

"건들지 마!! 그냥 나 좀 놔둬!!"

      *   *   *

귀가 있어 들어버렸으며, 눈이 있어 보고 말았습니다. 그거 아십니까? 내 나이 11살. 꿈도 많고, 하고 싶은 것도 많던 나이. 세상을 알기엔 너무 버거운 나이었습니다. 강래원. 바보 같은 저는 이미 11살 때 나의 존재를 알아버리고 말았습니다. 내겐 없애고 싶은 귀가 있었으니까!! 눈이 있었으니까!! 정말 죽어버리고 싶었어. 꼭 세상이 나만 따돌리는 것 같았어. 모두들 내 곁에 없는 것 같았어. 항상 내가 지켜줬던 우리 누나도 너무 미웠어. 언제부턴가 나는 '혼자다' 라는 것뿐. 내 곁엔 아무도 없었다. 11살에게 어울리지 않는 충격은 날 벼랑 끝으로 내몰았다.

밤이었어. 목이 너무 말라서 1층으로 내려가는데 안방에서 소곤거리는 소리가 들리길래 다가갔는데,

"생모랑 연락이 된다나 봐요. 어떡하죠, 이제와 래원이를 돌려달라고 하면? 여보, 우리가 래원이를 어떻게 키웠어요? 난 래원이 없음 안 돼요, 여보."

"······?"

일주일 정도 지난 어느 날 오후였을걸. 하늘에서 굵은 빗방울이 쏟아져 내렸지. 어쩌면 난 태어나지 말았어야 했나 봐요. 난 내 자신을 원망하고 또 원망하면서 수면제를 사다 한 주먹을 입에 몽땅 털어 넣었어. 그러자 1시간 후에 잠이 오더라. 이대로 하늘에 가면 어딘가에 있을 우리 엄마가, 아빠가··· 내 진짜 가족이 보이겠죠. 그런데 너무도 밉게 다음날 아침 말짱하게 눈이 떠지더라. 죽는 것도 내 맘대로 못하는··· 꼭 지옥 같은 이 세상··· 결국은 죽지도 못했어.

"여보!! 일본에서 래원이 생모······."

"엄마, 내 진짜 엄마 어디 있대요? ^-^*"

흐르더라, 눈물이. 사나이 눈에, 가슴에 눈물이 뚝뚝 맺히더라. 일본에 있다구? 날 낳아준 진짜 엄마가, 내 진짜 가족이 일본에 있다구요?

"알았어요. 내가 갈게요. 이젠 더 이상 이 한국 땅에 발 들여놓지 않을래요. 한국은··· 너무 힘들어."

넌 일본 오사카에서 태어나 한국으로 입양된 아이다. 네 본명은 히데. 힘내라, 히데. 너희 형편은 너무 어려웠다. 미안하다, 래원아. 우리 장한

아들… 래원아.

page 51 슬프고 아픈 건 언제나 내게 찾아와…….

아침 식사 中.

달그락— 달그락—

우리 세 가족 사이에는 아무 대화도 오가지 않는다. 배신감이랄까? 래원이는 자리에 없다. 아까부터 꿈쩍도 하지 않는다. 예쁜 내 동생. 멋진 내 동생. 혼자서 그 큰 고통을 어떻게 견뎠을까? 그 어린 아이가 얼마나 힘이 들었을까? 래원이를 생각하니 도저히 밥이 넘어가지 않았다.

"다 먹은 거야?"

엄마가 반도 안 비워진 내 밥그릇을 보며 말한다.

"동생이 저런데 어떻게 먹어요?"

나는 냉장고에서 승관이가 사 온 먹을 것들을 챙겨서 래원이의 방으로 향했다.

"래원아, 강래원."

"건들지 말라구."

"먹을 거 가져왔다. 방문 앞에 놓을게. 꼭 챙겨 먹어라."

"……."

"후우……."

삘릴릴리~ 삘릴릴리~

"여보세요?"

[어, 남편!!]
재규의 우렁찬 목소리가 쩌렁쩌렁 하게 들려온다. -ㅅ-
"엉. 안녕?"
[우리 오늘 공연 있어.]
"응."
[응이라니! 잘해라든지, 꼭 갈게라든지, 열심히 해, 쪼옥~ 이런 건 없냐!]
=_= 재규가 그런 걸 바라고 있었다니. 난 생각지도 못했어!
[미안해. 야야, 나 재규. 방금 은재영이었어. -0-]
"^-^; 아하하, 다행이구나."
[-_-^(은근히 바랬다) 꼭 와.]
"엉. ^-^"
오후 3시. 나는 옷을 갈아입고 번화가로 발길을 돌렸다. 일요일이라 그런지 번화가엔 사람들이 북적댄다.

엔젤로스.
"안녕?"
나는 반갑게 인사했다. 재규가 마이크를 붙잡고 톡톡거리다가 이내 나를 보고 반갑게 뛰어온다.
"마누라 왔어? 춥지?"
"어, 제수씨왔네? >0<"
"응. 쪼끔 추워."
재규가 내 양손을 쥐고 자기 얼굴에 부빈다.

오후 4시가 되자 사람들이 마구 밀려들어온다. 카페 안이 무척 혼잡하다. -0-
"지원아! ^0^"
은지와 지현이가 뒤늦게 도착했다. 우리 셋은 역시 구석에 자리 잡았고, 은혁이의 드럼 소리가 짙게 깔리면서 노래가 시작된다.

이제는 부질없어진 거죠.
사랑이란 건 이렇게 아파하고 슬픔 짓게 만드는…
이런 기분이란 건 그리움이란 거겠죠. 사랑은 또 하나의 그리움을 만들죠.
그리움 속에는… 하나엔 아픔이… 둘에는 눈물이…
눈물이 말라서 내 몸이 부서질 때까지 그때까지만… 그댈 그리워할게요.

역시… 재규의 맑은 목소리가 내는 슬픈 멜로디. 재규의 두 눈이 반짝거림을 난 금세 느낄 수 있었다. 갑자기 크게 기타 소리가 들리고,

그럴 리 없잖아요. 눈물이 마를 리는 없잖아요.
내가 살아 있는 동안은 몸이 부서질 리 없잖아요.
그러니 나 눈물 흘리며 언제까지나 그리워해야만 하잖아요.
돌아와요, 제발. 이젠 웃는 법을 배웠으니 우는 법도 제법 익숙해졌으니
무턱대고 눈물 흘리는 건 바보 같은 일. 슬플 때는 참아야만 하죠.
내가 사랑한 사람이 웃을 때 그때 비로소 눈물을 흘릴게요.
아파하는 그 사람 위해 그녀가 웃을 때까지 난 눈물을 참아낼게요.

그녀가 웃어주길 바라죠. 아파도 웃어야하는 게 사랑이니까.

"꺄아! 재규 오빠아!!"
"어우야~ 은혁 오빠. ㅠ_ㅠ"
"아니, 저년들이!"
지현이가 벌떡 일어서자마자 많고 많은 사람들에게 치여 넘어지고 말았다. -_-;
"지현아!!"
은혁이가 드럼 스틱을 던지고 지현이에게 달려들었다.
"어머? 뭐야? 은혁 오빠 애인이야??"
"괜찮아? 어디 안 다쳤어?"
걱정스러운 표정의 은혁이. 나는 주스에 꽂힌 빨대를 괜히 휘휘 돌리며 그들을 지켜보았다.
"^-^ 아니야! 얼른 공연해야지!!"
"정말 괜찮은 거지?"
"응, 그럼!!"
휘유~ 부럽구나아. ㅠOㅠ
"이 곡으로 오늘 앤딩할게요. ^-^"
재규가 씽긋 웃어 보이자 다들 아주 뒤로 넘어간다. 얄상한 건반 소리. 우주가 칠 때와는 사뭇 다른 재영 오빠의 리듬. 재규의 애절한 음정이 흘러나오며 내게로 느껴지는 재규의 눈빛.

항상 내게 밤이 찾아올 때면 나는 두려움에 떨곤 해.

그녀 없는 내 아침과 밤은 미치광이처럼 여기저기 한없이 떠도네.
그녀 없이 살아갈 자신이 없었어. 나 그녀 위해 울어줄 수밖에.
왜 그녀 없는 이 밤은 너무 긴 걸까.
밤이란 걸 배웠어. 새로운 사랑도 배웠지. 아침을 맞이하는 법까지.

재규의 애틋한 목소리가 내 마음에 와 닿았다. 따스히 그리고 고요히 잠들었다.

이제는 더 이상 아침을 맞이하는 법과 고요한 밤을 잃고 싶진 않아요.
그대여!! 언제나 내게 있어주세요. 제발 뒤돌아 서지 말아줘요.
당신 없이 난 꿈꿀 수 없으니.
나 그대 목소리에 취해서 그대 없인 나 메말라갈 테니까요.

"꺄아아아악—!!! >ㅁ<"
"강우가 대기실로 가 있으래. ^-^ 가자."
은지가 지현이와 나를 데리고 대기실로 향했다.
끼익—
조금 있자 재영 오빠를 포함한 다섯이 들어온다.
"아씨, 힘들어 죽겠어!! 난 일렉은 못한다구."
강우가 은지 뒤에서 은지를 안으며 말한다. 저럴 때 보면 코알라 같다고 느낀다. 강우는 상원이 대신 자신의 분야가 아닌 다른 악기를 맡고 있는 중이라 항상 투덜거린다고 한다. 은혁이도 자연스레 지현이의 어깨를 감싸며,

"괜찮아, 넘어진 데?"

"응, 괜찮아. 다친 데두 없어."

너무 부럽다, 다들. 재규가 멋쩍은 듯이 내 옆에 앉더니 무릎 위에 눕는다.

"졸려. 어제 쪼끔밖에 못 잤어."

빨갛게 된 재규의 눈. 갑자기 재규가 내 얼굴을 쓰다듬었다. 나는 눈을 크게 뜨고 재규를 바라보았다.

"^-^ 이뻐서 내 껀가 하고."

"어우야~ 너네 뭐 하는 거냐!!"

버럭 소리를 지르는 강우와 재영 오빠. -_-;

"왜? 부러우냐? 그럼 너네도 해라!!"

재규가 누운 채 크게 소리친다. ^-^

…마지막… 마지막…….

나는 재규 얼굴 위에 내 얼굴을 숙여 맞대었다.

"뭐야아아아? 뽀뽀하는 거냐?!"

"흑! 흐윽……."

"뭐야, 왜 울어?!"

재규 얼굴 위로 떨어지는 내 눈물. 나는 재규 뺨 위에 살짝 뽀뽀를 했다.

"…흐윽!"

재규가 벌떡 일어나 내 어깨를 세게 잡고 뒤흔든다.

"왜 울어!! 어??"

"아무 말 하지 말자. 흑! 오늘은 그냥 니 옆에 있고 싶어서 그래. 흑!"

"……."

대기실 안이 조용해지고, 재규가 날 빤히 쳐다보다가 갑자기 잡아당겨 꽉 안아준다.

"흑. 흑. 후엉……."

나는 소리 내서 크게 울기 시작했다. 다들 나가 버린다. 재규가 씨익 웃더니 내 입술에 자기 입술을 겹친다. 그렇게 우리의 세 번째 키스는 슬프고… 행복했다.

page 52 하나, 둘, 셋… 하고 나면 모든 게 다 지워졌으면.

아픔 따윈 그녀 곁에서 충분히 모두 다 잊을 수 있었어.

끼이—

저녁 8시. 래원이가 드디어 방문을 열고 거실로 나왔다. 너무 울어서인지 퉁퉁 부어버린 눈, 부시시한 머리, 힘들어 보이는 표정과 걸음걸이. 거실엔 아무도 없다. 소파에 철푸덕 앉아버리는 래원이. 눈을 뜨고 있는 것만으로도 충분히 힘들어 보인다. 또 또르르르 흘러내리는 눈물. 눈물샘이 쉴 새 없이 젖어간다.

끼이—

"=_= 어? 래원아."

래원이도 눈이 붓고 나도 눈이 부어 있다. 허허허.

"ㅋㅋ 누나, 눈이 그게 뭐야? 푸하하하! 그래선 어떤 남자가 좋아하나?!"

래원이가 뒤로 자빠진다. 힘들 텐데, 무척 아주 많이.

"=_= 쳇, 그런 너는 어떤데?"

"난 원래 얼굴이 타고났으니까 눈 부은 것쯤은 아무 장애물이 안 돼! 하지만! 당신은 보는 사람한테 너무한 거 아냐? -_-^"

그래도 래원이가 기운을 차린 듯해 보여 조금은 안심이다.

"누난 왜 울었어?"

나와 래원이는 소파에 덩그러니 앉아 있는 중.

"엉? 그냥 좀 울었어."

"너 이제 어쩔래? 잘난 동생님이 없는데 이젠 무슨 낙으로 인생을 살아가오리~"

"그러게. 잘난 동생님 훌쩍 떠나 버리면 나 누구 보고 사냐?"

래원이가 씨익 웃는다. 너무나 이쁜데… 내 동생 너무너무 멋진데… 래원아, 하늘이 니 잘난 외모 질투하나 봐. 그래서, 이런 시련을 너한테 내리나 봐.

담날 아침.

"누나!! 얼렁 일어나! >_<"

래원이의 우렁찬 목소리? 나는 서둘러 1층으로 뛰어내려 갔다.

"우엑!! 괴물이다! 꺅꺅!! 화성에서 온 괴물이 우리 집에 침투했어!"

래원이가 넥타이를 목에 걸고 입에는 토스트를 물고 이리저리 방방 뛴다.

"오늘도 학교 가게?"

"응! 오늘은 요거 내러 가. ^0^"

래원이 손에서 팔락이는 종이. 자.퇴.서.

"얼런 준비하란 말야. 오늘은 지각 안 할 거야."

나를 화장실로 밀어 넣는 래원이. 엄마를 힐끔 보니 앞치마로 눈물을 닦아내고 있었다.

"알았어, 임마! 내가 들어간다니까! 어어어! 미끄럽단 말야! 〉_〈"

그렇게 한층 바빠진 아침.

"엄마, 자랑스런 아들 학교 다녀와요! 〉ㅁ〈"

엄마에게 손을 붕붕 휘두르며 집을 나서는 래원이. 이쪽저쪽 폴짝폴짝 아주 잘도 뛴다. -_-;

버스 정류장.

"래원 오빠아! 〉0〈"

우글우글 몰려드는 여자애들. -_-; 여기저기 가지각색 교복들이 모이기도 하였다.

"〉_〈 사랑스러운 나의 추종자들이야."

래원이가 자랑스레 어깨를 쫙 피며 말한다.

"누나! ^-^"

저 멀리서 뛰어오는 반가운 승관이.

"어? 승관 오빠다! +_+"

저쪽으로 우르르 몰려가는 무리들.

"누나, 얼른 타! 지각해!"

래원이의 부름에 나는 버스에 올라탔고, 승관이가 당황한 표정으로 버스 쪽으로 돌진해 온다. 〉_〈 무심한 아저씨.

"누나아―!!"

승관이의 우렁찬 목소리가 귀를 쩌렁쩌렁하게 울렸지만, -_- 버스는 계속 학교 쪽으로 다가갔다.
"^O^ 누나누나!! 집에서 봐아!"
부르릉~
떠나 버린 래원이. 학교 가서 혼자 또 훌쩍대는 건 아닌지.

*   *   *

세명고.
"아저씨, 안녀엉! >_<"
래원이가 하얀 봉투를 팔락이며 경비 아저씨에게 손을 흔든다.
"래원이 웬일이다냐? 이렇게 일찍 오구~"
"나 철들었어!"
"강래원, 니 이리 온나~"
뚱땡이 학주가 버티고 서 있었다.
"어우! 선생님, 마지막이라서 내 얼굴 봐두려구요? O_O"
래원이가 두 눈을 동그랗게 뜨고 학주 곁으로 다가간다.
"뭐, 뭐여? 절루 안 떨어지냐!"
팔락팔락 ~
하얀 봉투를 흔드는 래원이.
"오늘은 이거 내려고 왔어요~ 이게 뭔 줄 알아요?"
떡 벌어진 학주의 입. 래원이는 킥킥대며 학교 건물로 들어간다.

교실.

"애기들아—!!"

래원이가 크게 소리치자 래원이의 친구 무리들이 우르르르 뒷문으로 달려온다.

"웬일이냐? 오늘 해 서쪽에서 떴냐??"

래원이의 머리를 마구마구 부비며 래원이를 교실 안으로 끌고 들어온 무리.

"어? 이게 뭐야?"

래원이의 친구 중 하나가 래원이 손에 있는 봉투를 뺏어 든다.

"자퇴서? 너 학교 그만두냐?"

"엉, 나 일본으로 GOGO해!"

래원이가 씨익 웃으며 머리를 긁적이자 친구들이 모두 굳어버린다. 그 중 덩치가 제일 남산만한 친구 하나가 래원이의 어깨를 마구잡이로 흔들어댄다.

"뭐여! 그런 게 어딨어! 우릴 두고 가는 게 어딨어어어. ㅠOㅠ"

래원이가 덩치가 산만한 친구의 목마를 타며,

">ㅁ< 그럼 너두 데리구 가리? 너 비행기 타면 추락한다아!"

드르륵— 쾅!!

"허억! 허억! 이, 이 강팔이 개새끼야—!!"

승관이가 뒷문을 열고 래원이를 죽일 듯이 째려보며 소리친다.

"어! 승팔아, 빨리 왔네? ^O^"

래원이가 펄쩍 뛰어내려 승관이의 목을 팔로 감싸고 방방 뛴다. 계속 래원이를 노려보는 승관이.

"강래팔, 이 개자식아! 너 내가 정류장으로 뛰어가는 거 봤냐, 못 봤냐?!"

"엉? 봤지!"

"근데 왜 그냥 갔냐!!"

"우리 누나 지각할까 봐. ^O^"

"-_- 그러냐?"

"승팔아! 나랑 이거 내러 가자!"

"이게 뭔데?"

"자퇴서!"

"뭐?"

뻴릴릴리~ 뻴릴릴리~

"여보세요?"

[래원아, 누나야.]

"누나아!"

"야, 혹시 지원이 누나냐? O_O"

"엉. 지금? 내러 갈려구. 엉!! 응! 알았어어, 걱정 마! 내가 누구야! 알았어!! 뭐? 승팔이??"

"나, 나, 나 바꾸래??"

"받아."

래원이가 승관이에게 핸드폰을 넘기고 하얀 봉투를 팔락이며 유유히 1층으로 사라져 갔다.

"흠흠! 누나, 저, 승관……."

[뚜— 뚜— 뚜—]

"래팔이!! 너 죽는다아!!"

"키키키킥. ^O^"

배를 움켜잡고 교무실로 도망가는 래원이.

교무실.
"너 이게 뭐냐?"
래원이의 담임 선생님이 래원이를 쳐다보며 말한다.
"말 그대로 자퇴서요. ^O^"
봉투를 꺼내보는 래원이의 담임. 뒤쫓아온 승관이가 심각성을 알고 교무실 문에 기대 서 있다.
"엄마, 아빠 동의서에 도장 다 찍혀 있어요. 이제 선생님만 도장 찍어주면 돼요! 그리구 나 일본 가요! 엄마, 아빠가 내일 오신대요. 히히히. >_< 이제 나 안 봐도 되겠네!!"
래원이의 담임이 래원이를 올려다보며
"이 자식아. ㅠ_ㅠ"
선생님과 래원이가 부둥켜안는다.
"ㅠ_ㅠ 보고 싶을 게다! 이제 무슨 낙으로 애들 가르치냐!"
"아직 승팔이 남았잖아요. 쟤 머리 아직 회색이잖아요."
"ㅠ_ㅠ 후엉엉."
코를 훌쩍이며 우는 담임. 승관이가 손으로 얼굴을 가린다. 교무실에서 나온 승관이와 래원이.
"뭐야? 너 진짜 가는 거야?"
"엉. 이 엉아가 보고 싶어도 참으렴. 내가 꼭 성공해서 돌아올게! 움하하하! +_+)/"
"야, 핸드폰."

승관이가 래원이의 교복 주머니에 핸드폰을 넣어준다.

"미친놈아, 가서 징징대면서 내 생각 하지 마라."

승관이가 래원이의 머리를 툭 치며 어깨동무를 한다.

"알았어, 승팔아. 너두 우리 누나 생각 하면서 질질 짜지 좀 마. ㅋㅋ"

"뭐, 뭐!!"

혀를 낼름 내밀고 도망가는 래원이. 뒤를 쫓는 승관이. 어쩌면 래원이의 최고의 바람은 처음처럼, 아니, 예전처럼 행복하게 웃고 싶은 게 아닐까?

page 53 …그리고 곧 닥쳐올 이별.

일주일 전, 재규네.

때래래래래랭~ 때래래래래랭~

시끌벅적하게 울리는 재규네 전화. 오늘도 TV 앞에서 열나게 게임기를 눌러대던 재영은 고개를 휙 돌려 전화기를 한 번 노려본 뒤 수화기에 손을 뻗쳤다.

딸칵!

"아씨, 누구야!"

[여보세요? 재규네 아니에요??]

하이톤의 여자 목소리.

"여자 또 갈아치웠나? 능력도 좋은 놈. 맞는데 누구세요? -0-"

[혹시… 재영 오빠? o_o]

"헛, 당신 뭐야!"

[오빠!! 나야, 나! 민경이!!!]

"ㅇㅇㅇ 뭐? 민경이? 그, 그, 선머슴 해민경?"

[선머슴이 뭐야!! >_< 하여튼 너무 오랜만이다!]

"야, 너 어디야!"

[나 여기 일본이지!! 다음달에 한국 나갈 거 같아!]

"뭐?"

[아직도 전화 번호 그대로네! 집두 그대로겠네?]

"그, 그렇지."

[>_< 오빠! 나 지금 바빠! 내가 나중에 다시 전화할게! 아, 재규 새끼한텐 말하지 마. 내가 놀래키게! 강우한테도, 은혁이한테도, 우주한테두!!]

"어엉. -_-;"

그때,

"나 왔다. -_-"

재규의 목소리.

"야, 재규야, 있지."

"왜? 무슨 초상났냐?"

"너 지원이랑 사귀니까 행복하냐?"

"말이라고 하냐!!"

깊어질 줄은… 그 사랑이 깊어질 줄은……. 처음에 재규에게 애인이 생겼다는 말에 나도 무척 놀랐다. 지원이의 그런 모습이 민경이와 많이 닮았다는 생각에 그래서 지원이를 만나는 거라 생각했다. 얼마 못 갈 거라 생각했는데…….

파란.

재영과 지원이 마주 앉았다.

"제수씨, 아니, 지원아, 재규랑 사귀니까 행복해? o_O"

"아, 네에. *^-^*"

"다행이네. 아, 저… 근데 말야, 그게… 이런 말 하는 거 제대로 된 건지 모르겠는데… 후……."

턱을 괴고 지원에게 말하는 재영. 지원의 볼이 상기되며 수줍게 말한다. 재영이가 힘겹게 입을 열고,

"무슨 말이요?"

"며칠 전에 전화가 왔었어. 민경이라고 너도 알지? 해민경이라고 4년 전에. 재규랑……."

"알고 있어요."

"전화가 왔드라구. 다음달에 한국에 들어온다구."

"아, 예."

"뭐, 이런 말 해서 달라질 건 없지만 그래도 지원이만큼은 알고 있어야 할 것 같아서. 민경이가 갑자기 들이닥치면 많이 당황할 거고."

재영이가 두 손으로 얼굴을 감싼다.

"아, 다음달이요?"

"응. 아마 그럴 것 같아. 재규한텐 아직 말 안 했어. 민경이가 말하지 말라고 그러더라구."

"말하지 마세요, 그럼."

"아니, 내가 하고 싶은 말은… 변할 건 없다고 보거든? 재규 녀석, 지원이에 대한 마음이 진심인 것 같고 쉽게 돌아설 녀석 아니야."

"돌아서도 괜찮아요. 아, 괜찮겠죠. ^-^ 4년 동안 그리워한 사랑을 몇 달, 아니, 얼마 안 된 사랑과 어떻게 비교할 수 있겠어요? 돌아선다 해도 제가 이해해야죠."

눈물 한 방울이 또르르르—

"울지 마! 아, 울라고 하는 얘기가 아냐. 동생 놈을 믿어달라구. 워낙 녀석이 순진하고 여린 면이 있어서."

"^-^ 걱정 마세요. 잘 알고 있어요."

"아, 요즘 재규가 잘 못 자는 것 같아."

"아, 그래요?"

"괜찮을 거야. 재규 믿어줘, 지원아. 내 동생이지만 내가 봐도, 남자가 봐도 재규… 멋진 녀석이야. 한번 믿어봐."

눈물을 흘리는 지원이의 두 손을 잡아주는 재영이.

"네에."

너무나 큰 시련, 아니, 어쩌면 당연한 결과. 재규가 돌아서는 모습을 볼 자신이 없다. 그저 뒤에서 웃으며 보내줘야 한다. 절대로 붙잡거나 억지부리는 짓은 안 할게. 곧 마지막이네. ^-^

page 54 나는 사랑이라는 달콤한 꿈을 꿉니다.

세명고, 옥상.

"흐윽… 흑! 하하, 강래원… 하하하!! 일본으로 떠나다. 멋진 완결이네."

래원이가 하염없이 눈물을 흘리며 말한다. 원망하는 눈빛으로 푸른 하늘을 바라보며.

"하하하! 꼴 좋네, 강래원. 음하하!"

흐르는 눈물은 그칠 줄을 모르고 래원이는 계속해서 교복 소맷자락으로 눈물을 닦아낸다.

위우우우우웅!!

래원이 머리 위로 날아가는 비행기. 저 비행기 속엔 누군가가 옛 추억을 그리고 있다.

재영이네 반.

지이이잉— 지이이잉—

재영이가 책을 쿠션 삼아 잠을 청하는데, 책상에서 뿌듯하게 징징대는 핸드폰.

"누구야?"

[오빠! 나야, 민경이! 오빠네 학교가 어디라구??]

"ㅇㅇㅇ 야, 해민경!"

[나 한국 왔어!! 지금 방금 막 공항에 도착했거든??]

"뭐야? 다음달에 온다며?!"

으응, 어쩌다 보니 그렇게 됐어어! 내가 반갑지도 않아? 학교가 어디라구? 내가 갈게. 재규도 같은 학교지??]

"야야야. -_-;;"

[어디야! 빨랑 말해!]

*　　　*　　　*

학교가 끝났다.
"하아."
오늘따라 기분이 찜찜하다. 래원이의 학교 일은 잘 처리된 건지…….
톡톡—
"지원아, 안 가? O_O"
"아, 은지야. 어, 가야지."
은지와 학교를 나서는 중.
"근데 지원아, 요즘 무슨 일 있는 거야??"
"일? 아니, 일은 무슨."
"기운이 없어 보여서 재규랑 무슨 일 있는 줄 알았지."
"무슨 일은 없어. 그러는 너는 강우랑 잘돼가??"
"대만족입니다! >O<"
"다행이네. ^^"
다들 다행이야, 행복해 보여서.

엔젤로스.
딸랑~
"어? 지원아! 야야! 빨리 와봐! 이 새끼 왜 이러냐?"
재규가 멍하니 앉아서 초점없는 눈으로 마이크를 들고 있다.
"재규야??"
"어? 어, 왔어?"
"왜 그래?"
"아, 몰라! 이 새끼 연습할 생각을 안 한다, 안 해!"

강우가 땀을 뻘뻘 흘리며 날뛴다. 빨갛게 충혈된 눈.

"요즘 잠 못 자는 거야?"

"어, 좀 그렇네. 왠지 꿈자리도 안 좋구."

"좀 잘래?"

"어? 응."

재규를 대기실로 데리고 들어갔다. 그리고 가만히 내 무릎 위에 눕혔다.

"지원아."

"응?"

조용히 눈을 감은 재규.

"강지원."

"왜? 나 여기 있어."

"그치? 너 거기 있는 거지?"

"그럼."

"자꾸만 없어질 것 같아서… 눈을 감고 잠만 자면 니 얼굴이 자꾸만 안 보여서……."

재규가 눈을 감고 계속 말을 잇는다.

"그래서 잠 안 잤어. 너 잃어버릴까 봐. 아니, 무서워서 못 잤어."

"왜?"

"니 얼굴이 안 보여서. 자꾸 불안해서."

나는 가만히 재규 얼굴을 보듬었다.

"걱정 마, 나 여기 있어. 은재규 씨, 나 여기 있어요."

"아, 편안해. 역시 내 마누라네."

난 씁쓸한 미소와 함께 눈물을 참을 수밖에 없었다. 30분 후에 재규가 잠이 들어버렸다.

벌컥!

"쉿!"

재영 오빠가 다급히 뛰어들어 왔다.

"제수, 아니, 지원아."

"무슨 급한 일이라도?"

"나와봐."

나는 조심히 재규 머리 밑에 내 교복 재킷으로 쿠션을 만들어주고 재영 오빠를 따라 카페 주차장으로 나갔다.

"후우! 후우!"

숨을 헐떡이는 재영 오빠.

"o_o 뛰어오셨어요??"

"응. 머리스타일도 다 망가지구 이게 뭐야. -_-;"

"무슨 급한 일 생겼나요?"

"아, 민경이가 오늘 귀국했대."

"한 달 후라고 하지 않았어요?"

"-_-a 그, 그러니까 그게… 무슨 이유인지는 모르겠는데, 일찍 귀국하게 됐다네."

"……"

이럴 순 없는데… 난 아직 시간이 많이 부족해요.

"오빠, 난 아직 시간이 모자라요. 재규랑 둘이 하고 싶은 것도 많구요, 재규를 잊기엔 너무 깊이 빠져들었어요. 그리구 우리 둘 헤어지기엔 일러요. 오빠, 우리 이제 막 시작했어요. 오빠……."

갑자기 몸이 떨려오기 시작했다.

"진정해, 지원아!! 재규 믿어줘. 지원아, 걱정 마. 재규 안 돌아설 거야."

"하하. 그게 말이 돼요? 4년 동안 그리워하던 첫사랑이 눈앞에 나타났는데 오빠 같음 어떡할 건데요? 불면증까지 걸려가며 그리워하던 첫사랑이 내 눈앞에 현실로 닥쳐왔는데?! 오빠, 나 아직 재규 많이… 많이……."

더 이상 말할 수 없었다. 턱까지 차 오르는 슬픔. 내 등을 토닥여 주는 재영 오빠. 내게 필요한 건 오직 재규뿐.

page 55 변한 건 너무나 많았다…….

아직 멀었다구요. 나한텐 아직 시간이 필요하다구요.

"여기서 뭐 해?"

아이처럼 졸린 눈을 비비며 일어난 재규.

"아저씨는 가서 더 자시지?"

눈물을 뚝뚝 흘리는 날 보고 놀란 눈으로 재영 오빠를 벽으로 밀어붙이는 재규.

"뭐야? 니가 울린 거야?"

화난 듯한 목소리.

"번지수를 잘못 찾으셨어. 내가 아니라 당신이야."

갑자기 나를 돌아보며 꽉 안아주는 재규.

"왜 그런 거야? 무슨 일 있는 거야?"

"아니야, 그런 거. 아무것도 아니야."

더 세게 나를 조이는 재규의 팔. 오묘한 재규의 향기.

"사랑해, 재규야."

"뭐?"

"사랑한다구. 너 너무 사랑한다구. 은재규는 강지원… 나 강지원의 하나뿐인 남자라구."

내 머리를 쓸어 넘겨주며,

"나도 많이 사랑해."

"꼭 곁에 있어줄 거지?"

재영은 행복한 둘을 보며 안타까워하며 담배에 불을 붙였다.

"그럼. 나 은재규, 죽을 때까지 니 옆에 있어줄 거야."

"응."

나는 그대로 눈을 감아버렸고, 이내 빠른 손놀림으로 병원으로 옮겨졌다.

    *   *   *

지이이이잉— 지이이이잉—

"여보세요?"

[오빠! 학교 벌써 끝난 거야?? o_o]

"너 어디냐?"

[나? 학교지!]

"벌써 끝나고 많은 일들이 벌어졌어."

[많은 일? o_o]

"-_- 너 우리 집 알지? 잠자코 집에 가있어라. 키는 대문 사이로 손 넣으면 우체통 안에 있어. 집 어질러 놓기만 해봐. 아주 콱!"

[알았어. 재규 새끼 데리구 빨리 와야 돼!]

"후… 그래."

딸각!

재영은 응급차가 사라진 골목길을 하염없이 바라보고 있다.

응급차 안.

지원의 손을 꼭 움켜쥐고 쉴 새 없이 눈물을 떨궈내는 재규.

"지원아. 지원아."

우주네 병원으로 와버린 괘씸한 응급차. 또 우주와 같은 병동으로 옮겨진 지원.

"강지원 학생 보호자 분?"

"예, 전데요."

"의사 선생님께서 보자는데요?"

끼익—

"아, 이리 앉으세요."

"저 혹시 어디가 많이 안 좋은 건가요?"

"아, 그런 건 아닙니다. 신경성 스트레스와 빈혈이 겹친 것으로 보여요. 혹시 환자 분께 예민하게 신경 쓸 일이라도?"

"신경 쓸 일이요?"

"아무 말 하지 말자. 흑… 오늘은 그냥 니 옆에 있고 싶어서 그래. 흑!"

"사랑해, 재규야."
"뭐?"
"사랑한다구. 너 너무 사랑한다구. 은재규는 강지원… 나 강지원의 하나뿐인 남자라구."
"나도 많이 사랑해."
"꼭 곁에 있어줄 거지?"

"그래서 어떻습니까?"
"영양 보충이 절실히 필요합니다. 그리고 너무 큰 충격 같은 건 삼가해 주시구요. 되도록 신경 쓰는 일 생기지 않도록 주의해 주시기 바랍니다."
끼익— 탕!
"어? 재규야!"
다급히 달려오는 은혁과 재영, 은지, 강우.
"뭐야? 어떻게 된 거야? 재영이 형 말 듣고 깜짝 놀라서 왔어!"
"신경성 스트레스랑 빈혈이 겹쳐서 그렇대. 야, 은재영."
"왜, 임마. 이게 말끝마다 은재영~ 은재영~ 내가 아예 니 동생하리?"
"넌 알지?"
"뭘?"
"알고 있지, 지원이 이렇게 된 이유. 요즘 뜻 모를 말만 하는 거, 넌 알지?"
"사실… 민경이 오늘 귀국했다."
"뭐??"
"정말요??"
"지원인 전부터 알고 있었어. 그것 때문에 그랬을 거야. 은재규 너 바보 같은 놈이 돌아설까 봐. 니 뒷모습 보는 게 두려워서 저럴 거라고."
"미, 민경이가? 해, 해민경?"
"그래."
"……"
"너 지원이 버리면 안 된다. 너 자게 해준 것도 지원이고, 너 순한 양 만든 것도 지원이야. 지원이 돌아서면 너 내 동생 안 한다."
끼익—
피곤한 듯 병실에서 기지개를 켜며 나오는 우주.
"어? o_o 웬일로 다들 왔네?"
"야야, 우주야, 지금 지원이 병원에 있어."
"뭐? 왜!!"
"신경성 스트레스 앤드 빈혈."
병실 문을 열고 뛰어들어 가는 우주.
"지원아!!"
잠자고 있는 지원이. 우주가 지원이의 얼굴 구석구석을 보듬고 어루만져 준다.
"우주야, 민경이 왔댄다."
손을 멈추는 우주.
"오늘 귀국했다나 봐."
"상관없잖아? 그치, 재규야? 모두 예전 일이니까."
아무 말 하지 않고 고개를 숙이고 있는 재규.
"뭐야, 은재규. 은재규 너! 돌아설 셈이야? 그럴 셈이야?"
"……"

"대답해 봐!! 은재규!!"

"재규야, 지원이 버리면 나 너랑 친구 안 한다."

"돌아서면 안 되는 거 알지? 은혁이랑 상원이랑 내가 무슨 맘으로 지원이를 너한테 맡겼는 줄 알지!"

"……."

"무슨 말이라도 해보라고!! 정말 너란 놈은… 하하!"

우주가 처량한 듯 웃으며 자고 있는 지원이를 감싸 안는다.

"너 지원이 버리면 내가 지원이를 지켜줄 거야. 떠나려면 니 마음대로 해. 대신 은혁이, 재영이 형, 강우, 나까지 모두 다 버리고 가."

재규네.

"와아~ O_O 진짜! 변한 거 정말 하나도 없네~"

딸칵!

"재규 새끼 방인가?"

재규의 사진이 걸려 있다.

"와! 진짜 멋있어졌네! 짜식, 건강해 보여서 다행이야. ^-^"

page 56 사랑없는 사랑=속 빈 강정

갑자기 숨을 헐떡이는 우주. 재규가 우주 곁으로 다가간다.

"힘들잖아. 지원이 줘. 내가 간호할게."

재규의 손을 뿌리치며,

"치워."

"우주야, 너 많이 힘들어 보인다. 그냥 재규한테 넘기고 가서 쉬자."

은혁이가 우주를 떼어내려 하고 재규가 지원이에게 손을 뻗자, 지원이를 더 꽉 안는 우주.

"다들 꺼져."

"우주야, 너 왜 그래!!"

"으윽!"

"쉿쉿! 나가자."

재영이가 모두를 끌고 나간다.

"은혁아, 우주 왜 저러는 거야?!"

강우가 답답한 듯 가슴을 내려친다.

"우주… 원래 예민하잖냐. 이해할 수밖에 더 있냐?"

"그래도 많이 힘들어 보이던데."

은지의 걱정스런 표정에 강우도 조용해지고.

"지가 하고 싶은 대로 놔둘 수밖에 없어. 혼자서 난리치면 더 아프니까. 아니, 지금 저 녀석… 지원이를 보는 것만으로도 충분히 힘들 테니까."

"강우랑 나랑 여기서 지킬게. 다들 가봐."

"야, 어떻게 그냥 가냐? 제수씨 눈뜨는 거라도 봐야지. 그리고 재규는 있어야지."

"그래, 내가 있을게."

"됐어, 이 자식아! 너 있어봤자 우주만 더 아프고, 도움도 안 돼. 지원이한테 더 신경 쓸 거리만 만들잖아, 너."

"재영이 형! 가면서 은지 좀 데려다 주세요."

"알았어, 임마. 꼬옥~ 이럴 때 티 내. 저런 애들 너무 싫더라!"
재영과 재규, 은지가 병동 끝으로 걸어가고,
"은혁아, 우리는 가서 음료수라도 마실래? 나 너무 목말라아. ㅠㅇㅠ"
"하여간 서강우, 알아줘야 돼. 어딜 가든 먹는 건 안 빠진다니까. -_-"

보호자 휴게실.
"은혁아, 나 너한테 묻고 싶은 게 하나 있는데."
"뭔데?"
"너 지금… 행복하냐?"
"대체 너 무슨 소리가 하고 싶은 건데?"
"아니, 이지현이랑 사귀면서 왠지 내가 아는 강은혁이 아닌 것 같아서… 그냥 내 생각엔 네가 이지현을 좋아하는 것 같지 않아서… 내 눈엔 너 행복해 보이지 않아서…….."
"하하하! 그래 보이냐?"
"너 지원이 많이 좋아했잖아. 쉽게 잊기 힘들 텐데……."
"누가 잊었대냐? 그냥 잊은 척, 모르는 척! 잊으려고 노력하는 거라면 몰라도… 어떻게 잊어."
"이지현은… 좋아?"
"지금 좋아하는 건… 이지현이겠지. 그럴 거야, 아마."
"지원이… 아직도 좋아하는 거지?"
"어. 미친다."
"너도 참 복잡한 걸 즐기는구나."
"난 너처럼 단세포는 아니니까."

"뭐?!"

     *   *   *

지원 병실.
"허억! 허억!"
"어? 우주야?"
"으윽… 일어났네. ^0^"
식은땀을 흘리는 우주. 나는 우주 이마에 손을 가져가 땀을 닦아주었다.
"세상에나! 땀이 이렇게 나는데… 어디 힘들어??"
"^-^ 그런 거 아냐. 좀 덥네."
그러더니 갑자기 나를 거세게 안아버리는 우주.
"ㅇ_ㅇ 우주야?"
"…이젠 내가… 내가 니 옆에 있을 거야. 이젠 가만히 안 놔둬. 더 이상은 지켜만 보는 병신 같은 짓 하고 싶지 않아."
우주의 뜨거운 숨결이 내 귓가에 서려온다.

     *   *   *

재규네.
끼익—
"뭐야? 왜 문이 제멋대로 열려?? 은재영 너 문단속 안 하고 다녀?!"
"민경이가 와 있을 거다."
"뭐?"
"민경이 와 있을 거라고. 귀먹었냐?? 아씨, 머리도 딸리는 게 귀까지 먹냐?! 매우 불쌍하군. -_-"

"또 시비 걸어라."

"다시 한 번 말하는데, 너 민경이 쪽으로 기울면 정말 호적에서 파버린다."

"ㅇ_ㅇ 와!"

"민경아!"

"은재규!! >ㅇ<"

민경이가 와락 재규 허리를 감싸 안아버리고,

"뭐냐, 너네 둘?! 재회하자마자 포옹이라니, 진도가 너무 빠른 거 아냐??"

"와!! 재규 너 진짜 멋있어졌다!! 와와와와!"

"민경아……."

민경을 아주 세게 안아주는 재규.

"아파, 이 자식아!"

"하하! 대체 그동안 어디 있었던 거야? 지난 4년 동안 내 생각은 했어? 너 때문에 속 끓이고 있을 내 생각은 해보기나 했어? 왜 이제 온 거야, 왜!! 너무 그리웠잖아. 보고 싶었잖아. 이렇게 내 앞에서 태연한 척 웃을 수 있는 거야? 힘들었잖아. 근데 왜 말 안 했는데… 왜… 왜……."

재규가 말을 잇지 못하고 이내 눈물을 흘려낸다.

"^o^ 그렇게 보고 싶었구나? 아이구~ 얌마! 천하의 해민경이 어디 가서 고꾸라졌을까 봐 그래?? 나 그렇게 약한 애 아니야!! 그리고 일부러 말 안 했어. 너 힘들어할 거 뻔하잖아~ 너 같은 바보가 슬퍼할 거 뻔하잖아."

"야, 안 춥냐?? 나 무지무지 춥거든? 좀 들어가게 비켜주련??"

"오빠두 디따 멋있어졌다! 내가 저녁했어! 맛은 보장 못하구. 어서어서 들어가자. >_<"

만남 and 이별 and 시작 and 슬픔=강지원.
*　　　*　　　*

지원 병실.
끼익—
"어? 지원이 일어났네?!"
"어, 강우랑 은혁이도 있었구나. 피로 회복!! +_+"
은혁이가 내 침대에 걸터앉으면서 내 머리를 쓰다듬어 준다.
"뭐가 그렇게 쌓였길래 스트레스에 빈혈까지 생겼어."
기분 탓인가? 순간 은혁이의 눈이 빛나 보였던 건… 은혁이의 눈이 슬퍼 보였던 건…….
"^-^a 그냥 좀."
"우주야, 이제 지원이도 일어났으니까 병실로 가자."
"싫어."
"우주야! 나 괜찮아! 요것 봐! 괜찮아!"
"……."
입술을 꾸욱 깨무는 우주. 화, 화난 건가?
"알았어, 가볼게."
강우가 우주를 부축해 병실을 나간다.
끼익— 탕!
"지원아, 그럼 집에 갈래??"

"응, 그러자."

집에 가는 버스 안.
꾸벅!
졸고 있는 은혁이. 은혁이가 고개를 꾸벅꾸벅할 때마다 찰랑거리는 은혁이의 까만 머리칼. 나는 조심스레 은혁이의 머리를 내 어깨에 기대었다.
"으음, 해줄 수 있는 게 아무것도 없어. 난 곁에서 지켜볼 수밖에 없어. 힘든데… 지켜보는 거, 의외로 엄청 힘든데… 이딴 거 내가 세상에서 제일 싫어하는 건데……."
완벽한 은혁이도 잠꼬대를 하는구나. 지현이한테 해줄 수 없다는 건가? 점점 다가오는 우리 동네.
"은혁아, 다 왔어. ^-^"
눈을 부비며 일어나는 은혁이. 마치 어린 아기같다. 날 보며 놀라는 은혁이.
"왜??"
"어? 아니."
끼익—
"어, 다 왔다! 은혁아, 나 갈게! 조심해서 들어가!"
"응, 잘 가. ^-^*"
은혁이가 방긋 웃는다. 은혁인 너무 이쁘다. ^-^

     *   *   *

버스 안.

"후우… 한 번 더 반해 버렸어."

page 57 한 맺힌 가슴앓이······.

지원이네.
끼이— 철컹!
"^-^ 이제 와??"
래원이가 현관문 앞 계단에서 토깽이 귀마개를 하고, 곰돌이 장갑을 끼고, 넘실대는 잠옷 바람으로 날 마중 나와 있었다.
"래원아, 안 춥니? -_-;"
"^0^ 누나가 더 춥잖아!"
"으이구, 짜식! 들어가자."
래원이가 방실방실 웃으며 토깽이 귀마개를 내게 넘긴다.

지원이 방.
"웃차~ 아, 피곤해라. 재규는 어딨는 거지?"
똑똑!!
"누구세요?"
"누나! 나야! ^0^*"
"엉? 왜? 뭐 할 말 있어?"
내가 문을 열려하자,
"문 열지 마! 문 닫고 얘기하자. ^-^"

"왜?? ㅇ_ㅇ"

"누나, 나 여기가, 아니, 마음이 너무 아파. 킥! 그래서 나 좋아하는 거, 다 짝사랑으로 끝내려고 한 건데. 은혜 누나에 대한 내 마음을 주체하지 못해서… 하하하, 결국은 이렇게 된 다음에 후회하네. ㅋㅋ 나 내일 모레 일본행 비행기 타. 여기 있기가 힘들 것 같아서… 아직 은혜와의 추억이 남은 이곳에서 웃을 자신이 없어서…….."

"래원아."

"아씨, 안 울려고 했는데… 훌쩍!! 우리 바보 같은 누나, 누가 지켜줘. 멋쟁이 동생 없으니 누가 학교 같이 가나."

"그러게… 흑! 누가 날 지켜주고, 같이 학교 가주지?"

"바보야! 나도 안 우는데 니가 왜 울어!"

"^-^ 그러게. 왜 눈물…….."

"울지 말라고, 바보야. 은혜 좀 잘 지켜줘. 이젠 나 은혜를 안아줄 수도 없고, 만질 수도 없으니까. 그럴 자격 이미 없어진 지 오래니까. 우리 착한 누나야가 우리 은혜 좀, 아니, 은혜 누나 좀 잘 돌봐줘. 마음만큼은 아직 어린애란 거 누나도 잘 알잖아. ^-^"

"응."

래원이의 메인 목소리. 훌쩍이는 소리. 가빠지는 호흡.

"아, 누나. 있지, 나는 어딜 가든… 누가 뭐래든… 누나 동생인 거야."

"그럼."

"^ㅇ^ 히히. 은혜한테 많이 사랑했다고, 행복하라고 전해줘. 난 아직 그럴 자신이 없거든. 은혜를 보면 흔들려 버릴 것 같아서. 누나, 그럼 잘 자."

끼익— 탕!

래원이의 방문이 닫히는 소리가 들린다. 우리 예쁜 동생… 얼마나 힘들었니? 이젠 힘들어 할 필요 없어. 괜찮아, 내 착한 동생.

담날 아침.

오늘 아침 또한 침울하다. 나는 밥 먹으라는 엄마 말도 무시한 채 가방을 두르고 집을 나와 버렸다. 래원이가 없는 등교 길. 이젠 이것도 익숙해져야지.

학교에 도착해서 교실 문을 열고 들어가니 은혜가 보인다. 힘없는 은혜의 어깨, 부어 있는 눈, 부시시한 머리. 왜, 왜 그러지? 자기가 차놓고 왜 자기가 슬퍼하는 거야? 저런 행동 도저히 이해할 수 없어.

"^-^ 은혜야, 우리 래원이… 너무 착하고 물러 터진 내 동생 래원이… 일본 간대. 여기 있기 힘들 거 같대. 아직 너 보면서 웃을 자신이 없대. 놔줄 거야. 나 래원이 일본 가게 놔둘 거야. 래원이… 요즘 너무 많이 변했어."

"뭐?!"

나를 올려다보는 은혜.

"뭘 그렇게 놀라? 니가 만든 거잖아!!"

내 교복 끝자락을 부여잡고 마구 흔들며 눈물을 뚝뚝 흘리는 은혜.

"래원이가 왜!! 왜!! 하아, 흑! 래원이가… 래원이가……."

미끌! 쿠당탕탕!!

힘없이 의자에서 떨어져 쓰러져 버린 은혜.

"은혜야!!"

우리 반 덩치 제일 큰 남자애를 시켜 은혜를 양호실로 옮겼다. 정말이지, 사랑만큼 힘든 게 없다더니…….

학교가 종 쳤다.

"지원아, 어제 괜찮았어?"

"응. 내가 누구야! 약간 빈혈기가 있긴 있었어, 예전부터."

"아, 다행이야. 어제 재규랑 나랑 재영 오빤 먼저 갔어. 미안."

"어? 응."

솔직히 섭섭한 마음. 내 옆에 있어줬음 하는 재규. 괜한 욕심이겠지?

"우주가 하도 난리를 쳐서… 니 옆에 있겠다구."

"왜??"

"몰라?"

"뭘?? ㅇ_ㅇ"

"아, 아니야. 얼른 가자."

"응."

엔젤로스. 아직 조용한 카페.

딸랑~

"어서 오세요. ^0^"

하이톤의 여자 목소리. 알바생인가?

"어? 제수씨!!"

카페 안엔 재영 오빠뿐이다.

"다른 애들은요?"

"아~ 걔넨 아직 안 끝났지. 우린 고3이잖아. 학교 가든 안 가든 상관없잖아. ㅋㅋ"

"오빠! 누구야?"

"어? 아, 재규네 친구들."

"정말? 안녕! 난 해민경이라구 해!"

"뭐?"

"해민경! 너는 이름이 뭐야??"

"아, 강지원."

해민경? 그럼 이 아이가… 재규가 그렇게 그리던 아이? 훤칠한 키에, 시원스런 이목구비, 그리고 맑고 높은 목소리, 큰 눈에 웃을 때 들어가는 보조개. 난 거기에 비하면… 제로군.

"뭐 해? 앉아! 나 키위주스 잘하는데, 너희들 마실래? o_O"

"아냐, 난……. ^-^;"

"아냐아냐! 마셔!! 지원이 친구도 마실래? 아, 넌 이름이 뭐야? o_O"

"나? 이은지."

"귀엽게 생겼다. ^-^ 잠깐 기다려! 내가 만들어올게!"

주방으로 후닥닥 달려가 버리는 민경이란 아이.

"남자 같지? 저래서 안 된다니깐."

"^-^ 돌아왔네요. 이뻐요."

"포기하는 거 아니지?"

"글쎄요, 내가 포기하기도 전에 재규는 이미……."

"꺄악―!!"

주방에서 들려오는 민경이의 비명 소리.

"또 뭐야!"

짜증스럽게 달려가는 재영 오빠.

"우잉. 키위 자르다가 베었어. ㅠ_ㅠ"

주방에 주저앉아 검지를 꽉 쥐고 있는 민경이. 애교도 많아 보인다.

딸랑~

"뭐 해, 거기서?"

재규가 주방으로 걸어간다. 아직 날 발견 못한 듯싶다.

"얘 좀 봐라. 혼자서 쇼하다가 또 칼이랑 한판했어."

재영 오빠가 고개를 설레설레 흔든다.

"아아아! 아파!! 이 자식아! 건들지 마!! 피, 피, 피가 자꾸 나와. ㅠ_ㅠ"

"이리 줘봐!! 이 바보야!! 그러게 조심 좀 하지! 이러니까 선머슴 소리나 듣지!!"

재규가 민경이의 손가락을 보더니 입에 가져가 피를 빨아낸다.

"으어억! 이 자식이 내 피를 빨아먹고 있어. 드라큐라! 이제 너랑은 안 놀아!!"

"가만히 있어! 그러니까 주접스럽게 피나 나지!"

재규의 한 번도 보지 못한 모습들, 행동들… 내겐 너무 낯설기만 하다. 재영 오빠가 주저앉아 있는 재규의 옆구리를 발로 쿡쿡 찬다.

"야야."

"왜? 내가 공이냐? 왜 차구……."

재영 오빠가 내가 서 있는 곳을 턱으로 가리키고, 재규는 슬며시 내 쪽으로 고개를 돌린다.

"어? 지원아?"

"응, 왔네."

"아아아! 그만 놔! 내 손가락까지 먹으려고 그러냐!"

"……."

슬며시 민경이의 손을 놓는 재규. 어쩐지… 여기가 마구 콕콕 쑤셔오는데? 이미 예상한 건데 왜… 눈물이 나려고 하지?

"나 먼저 갈게!!"

나는 그 자리에서 가방을 들고 카페를 뛰쳐나와 버렸다.

"지원아!!"

지원을 쫓아 나가는 재규.

"ㅠ_ㅠ 후잉. 아파라."

"너 정말 재규 좋아하는 거야?"

"응. >_<"

"야! 재규 여자 친구 있어! 애인!! 방금 나간, 아니, 니 친구가 되어버린 지원이!! 강지원!!"

"앙. ^O^"

"앙이라니!! 애인이 있다니깐?"

"그런데?"

"야야, 재규 애인이 있다고! 니가 넘보면 안 된다 이 말이야!"

"오빠는~ 골키퍼 있는 골대라고 골 안 들어가나? 정말 그런 상식도 없어? 참으로 암담하군. -_-^"

민경은 그렇게 말하더니 다시 키위를 자르기 시작한다.

어젯밤.

"오빠! 안 자구 여기서 뭐 해??"

"-_- 넌 안 자구 왜 나왔냐?"

"너무 설레어서 잠이 안 와."

"뭐가 설레?"

"재규 새끼랑 같은 집이라고 생각하니까."

"무슨 의미냐?"

"O_O 말 그대로."

"너 재규를 좋아하는 거야?"

"응, 중학교 때부터 좋아했는데 몰랐어? 은혁이랑 우주는 알고 있는데."

"뭐? 재규는?"

"당연히 모르지! 쪽팔리게 어떻게 그런 걸 말해!"

"너 나 좋아한다며?!"

"그거 4년 전 일이잖아? 아직도 기억해? 그리고 난 나를 차버린 사람은 미련없어!"

"휴… 일났다."

〈2권에 계속…〉